Du même auteur :
Au Nom de l'Harmonie, tome 1 : Zéphyr
Au Nom de l'Harmonie, tome 2 : Miroir
Au Nom de l'Harmonie, tome 3 : Descendance
Au Nom de l'Harmonie, tome 4 : Souffle de Vie Partie 1
Au Nom de l'Harmonie, tome 5 : Souffle de Vie Partie 2

Working Love

Olivia Sunway

Working Love

Temporelles

ISBN : 9782954692098
Dépôt légal : Janvier 2019
Imprimé par BoD
© Temporelles 2019
Temporelles
52 rue Louis Baudoin
91100 Corbeil Essonnes

1

Après s'être garée dans le petit parking de son entreprise spécialisée dans le composite, Jessica Mlynovsky marcha jusqu'à l'entrée où elle salua les quelques ouvriers qui prenaient leur café devant la machine. Comme à chaque fois, elle répondit poliment malgré quelques regards insistants sur sa personne. Il fallait dire que se pointer en jupe crayon, chemisier blanc presque transparent et talons aiguilles n'était pas très judicieux. Mais Jessica en faisait toujours des tonnes. Le contraste était d'autant plus saisissant lorsqu'elle se trouvait à côté des ouvriers qui travaillaient en bleu de travail pour ne pas se salir et utilisaient des EPI[1] pour se protéger...

Certes, ses collègues bureaucrates s'habillaient aussi en tailleur, mais Jessica faisait toujours son maximum pour être au top, aussi bien dans son apparence que dans son travail.

Alors, comme tous les matins, elle adressa à ces hommes un sourire poli, de ses lèvres rouge rubis, avant de s'éclipser dans son bureau. Parce que, oui, elle adorait le rouge à lèvres rouge. En fait, elle ressemblait un peu à une Barbie blonde avec ses longues jambes et sa silhouette mince. Et elle en était très fière !

Cela faisait deux ans qu'elle travaillait pour cette firme américaine qui avait une filiale en France. Elle espérait secrètement qu'à terme, elle pourrait se faire muter aux États-Unis. Jessica avait des rêves de grandeur. De plus, elle en avait assez de vivre en France. Elle était née dans ce petit village de Vert-Le-Petit, en banlieue parisienne, et y avait passé une grande partie de son enfance. Maintenant, elle y travaillait aussi.

---

[1] Equipement de Protection Individuelle

Même si Jessica adorait la vie mondaine parisienne où elle avait passé quelques années aux côtés de ses parents, elle reconnaissait volontiers que la campagne était tout de même plus calme que la vie dans la capitale. Ici, personne n'était aussi pressé et les bouchons étaient moindres.

Son père avait bien réussi dans sa carrière et sa famille était devenue assez aisée, ce qui expliquait son comportement parfois un peu snob.

Depuis le début, Jessica travaillait avec acharnement, vérifiant toujours ses chiffres plusieurs fois. Elle avait un poste important puisqu'elle était statisticienne et tenait un tableau de bord très pointu sur les pertes et profits de l'entreprise. C'était elle qui donnait la tendance de la société. Si celle-ci était en progrès ou, au contraire, en baisse de productivité. Suite à ses analyses, la direction mettait en place des plans d'action pour être en constante amélioration continue. La satisfaction client devait toujours frôler les 100%. Du moins, cela faisait partie des objectifs, comme un grand nombre d'autres indicateurs.

Jessica passait donc ses journées à tout analyser au peigne fin pour pouvoir remplir ses différents tableaux et fournir une synthèse détaillée une fois par mois. Elle n'avait pas le droit à l'erreur et cela tombait bien, car elle était tout ce qu'il y a de plus perfectionniste. Un trait de caractère indispensable dans son métier. De plus, c'était une grande solitaire. Elle avait donc l'habitude de travailler seule dans son coin, sans compte à rendre à personne, si ce n'était à son supérieur.

Néanmoins, ce jour-là, dès qu'elle franchit la porte de son bureau, Christian, son supérieur, la rejoignit presque aussitôt. Il avait une silhouette athlétique, des yeux verts magnifiques, des cheveux noirs très courts et une peau sombre qui rappelait celle du chocolat. Et il portait pratiquement toujours un costume gris très classe.

— Bonjour Jessica, commença-t-il un peu mal à l'aise. Comme ton bureau est le plus grand, je suis venu te prévenir que notre informaticien viendra installer un second poste dans la matinée. Nous venons d'embaucher un responsable qualité pour te seconder. Il commence à 14h.

Les yeux gris perle de Jessica s'ouvrirent en grand et sa bouche se figea pour retenir une insulte. Puis elle inspira profondément. Deux fois. Avant de pouvoir enfin répondre à Christian.

— QUOI ? hurla-t-elle malgré elle. Qu'est-ce que tu racontes ?

Elle réfléchit une seconde, avant de reprendre.

— C'est une blague, rigola-t-elle enfin. Bien joué, Christian.

— Pas du tout. Alors sois un minimum sociable, s'il te plaît.

Jessica regarda son supérieur qu'elle connaissait bien, sans comprendre.

— Pourquoi maintenant ? Et pourquoi tu ne m'en as pas parlé avant ? se plaignit-elle, dépitée.

— Tout simplement parce que les chefs de production n'ont pas le temps de mettre en place nos plans d'action et que le chef de la sécurité vient de partir à la retraite, comme tu le sais. C'était le bon moment pour créer ce nouveau poste. Martin Verne s'occupera de tout ça.

Jessica serra les dents. Elle savait qu'il était inutile de discuter. Alors, elle prit encore deux grandes inspirations.

— C'est d'accord, je ne lui sauterai pas à la gorge..., bougonna-t-elle.

— Merci. Je repasse après le déjeuner pour te le présenter.

Jessica hocha faiblement la tête et fit mine d'être absorbée par son ordinateur en attendant que Christian s'en aille. Ce dernier n'ajouta rien et quitta la pièce.

Durant toute la matinée, Jessica ressassa l'annonce de Christian. Elle détestait l'idée de travailler avec quelqu'un d'autre et préférait de loin rester solitaire et autonome. Elle était tellement préoccupée que son travail n'avançait pas. Jessica réfléchit à une solution pendant des heures, à tel point qu'elle remarqua à peine l'informaticien qui installait un second poste de travail en face du sien. Elle était à ce point perturbée qu'elle n'avait même pas pris sa pause déjeuner !

Au moment où elle riva ses yeux sur l'horloge de son écran d'ordinateur pour s'apercevoir qu'il était déjà 14h, Christian entra, accompagné d'un autre homme. Un homme grand, mince, qui portait des lunettes discrètes derrière lesquelles se trouvaient des yeux noisette. Ses cheveux bruns étaient coiffés comme un premier de la classe. Il avait l'air timide et elle se dit qu'il serait sûrement facile de l'ignorer et de continuer son travail, comme s'il n'existait pas.

— Jessica, voici Martin Verne, le nouveau responsable QSE et, Martin, je vous présente notre statisticienne, Jessica Mlynovsky, commença Christian en jetant un regard appuyé à Jessica.

— Enchanté, répliqua Martin d'une voix mal assurée.

Alors Christian haussa un sourcil en direction de Jessica pour l'inciter à être polie.

— De même, lâcha-t-elle, crispée.

Martin rougit dès qu'elle lui adressa la parole et cela intrigua Jessica. Pourtant, elle fit de son mieux pour l'ignorer et reporter son attention sur son ordinateur.

— Tu seras chargée de lui expliquer le fonctionnement de l'entreprise, reprit Christian d'une voix ferme.

Jessica releva les yeux vers Christian. Les yeux verts de son supérieur lui lançaient des éclairs, car il était à deux doigts de l'humiliation, comme à chaque fois…

— Pourquoi moi ? gémit-elle, sans tenir compte de son nouveau collègue.

Devant ce manque d'enthousiasme, Martin ne savait pas trop où se mettre. Cette blonde avait l'air vraiment coriace.

Une vraie garce avec le physique qui va avec. Et pourtant, si Martin connaissait ce genre de femmes peu fréquentables qu'il ignorait en temps normal, celle-ci avait quelque chose qui lui faisait de l'effet. Pire, qui le faisait rougir jusqu'à la racine des cheveux. Une situation très embarrassante !

— Arrête de discuter mes ordres, bon sang ! reprit Christian.

Jessica leva les yeux au ciel.

— Et ne fais pas ça devant moi ! grogna Christian. La prochaine fois, ce sera un avertissement pour insubordination !

— Très bien, soupira Jessica. La prochaine fois, je le ferai dans ton dos...

Christian souffla et fit de son mieux pour rester calme. S'il n'avait pas embauché cette nana pour faire plaisir à son meilleur ami, son entreprise ne serait pas aussi performante à l'heure actuelle. Jessica était une vraie peste, mais elle faisait un travail remarquable. Sinon, cela ferait longtemps qu'il l'aurait foutue à la porte. Elle était vraiment insupportable quand elle s'y mettait ! Surtout lorsqu'elle se permettait de discuter ses ordres devant quelqu'un d'autre ! Il était quand même le PDG de cette boîte, bordel !

Christian se tourna de nouveau vers Martin et lui indiqua son ordinateur.

— Je vous laisse vous installer, Jessica répondra à toutes vos questions, continua Christian. Si vous avez le moindre souci, venez me voir.

Martin hocha la tête et regarda son supérieur disparaître par la porte, avant d'oser s'installer en face de sa collègue. Cette dernière était absorbée dans son travail et ne lui prêta aucune attention. Il l'observa encore un moment, avant d'oser prendre la parole. Il n'avait jamais eu pour collègue une femme aussi belle que peu avenante. Et Martin était d'un naturel timide, bien qu'il se fasse violence pour mener à bien ses missions en entreprise.

Il se racla la gorge, avant de se lancer.

— Heum... Où est-ce que je peux trouver le manuel qualité de l'entreprise ainsi que les dossiers de certification ? demanda-t-il enfin.

Jessica fixa lentement son attention sur Martin et l'observa d'un air blasé.

— Tout est là, répliqua-t-elle sèchement en se levant pour ouvrir une grande armoire au centre de la pièce.

Martin se leva pour aller à sa rencontre, mais Jessica repartit très vite à sa place, le laissant se débrouiller avec tous les dossiers et les classeurs empilés sur les étagères. Et ce furent les seuls mots qu'ils échangèrent de tout l'après-midi.

Même au moment de partir, Jessica fit de son mieux pour ignorer son nouveau collègue qui avait passé la demi-journée à étudier des papiers et à pianoter sur son ordinateur. Elle devait reconnaître qu'il n'était pas tellement gênant finalement. Il avait l'air aussi studieux qu'elle, ce qui était un gros point fort.

Le lendemain matin, Jessica était toujours contrariée de partager son bureau. Comme d'habitude, elle arriva trente minutes avant tout le monde, sauf, bien sûr, avant les ouvriers qui travaillaient en trois-huit et qui ne manquaient jamais son arrivée. Néanmoins, cette fois-ci, elle ne leur prêta aucune attention et fila droit vers son bureau. Elle en profita pour fouiller un peu dans les affaires de son nouveau collègue. Jessica était d'un naturel très très curieux et, si cela lui avait valu quelques problèmes par le passé, elle n'en avait toujours tiré aucune leçon. De plus, bien connaître les gens avec qui elle travaillait était primordial pour avoir une bonne dynamique de groupe.

Ce qu'elle ne savait pas, c'est que Martin aussi était quelqu'un de ponctuel. Surtout lorsqu'il commençait un nouveau job.

Lorsque ce dernier franchit la porte des bureaux administratifs, puis traversa le couloir qui menait jusqu'à son poste, il reconnut immédiatement le parfum de Jessica. Son cœur eut un léger soubresaut qui le déstabilisa. Martin entra dans son bureau avec appréhension et se figea lorsqu'il vit Jessica fouiller dans ses affaires.

— Tu cherches quelque chose ? demanda-t-il timidement.

Jessica sursauta. Elle croisa le regard noisette de Martin et son ventre se crispa.

— Heu... oui...

Elle avisa les quelques stylos qui étaient parfaitement alignés au-dessus du clavier.

— Un... crayon de papier ! s'exclama-t-elle en espérant qu'il la croirait.

Martin hocha la tête en s'approchant pour déposer ses affaires et Jessica retourna au pas de course à son bureau. Elle prit une feuille dans l'imprimante, puis gribouilla un schéma incompréhensible pour donner le change.

— Tu travailles sur quoi ? demanda Martin en s'asseyant.

Il l'observa avec admiration, tandis que Jessica lui jetait quelques regards inquiets.

— C'est confidentiel ! répliqua-t-elle sur la défensive.

Martin ne trouva rien à répondre, il acquiesça simplement, avant de se concentrer sur son travail. Il avait un boulot énorme à faire. Il devait remettre à jour tout le manuel qualité, ainsi que la planification des audits de suivi pour toutes les certifications de l'entreprise.

La matinée se passa dans une ambiance studieuse. Un silence qui convenait parfaitement à Jessica. Mais cette dernière avait quelques idées derrière la tête. En début d'après-midi, elle commença à demander des petits services à Martin.

Petit à petit, Martin se mit à accomplir beaucoup de tâches ingrates que Jessica ne voulait plus gérer.

En réalité, elle le traitait comme un simple assistant malgré son niveau d'études et d'expérience équivalents au sien. Mais Martin ne semblait pas en prendre note et la première semaine se passa sans encombre. Jessica jubilait intérieurement. Finalement, ce nouveau collègue lui donnait certains avantages...

Malheureusement, le lundi suivant, quelque chose changea dans le comportement de Martin. Il semblait beaucoup moins timide et se permettait des blagues douteuses assez misogynes qui commençaient à agacer Jessica. Bien sûr, il continuait à faire tout ce qu'elle lui demandait, mais il se comportait vraiment comme un abruti !

À partir de ce moment-là, les nerfs de Jessica furent mis à rude épreuve et, chaque jour, elle se sentait un peu plus démunie de sa patience, car le comportement de son collègue devenait de plus en plus insupportable.

Les jours étaient devenus des semaines et les semaines des mois entiers ! Chaque minute, chaque heure de la journée qui passait, l'ambiance ne faisait que s'empirer entre eux. C'était de plus en plus électrique. Si cela continuait, Jessica allait péter les plombs ! Elle ne savait pas très bien comment la situation avait pu dégénérer à ce point, alors qu'elle ne s'était jamais laissé démonter par personne auparavant. Elle ne savait pas non plus de quoi elle était capable pour mettre fin à son supplice, mais elle était sûre d'une chose : Martin devait arrêter de la traiter comme il le faisait ! Cela faisait déjà six longs mois qu'elle se farcissait ce connard !

Ce matin-là, Martin dépassa les bornes ! Il arriva presque en même temps que Jessica. À peine entendit-elle ses pas à l'entrée que son corps se crispa.

— Alors Jessica, comment ça va ce matin ?

Elle leva ses yeux gris vers lui et lui jeta un regard noir.

— Moins bien depuis que tu es là...

Martin observa sa collègue et fit de son mieux pour continuer de jouer son rôle. Depuis plusieurs mois, il suivait les conseils de son ami Lisandro. Un ami qui semblait en connaître un rayon sur les femmes. Alors, comme à chaque fois, il se fit violence pour paraître décontracté et sûr de lui.

— Toujours aussi rabat-joie à ce que je vois, répliqua-t-il.

— Toujours aussi insupportable ! grogna Jessica pour elle-même.

Mais loin de se décourager dans leurs échanges plus qu'inamicaux, Martin continua sur sa lancée, se répétant les encouragements de Lisandro.

— Ah, au fait, j'ai une blague pour toi, dit-il en observant toujours sa collègue malgré son cœur qui avait quelques ratés lorsqu'elle l'observait de cette façon si intense.

Mais Jessica ne garda pas leur contact visuel, elle reporta son attention sur son travail.

— Quelle est la boule de graisse autour du clitoris ? demanda Martin, le plus sérieusement du monde.

Jessica releva les yeux vers lui et, avant qu'elle n'ajoute quoi que ce soit, il répondit à sa blague débile :

— Ben, la femme ! continua-t-il avec une espèce de rire forcé.

Tous les muscles de Jessica se crispèrent instantanément.

— Franchement Martin, tu as quel âge ? répliqua Jessica en contenant son agacement tant bien que mal. Ce genre de blagues débiles est plutôt réservé aux ados prépubères, tu ne crois pas ?

Elle fit ensuite tout son possible pour ne plus réagir à toutes ces provocations, car un rien pouvait alimenter son intarissable flot de conneries misogynes !

Au début, elle avait eu la réplique facile, mais elle s'était vite rendu compte que cela ne servait à rien, bien au contraire. Martin semblait adorer la provoquer et la rabaisser, ce qui lui mettait les nerfs à vif. C'est pourquoi elle avait choisi de l'ignorer au bout de trois semaines. Toutefois, plus les jours passaient, plus cela lui était difficile.

Elle avait bien essayé de parler à Christian de son problème de compatibilité avec Martin, mais il ne voulait absolument rien savoir. Il n'arrêtait pas de lui répondre que Martin était l'un des meilleurs dans son domaine. Et, à chaque fois que son supérieur lui disait ça, cela l'énervait encore plus. C'était elle qui était censée être la meilleure dans son domaine, pas cette espèce de connard !

Encore une fois, sa journée s'annonçait interminable...

Au fond d'elle, Jessica espérait qu'il finirait par être renvoyé... Malheureusement, elle savait que ça n'arriverait jamais.

Malgré le grand nombre de choses à faire que Jessica lui donnait, il était toujours à jour. Le pire, c'était qu'il était aussi pointilleux qu'elle et qu'il ne faisait pratiquement aucune erreur. Il lui avait même soumis quelques points d'améliorations très pertinents ! Cet homme était vraiment excellent dans ce qu'il faisait et c'était tellement énervant pour Jessica...

Durant le reste de la journée, ils échangèrent encore quelques dialogues venimeux. Du moins, Jessica faisait tout pour lui lancer des piques à la moindre occasion, car elle n'arrivait jamais à l'ignorer totalement. Pourtant, Martin ne se décourageait pas et continuait ses remarques agaçantes.

La pression montait de plus en plus en Jessica. Elle était vraiment sur le point de craquer et de faire une crise de nerfs. Elle faisait tout son possible pour se maîtriser et garder son calme lorsque Martin revint de sa pause-café en fin de journée.

— Au fait, tu n'aurais pas pris quelques kilos ?

Là, c'était la goutte d'eau ! Jessica avait juste envie de se jeter sur lui pour l'étrangler ! Il ne méritait que ça ! Mais encore une fois, elle se retint. Pourtant, ce mec avait besoin d'une bonne leçon !

— Espèce de connard ! chuchota-t-elle tout de même.

Lorsqu'il remarqua le regard assassin de Jessica, Martin commença à douter des conseils de son ami. Depuis des mois, il essayait d'attirer l'attention de sa collègue, mais il n'y arrivait visiblement pas. Et, malgré les efforts considérables qu'il faisait pour accomplir à la perfection toutes les tâches qu'elle lui imposait, rien ne semblait être suffisant. Mais Lisandro lui avait garanti qu'il fallait se comporter en macho inaccessible avec ce genre de fille. Et c'est ce qu'il pensait faire depuis le début, sans grand résultat. Excepté le fait qu'elle semble le détester à présent...

— Bon... À plus, Jess, dit Martin en partant.

Sa collègue ne prit même pas la peine de lui répondre.

Dès que Martin eut franchi la porte de leur bureau, Jessica s'empressa d'appeler sa cousine Charline qui travaillait dans un studio d'effets spéciaux pour le cinéma. Jessica était vraiment à bout et son travail commençait à s'en faire ressentir.

— Quelque chose ne va pas ? demanda Charline en décrochant son téléphone.

— C'est de pire en pire..., se lamenta Jessica.

— C'est ton horrible collègue qui te fait encore des misères ? se moqua Charline.

— Chacha, il est vraiment insupportable ! Je n'en peux plus, il lui faut une bonne leçon...

Charline explosa de rire, car elle n'avait jamais vu sa cousine dans un état pareil.

— Tu es rarement dans une impasse, Jess.

— Ce n'est pas drôle ! J'ai besoin d'un plan. Je veux qu'il arrête de me traiter comme une pauvre blonde écervelée ! Qu'il arrête de me faire sentir insignifiante à côté de lui parce que je ne suis qu'une femme !

— Je vois...

Il y eut un silence de quelques secondes, avant que Charline ne reprenne la parole.

— J'ai peut-être une idée pour le calmer, reprit-elle.

Jessica se redressa sur son siège.

— Je suis tout ouïe.

— Voilà, j'ai pensé à ça parce qu'on est actuellement en train de travailler sur un prototype de ventre de femme enceinte. Un truc de fou qui simule les mouvements du bébé à l'intérieur du ventre. On a un contrat pour une série qui se passe aux urgences et ils veulent un accouchement réaliste et une maman qui peut communiquer avec son bébé...

— Viens-en au fait, Chacha !

Charline lâcha un petit rire.

— On pourrait lui faire vivre un accouchement..., lâcha-t-elle comme une bombe. Comme ça, il verrait les femmes autrement. En plus, on a un animatronic qui ressemble vraiment à un nouveau-né. Ça nous permettrait de tester le truc en situation, tu vois ?

— T'es cinglée ! s'esclaffa Jessica.

— Mais avoue que c'est une excellente idée, s'enthousiasma Charline. Allez, dis oui, s'il te plaît !!! Je te promets qu'après ce mec te laissera tranquille.

— Ça va le traumatiser et je me ferai sûrement virer par ta faute ! lança Jessica qui mourrait d'envie de dire oui rien que pour voir la tête de Martin dans cette situation.

— Allez !! insista encore Charline, car elle sentait que sa cousine était à deux doigts de céder.

— Ce serait irréalisable de toute façon, Chacha. Tu crois qu'on s'y prendrait comment ? Je l'inviterais à venir te voir au studio et après ? Tu crois qu'il se laissera faire ? Il n'acceptera probablement jamais une invitation de ma part, de toute façon. Il me rira au nez, c'est tout ce qu'il fera...

— Justement, j'ai un plan aussi pour ça.

— Depuis quand est-ce que tu penses à cette idée farfelue au juste ? s'inquiéta Jessica.

— Depuis un certain temps... Mais j'attendais que tu sois vraiment désespérée avant de t'en parler, rigola Charline.

— Tu es *vraiment* cinglée ! répéta Jessica.

— Ça va, c'est pas comme si tu n'étais pas au courant. Tout le monde me le dit au boulot, mais ils savent aussi que mes idées sont génialissimes ! Et les producteurs m'adorent pour ça.

— OK, vas-y, parle ! s'impatienta Jessica.

— Bon, ne m'interromps pas avant que j'aie terminé de tout t'expliquer, d'accord ?

— Crache le morceau ! s'impatienta Jessica.

— OK. Alors pour commencer, il faudrait que tu mettes un tout petit somnifère dans son café... Ensuite, on simulerait un malaise et tu ferais mine d'appeler une ambulance. Mais en réalité, tu me téléphonerais. On a une ambulance pour le tournage de la série. Je recruterai deux mecs costauds de la prod et les déguiserai en ambulanciers. Ensuite, il nous resterait quelques heures pour installer le faux ventre, camoufler les raccords avec du maquillage... On a déjà fabriqué le décor de la chambre d'hôpital avec le lit à étriers et tout.

— Putain, Chacha... T'es sûre qu'on ne risque pas la prison si on fait ça ?

Charline explosa de rire.

— Mais c'est pas comme si on allait le torturer, Jess. Et tu crois vraiment que les flics vont nous enfermer pour ça ? À mon avis, ils seront morts de rire, c'est tout !

Jessica essaya d'imaginer tout ce que Charline lui avait dit.

— D'accord. Et une fois qu'il se réveille, comment ça se passe ?

— Ah, j'allais y venir. Ah oui, on lui posera une fausse perfusion aussi. Donc, dès qu'il se réveille, on lui dit que la péridurale fait effet, c'est pour ça qu'il ne sent absolument rien. Ensuite, on fait bouger le faux ventre et un de mes amis acteurs jouera les médecins et s'inspirera des répliques du script de la série. Ça devrait prendre quelques minutes seulement. Et la cerise sur le gâteau, on lui file le nouveau-né entre les mains. Tu verras, il est tellement réaliste, c'est moi qui l'ai créé de toute pièce. J'en suis tellement fière !

Jessica écoutait sa cousine débiter tout son plan avec enthousiasme. Il n'y avait pas à dire, elle était vraiment passionnée par son travail. Pourtant, quelque chose la tracassait.

— Et s'il porte plainte, Chacha ? Qu'est-ce qui arrivera ?

— Tu crois vraiment que quelqu'un va le croire ? Imagine : « Je porte plainte parce qu'on m'a fait vivre un faux accouchement ».

Et Charline explosa de rire à l'autre bout du fil.

— J'en sais trop rien, répondit Jessica sans réussir à garder son sérieux.

— Avoue que mon plan est GÉNIAL !

— Il l'est, confirma Jessica. Mais c'est quand même un peu risqué. Je dois encore y réfléchir. En plus, je ne suis pas très à l'aise avec le fait de le droguer...

— Oh allez..., insista encore Charline.

— Je n'ai pas envie de tout perdre... Il pourrait me faire virer.

— Mais il ne saura pas que c'est toi ! répliqua Charline.

Jessica s'appuya contre le dossier de son fauteuil de bureau.

— Tu crois ?

— Fais-moi confiance.

Charline était quelqu'un de très perspicace et elle arrivait toujours à entraîner Jessica dans ses délires. Même si cela prenait parfois du temps.

— Je vais y réfléchir. Je te rappelle quand j'ai pris ma décision. Merci, en tout cas, je t'adore !

— Moi aussi, Jess.

Et elles raccrochèrent. Puis Jessica se perdit dans ses pensées. L'idée de sa cousine était vraiment vraiment folle ! Mais elle avait le mérite de la trouver drôle. Pourtant, elle ne se sentait pas encore le courage de faire subir ça à son collègue. C'était quand même aller un peu loin. Non ?

2

En rentrant chez lui, Martin se demanda s'il n'était finalement pas en train de tout gâcher avec Jessica. Cela faisait maintenant six mois qu'il essayait par tous les moyens d'attirer son attention. Mais il fallait l'avouer, il était un peu maladroit dans son genre.

Lisandro lui avait toujours affirmé que les filles aimaient les mecs machos et sûrs d'eux. Seulement, cela avait apparemment l'effet totalement inverse sur Jessica, bien qu'il s'efforce d'appliquer les conseils de Lisandro à la lettre.

D'ailleurs, il avait justement rendez-vous avec ce dernier dans à peine une heure.

Il prit une douche, se parfuma sans modération, puis s'habilla avec un jean délavé et une chemise dont il retroussa les manches sur ses avant-bras. Un style de tombeur d'après les dires de son ami. Enfin, jusqu'à présent, il n'avait décroché aucun rencard habillé de la sorte...

Martin commençait à remettre en cause les conseils de Lisandro. Si ce dernier réussissait à sortir avec une flopée de nanas toutes les semaines, ce n'était peut-être pas grâce à sa conversation, mais plutôt à son physique de beau gosse. Il fallait se rendre à l'évidence, Martin était loin de lui ressembler et toutes ses inepties de réparties et de blagues graveleuses ne lui avaient, pour l'instant, pas servi du tout. C'était même le contraire...

Martin retrouva Lisandro au Bureau de Sainte-Geneviève-des-Bois, un pub assez sympa. Il rejoignit son ami à la petite table qu'il occupait déjà en sirotant un whisky coca. L'ambiance était un peu bruyante avec la musique de fond et les clients qui discutaient, formant un brouhaha typique de ce genre de lieu.

— Salut, mec. T'en fais une tête..., l'accueillit Lisandro qui arborait toujours de belles chemises et une coupe de cheveux coupés court parfaitement coiffés.

Lisandro était espagnol et, quelque part, Martin l'enviait pour son charisme naturel. Cela lui permettait d'attirer l'attention de n'importe qui sans faire d'effort.

— J'ai l'impression qu'elle me déteste, enchaîna Martin en se glissant sur la banquette en face de Lisandro.

— C'est qu'elle est sur le point de craquer ! affirma Lisandro en lui donnant une petite tape sur l'épaule. T'en fais pas, c'est une question de jour maintenant. Tu sais ce qu'on dit ? « La haine est parfois proche de l'amour ».

Et il s'esclaffa, attirant l'attention de plusieurs personnes alentour.

— Je n'en suis pas si sûr...

— Mais si, crois-en mon expérience ! Tiens, regarde celle-là au bar.

Lisandro désigna une petite brune qui portait une robe noire ultra sexy et Martin hocha la tête.

— Elle semble douce et adorable mais, en réalité, c'est une vraie furie. La première fois qu'elle m'a regardé comme si elle allait me sauter à la gorge, on a baisé comme des bêtes pendant des heures !

— C'est une de tes ex, si je comprends bien.

— Ouais... disons plutôt un coup d'un soir qui a duré quelques jours, mais elle était insupportable.

— Je vois, mais on s'éloigne un peu du sujet, là. Qu'est-ce que je dois faire pour Jessica ?

— Invite-la à dîner.

— T'es sûr ?

— Mais oui, elle est à point ! Et te prends pas trop la tête, on est entourés de jolies femmes tu n'as que l'embarras du choix alors, pourquoi tu t'obstines à perdre ton temps avec elle ?

— Parce que c'est elle que je veux ! Je n'ai pas vraiment d'explication, mais cette nana me rend dingue. Elle hante mes pensées jour et nuit, tu comprends ?! Tu devais m'aider, Lisandro ! Je suis nul en drague et tu le sais.

— Écoute, fais ce que je te dis et tu seras fixé.

— C'est tout ? Juste comme ça ? Elle va me rire au nez, tu ne la connais pas...

— Essaie, c'est tout ! le rabroua Lisandro en regardant toutes les nanas alentour, sans vraiment prêter attention à la conversation.

— En fait, tu t'en fiches royalement...

Lisandro tourna la tête vers son ami, l'air un peu blasé.

— C'est juste que je ne comprends pas ton obstination pour cette femme.

— Tu comprendras le jour où tu tomberas amoureux, mec !

Lisandro s'esclaffa encore bruyamment.

— Ça, c'est pas demain la veille et ne me dis pas que tu es amoureux de ta collègue. Vous n'avez même pas couché ensemble !

— L'amour ne se résume pas au sexe, contrairement à ce que tu penses.

Lisandro lui jeta un regard réprobateur.

— Tu parles comme une gonzesse. Fais gaffe...

Martin resta encore une petite heure avec son ami, puis finit par rentrer chez lui. Il ne savait plus trop quoi penser des conseils de Lisandro. Pourtant, il décida de continuer encore quelques jours pour voir si son ami avait raison. Peut-être que Jessica était effectivement en train de le considérer comme un potentiel petit ami.

Dès le lendemain, Martin se rendit à son travail avec un nouvel espoir au fond du cœur. Comme à chaque fois, au moment où il franchit la porte du bureau, la merveilleuse odeur de Jessica le percuta de plein fouet. Son désir pour elle était chaque jour un peu plus fort.

Elle était déjà absorbée dans son travail. Martin prit une grande inspiration et s'encouragea mentalement, avant de s'approcher d'elle.

— Salut, dit-il fermement. J'ai besoin d'un café !

Elle leva ses yeux gris vers lui, le foudroyant du regard.

— Et alors ? lâcha-t-elle froidement.

— Alors, je ne vois qu'une seule femme ici. Et tout le monde sait que servir le café est un rôle de femme, continua Martin en faisant un signe vers la porte pour inciter sa collègue à l'écouter.

En entendant cela, Jessica faillit péter les plombs ! Elle ne s'était encore jamais rabaissée à servir un homme ! Toutefois, elle était prête à faire quelques concessions avec Martin. S'il pouvait la laisser tranquille rien qu'une journée...

— Si j'accepte, est-ce que tu me laisseras tranquille le reste de la journée ? demanda-t-elle prudemment.

Martin la fixa un instant, sans trop savoir quoi répondre. Il était absorbé par les lèvres rouge rubis de Jessica. Une couleur qui les rendait tellement pulpeuses que Martin avait toujours du mal à se concentrer. Et c'était bien la première fois que Jessica essayait de négocier avec lui. Il pensait que c'était une bonne chose, mais il devait tout de même garder la tête froide. Pourtant, un infime espoir réchauffa son cœur.

Lisandro a peut-être raison finalement...

— Je ferai mon possible, répondit enfin Martin.

— Bien, répliqua Jessica en se levant et en lissant sa jupe crayon parfaitement repassée.

Elle passa devant Martin avec hâte, malgré ses talons aiguilles de dix centimètres, et se rendit jusqu'à la machine à café. Elle sélectionna le café soluble, car elle savait qu'il était infâme, et ne mit aucun sucre.

Ça lui fera les pieds à cet idiot !

Elle revint à son bureau avec la tasse fumante et à l'instant où elle la déposa dans les mains de Martin, elle repensa au plan diabolique de sa cousine.

Martin et Jessica se fixèrent un instant dans les yeux avec des idées totalement différentes à l'esprit. L'un croyant que son plan était en train de fonctionner et l'autre préparant sa vengeance...

— Merci, chère collègue, dit Martin, un peu troublé par les magnifiques yeux gris de Jessica.

Cette dernière leva la main pour le faire taire.

— Plus un mot à partir de maintenant. C'était le marché.

Martin acquiesça en silence et s'installa à son poste, un petit sourire au coin des lèvres. Petit sourire que Jessica aurait bien fait disparaître à l'aide d'une gifle !

Et c'est à cet instant précis qu'elle décida qu'il était temps d'agir...

À l'heure du déjeuner, Jessica attendit que Martin parte manger pour contacter sa cousine. Charline était en plein tournage et ne pouvait pas vraiment discuter. Mais lorsque Jessica lui donna son accord pour son plan, Charline prit quelques minutes pour qu'elles se mettent au point. Ce qui étonna encore plus Jessica, c'est que tout était déjà prêt. Jessica devait juste récupérer un somnifère chez sa cousine le soir même.

Jessica était un peu nerveuse lorsqu'elle sonna chez sa cousine. Sa maison était immense et les grilles en fer forgé noir l'intimidaient un peu. Le portail s'ouvrit lentement, alors que Charline ouvrait la porte d'entrée pour faire signe à Jessica de la rejoindre. Cette dernière se dépêcha de traverser l'allée de gravier en essayant de ne pas tomber ni d'abîmer ses escarpins.

Charline faisait dans les un mètre soixante et avait une longue chevelure châtain clair qu'elle rassemblait souvent en une longue natte sur son épaule. Ses yeux d'un bleu pur lui donnaient un charme ravageur. Elle faisait un bon trente-huit et sa silhouette était bien proportionnée. Une poitrine généreuse et des fesses bien rebondies qui faisaient toujours un effet dévastateur sur les hommes.

— Salut Jess ! s'exclama Charline avec un grand sourire, avant de la prendre dans ses bras.

Jessica rendit son étreinte à sa cousine avec plaisir.

— Salut, Chacha, répliqua-t-elle aussitôt.

— Allez, viens, entre, continua Charline en l'entraînant dans son immense salon. Tu veux boire quelque chose ? J'ai du thé glacé.

— C'est parfait, répondit Jessica en s'asseyant sur le canapé moelleux.

Charline revint avec deux verres bien frais et prit place à côté de Jessica. Elle attrapa ensuite la boîte de médicaments qui se trouvait sur la table basse en teck.

— Bon, parlons de notre plan, reprit Charline sans perdre une minute.

Charline était vraiment excitée de faire un truc aussi fou.

— Tu lui en donnes un demi-comprimé, d'accord ?

Jessica hocha nerveusement la tête en prenant la petite boîte en carton.

— Ça a quel goût ? demanda-t-elle, anxieuse.

— Dissous dans du café, il ne le sentira même pas, répliqua Charline avec un clin d'œil.

Jessica acquiesça silencieusement. Cela ne lui ressemblait pas d'être aussi muette, mais savoir qu'elle allait commettre un délit l'inquiétait.

— Détends-toi, Jess. Tout se passera bien, rigola Charline.

— C'est facile pour toi, se plaignit Jessica. Tu ne risques pas ton job…

— En fait, si, un peu. Mais tu sais, si Christian voulait te mettre à la porte, il l'aurait fait depuis longtemps avec tout ce que tu lui fais subir.

— C'est pour ça qu'il a embauché ce type, réalisa Jessica. Pour me rendre folle et se venger !

Charline haussa les épaules.

— C'est possible.

— Lui aussi mériterait une bonne leçon ! lâcha Jessica.

— Quelque chose me dit que tu vas prendre goût à mes expériences en studio, se moqua Charline, ce qui fit redescendre Jessica sur terre.

— Ce n'est pas ce que je voulais dire.

Pour toute réponse, Charline se contenta d'observer sa cousine. Puis, elle décida qu'il était temps de se détendre devant un bon film de science-fiction, ou en tout cas, un film qui demandait un énorme travail d'effets spéciaux.

— On se refait les Aliens ? demanda Charline.

— Encore ? soupira Jessica. Pourquoi pas un bon film romantique ?

Charline leva les yeux au ciel, avant de lancer sa saga préférée.

Le lendemain matin, dès que son réveil sonna, Jessica eut un peu de mal à émerger. Elle était rentrée tard. Elle se leva difficilement, prit une douche rapide et se prépara tel un robot. Il était plus tôt que d'habitude et il fallait qu'elle arrive avant Martin pour dissoudre le somnifère dans son café.

Lorsqu'elle entra dans son entreprise, les employés ne la virent même pas arriver et elle en profita pour se ruer dans le couloir des bureaux administratifs. Elle serra nerveusement son sac à main en se dirigeant à son poste. Elle déposa ensuite ses affaires sur sa chaise, puis sortit la petite boîte de somnifères et en cassa un en deux. Elle reposa une moitié dans la boîte et garda l'autre au creux de sa main, avant de tout ranger dans son sac. Puis, elle se dirigea vers la machine à café en salle de pause.

Heureusement, il n'y avait encore personne à cette heure-ci. Jessica se dépêcha d'appuyer sur les touches et sélectionna une bonne dose de sucre, cette fois-ci. Enfin, elle récupéra le gobelet brûlant et y fit tomber le comprimé. Elle mélangea vigoureusement le café en priant pour que le médicament fonde rapidement. Avec anxiété, elle rejoignit son bureau, les yeux rivés sur la boisson chaude qu'elle continuait de touiller. Elle espérait vraiment que ce truc passerait inaperçu et n'aurait pas un goût bizarre.

— Salut ! C'est pour moi ? demanda Martin qui venait tout juste d'arriver.

Jessica sursauta en remarquant son collègue. Elle ne s'y était pas attendue et elle eut soudainement quelques doutes. Comme par acquit de conscience, elle se demanda si ce qu'elle s'apprêtait à faire était vraiment une bonne idée. Mais Martin ne lui laissa pas le temps de réfléchir, il lui prit le gobelet des mains avec un sourire suffisant.

— Tu apprends vite, continua-t-il avec un clin d'œil qui irrita Jessica au plus haut point.

À cet instant précis, elle n'eut plus aucun doute.

— Et j'ai même mis du sucre, cette fois, ajouta Jessica, les yeux plissés par la colère.

— C'est parfait Merci. dit-il en lui adressant un sourire franc et lumineux.

Martin observa sa collègue en essayant de garder son attitude provocatrice, mais cela lui était vraiment difficile. Il sentait que quelque chose était en train de changer et il ne savait pas comment le gérer. Il était vraiment intimidé.

À ce moment, une pointe de culpabilité traversa tout de même Jessica, mais elle ne renonça pas.

— Viens, on va s'installer en salle de pause pour discuter un peu, continua-t-elle.

— Ah bon... ? OK, d'accord...

Mince alors, cela veut-il dire que Lisandro a raison ? se questionna Martin avec espoir.

Il la suivit d'un pas enthousiaste et joyeux à l'idée qu'elle s'intéresse enfin à lui. Ils s'installèrent l'un en face de l'autre à la petite table de la cuisine, tandis que Jessica le fixait sans se départir de son sourire.

— Tu veux un café ? proposa Martin, ravi.

— Non, j'en ai déjà pris un, le rembarra Jessica sans cesser de surveiller son collègue.

Martin hocha la tête en avalant une gorgée de son café.

— Je suis un peu surpris par ton accueil, enchaîna-t-il. Qu'est-ce qui a changé ?

— Rien… J'ai juste remarqué qu'on n'avait jamais vraiment pris le temps de discuter depuis qu'on travaille ensemble, répliqua Jessica pour donner le change.

En réalité, elle attendait avec impatience qu'il s'évanouisse.

Martin sirotait son café sans la quitter des yeux, émerveillé par les courbes de son visage et ses grands yeux gris qui pétillaient de malice. Ils continuèrent à échanger quelques mots, avant que Martin ne commence à ressentir un engourdissement bizarre. D'un seul coup, son corps se fit mou et il eut la désagréable impression d'être totalement groggy. Ses yeux le piquèrent et la fatigue le submergea peu à peu, jusqu'à ce qu'il s'écroule sur la table.

— Ça c'est fait, chuchota Jessica en attrapant son téléphone pour appeler sa cousine.

Elle décrocha immédiatement.

— C'est bon ? demanda Charline avec excitation.

— Ouais… il s'est effondré sur la table.

— Parfait ! Maintenant va prévenir Christian, je me charge du reste.

Jessica acquiesça, avant de raccrocher. Elle n'avait pas envie de laisser Martin tout seul en salle de pause, alors elle appela Christian sur son portable. Elle ne l'appelait jamais, mais elle avait quand même gardé son numéro, au cas où…

— Pourquoi tu m'appelles sur mon portable ? grogna Christian en décrochant.

— Heu... Martin s'est évanoui en salle de pause. J'ai appelé une ambulance, mentit-elle. Je ne voulais pas le laisser seul...

Il y eut un silence de quelques secondes, avant que Christian ne reprenne la parole.

— Qu'est-ce qui s'est passé ? demanda-t-il avec suspicion.

— Rien du tout..., bredouilla Jessica qui sentait le poids de la culpabilité sur sa poitrine. Il buvait son café et, d'un seul coup, il s'est écroulé sur la table.

— Très bien, j'arrive ! s'exclama Christian avant de raccrocher.

Le cœur de Jessica se mit à battre à cent à l'heure. Elle avait soudain chaud et la peur la paralysa quelques secondes. Elle chercha un plan, quelque chose, n'importe quoi ! Puis elle posa les yeux sur le gobelet de café. Elle le saisit précipitamment et se leva pour le jeter. Christian entra juste au moment où elle retournait vers Martin.

— Tu as pris son pouls ? demanda-t-il, ce qui la fit sursauter.

— Heu... non, mais je suis sûre qu'il va bien. Enfin, j'espère..., grimaça-t-elle mal à l'aise.

Christian fronça les sourcils et plissa les yeux en observant Jessica. Mais il ne perdit pas son temps en explication, il se précipita vers son employé pour vérifier s'il respirait encore et si son cœur battait toujours. Si jamais un de ses employés mourrait dans son entreprise, ce serait une catastrophe et une enquête serait ouverte ! Cela pourrait ruiner sa boîte.

Pendant ce temps, Jessica surveillait les moindres gestes de Christian avec anxiété.

— Alors ? demanda-t-elle avec angoisse.

— On dirait qu'il dort. répliqua Christian en dévisageant Jessica avec méfiance.

Christian était sur le point de poser d'autres questions à Jessica lorsque deux hommes entrèrent en salle de pause. Ils étaient grands, musclés et portaient un uniforme de secouriste.

— On nous a signalé un malaise, commença le premier d'un ton très convaincant.

— Oui, c'est pour lui, répliqua Jessica avec empressement.

— Retourne à ton poste, lui intima Christian. Je m'occupe des formalités.

Jessica paniqua un peu. Elle ne savait pas si ces deux mecs connaissaient les « formalités » en cas de malaise, mais elle ne discuta pas. Elle se dépêcha de retourner à son bureau pour appeler Charline.

— Tout s'est bien passé ? demanda sa cousine en décrochant

Le cœur de Jessica battait à cent à l'heure. Elle avait une trouille bleue.

— J'en sais rien. Christian m'a dit de retourner travailler pendant qu'il s'occupait des formalités. Est-ce que tes gars savent comment ça se passe normalement ?

— J'espère, répondit simplement Charline.

— Putain, Charline ! Tu m'avais dit que tu avais tout prévu ! Si je me fais pincer pour de simples papiers, ça ne valait pas le coup. Merde ! Je vais me faire virer par ta faute et par ta négligence !

— Ça va, calme-toi. Ils ont des papiers, je me suis un minimum renseignée, d'accord ?

Jessica soupira pour relâcher la pression.

— OK, désolée. Je suis un peu stressée, c'est tout...

— Sans blague ! rigola Charline. Rejoins-moi dès que tu peux. Allez, détends-toi, ça va être drôle.

Jessica acquiesça, mais n'arriva pas à se détendre. Elle regarda par la fenêtre de son bureau et vit l'ambulance partir. Quand elle se retourna, Christian la rejoignait.

— Alors ? demanda-t-elle avec angoisse.

— On en saura plus dans quelques heures, se contenta de répondre Christian. Tu as bien fait d'appeler une ambulance avant de me prévenir.

Jessica hocha la tête.

— Est-ce que je peux prendre ma journée ? continua-t-elle. Tout ça m'a un peu chamboulée...

— Bien sûr, accepta Christian en lui pressant affectueusement le bras.

C'était vraiment rare qu'il lui montre un signe d'affection, mais elle savait qu'il l'aimait bien dans le fond.

— Tu l'aimes bien finalement cet imbécile, se moqua Christian en ressortant du bureau.

Si seulement il savait la vérité...

Jessica en eut quelques sueurs froides, mais elle se reprit aussitôt. Elle ramassa ses affaires et se précipita jusqu'à sa voiture. Il lui fallut une bonne heure pour rejoindre le studio de Charline qui se trouvait à Paris. Une bonne demi-heure supplémentaire pour trouver une place et quinze minutes de marche pour arriver devant l'entrée du studio. Les rues étaient bondées de voitures et de passants qui couraient dans tous les sens, sans compter les vélos qui slalomaient entre les voitures. C'était vraiment difficile de rester zen dans cette ambiance parisienne. Elle détestait cette impression que tout s'accélérait dès qu'on arrivait dans la capitale.

L'immeuble parisien était quelconque. On n'aurait jamais pu se douter qu'il abritait un immense entrepôt de gadgets tous plus farfelus les uns que les autres.

Elle envoya un SMS à Charline qui vint lui ouvrir quelques secondes plus tard.

— Entre, dépêche-toi ! s'enthousiasma sa cousine qui avait l'air surexcité. Il est arrivé il y a une heure, on a presque fini de tout installer.

— Je commence à regretter, lâcha Jessica en suivant Charline qui avançait au pas de course.

— Arrête de dire des bêtises ! rouspéta Charline.

Une foule de personnes grouillaient autour d'eux et faisaient fonctionner un tas de trucs bizarres. Le plus impressionnant était une tête de dinosaure qui lui ficha la trouille.

— C'est pour quoi ça ? se risqua à demander Jessica.

— Jurassic World, ils nous ont commandé quelques modèles pour le prochain film.

— Putain, c'est dingue ! s'exclama Jessica. Tu travailles pour les États-Unis ?

— Parfois... On est un gros studio, tu sais.

Jessica acquiesça avec émerveillement tout en continuant à suivre les pas rapides de sa cousine. Elles traversèrent encore quelques box qui contenaient des choses improbables, dont certaines en mouvement, pour arriver enfin devant la réplique d'une chambre d'hôpital.

Martin était inconscient sur un lit. Charline expliqua à Jessica ce qu'elle avait fait, de la fausse perfusion fixée à son bras, au faux ventre de femme enceinte. Un assistant était en train de peaufiner les raccords de peau pour que tout soit le plus naturel possible.

— Et quand j'appuie sur ce bouton, continua Charline, le ventre bouge.

Et le ventre fixé à Martin se mit à bouger, comme s'il y avait un vrai bébé à l'intérieur.

— C'est fou, on dirait un vrai..., bredouilla Jessica épatée.

Charline se contenta de sourire.

— Au fait, ce mec est peut-être un abruti fini, mais il est sacrément bien foutu, je devais te le dire, continua Charline.

— Ah bon ? s'étonna Jessica.

Charline hocha la tête avec une moue qui appuyait ses propos, mais Jessica choisit de l'ignorer. En aucun cas, elle ne voulait s'étendre sur ce sujet. Martin ne lui plairait JAMAIS, un point c'est tout !

— On dirait qu'il se réveille, déclara soudain l'assistant.

Il avait l'air très jeune. Peut-être dix-huit ans. Il était plutôt bien portant et habillé d'un jogging trop grand pour lui.

— OK. Tout le monde est en place ? demanda Charline.

L'assistant fit encore quelques retouches de maquillage, avant de ranger tout son matériel, tandis qu'un autre homme habillé en médecin se positionnait près de Martin.

— C'est bon pour moi, dit-il avec un grand sourire.

Jessica faillit s'étrangler en reconnaissant celui qui avait joué dans de nombreux films américains et qui incarnait un super héros avec une armure en acier.

— Putain, comment t'as fait ? chuchota-t-elle à Charline.

— Je lui ai dit que je lui présenterai ma cousine qui est mannequin, rigola Charline en faisant un clin d'œil à Jessica.

Jessica manqua de s'étouffer.

— Tiffany n'acceptera jamais..., hésita-t-elle.

— Tu paries ?

— Mais elle va bientôt se marier, continua Jessica en imaginant sa sœur avec l'homme qui se trouvait face à elle.

Une pointe de jalousie la traversa.

— C'est bon il se réveille, la coupa Charline pour changer de sujet. Et... action !

Jessica et Charline allèrent se planquer dans le bureau de Charline pour surveiller la scène à travers la caméra qu'elle avait postée dans la salle. Sur le coup, Jessica ne réfléchit pas au fait que cela constituait une preuve de sa culpabilité, elle regarda simplement la scène.

3

Martin commença à reprendre conscience, sentant quelque chose de lourd et d'inconfortable au niveau du ventre. Il ouvrit difficilement les yeux pour découvrir un homme penché sur lui. Martin regarda autour de lui et remarqua qu'il était dans un endroit qui ressemblait à une chambre d'hôpital.

— Qu'est-ce qui se passe ? demanda-t-il sans comprendre.
— Détendez-vous. Le travail a commencé. Vous êtes presque à dix centimètres. La péridurale a stoppé la douleur, tout ça sera bientôt terminé, annonça le médecin d'une voix rassurante.

La tête de cet homme lui disait vaguement quelque chose, mais Martin était dans un tel état qu'il n'arrivait pas à se rappeler d'où il le connaissait.

— Qu'est-ce que vous racontez ? s'énerva Martin en tentant de se relever.

Son faux ventre l'empêcha de faire le moindre mouvement et son bras gauche fut retenu par le tuyau qui y était accroché.

— C'est quoi ce bordel !! hurla-t-il en palpant le gros ventre.
— C'est normal que vous ne sentiez rien, c'est à cause de la péridurale, ajouta le médecin.

Martin commença à paniquer, surtout lorsque le ventre se mit à bouger sous ses doigts.

— Putain ! Qu'est-ce que c'est ??? Enlevez-moi ce truc, bordel !!! hurla-t-il.
— C'est simplement votre bébé, calmez-vous. Maintenant, il faut pousser pour le faire sortir.

Martin regarda encore une fois autour de lui, il était en panique totale et il ne savait plus quoi faire.

— C'est bien, continuez ! l'encouragea le médecin qui s'était placé entre ses jambes.

Martin n'avait pas eu le temps de remarquer que ses pieds étaient dans des étriers prévus à cet effet. En réalité, la scène dura à peine quelques minutes, mais Martin eut l'impression que cela durait des heures... Il continuait à hurler et à jurer en essayant de s'enfuir, mais il n'y arrivait pas.

— C'est une petite fille, continua le médecin en portant un truc recouvert d'une substance gluante jusqu'à lui.

Un truc qui ressemblait à un bébé et qui bougeait dans tous les sens.

— Virez-moi cette saloperie !! hurla Martin, hystérique.

Jessica qui observait la scène de l'autre côté de la pièce demanda à sa cousine d'arrêter sa plaisanterie. Cela était vraiment trop bizarre. Charline soupira, puis rejoignit Martin dans la fausse chambre d'hôpital.

— Alors, tu as compris la leçon ? demanda Charline en arrivant à hauteur de Martin.

— Quoi ? Mais vous êtes qui au juste ? Quelle leçon ?

— Que les femmes ne sont pas inférieures aux hommes et qu'elles méritent le respect ! s'exclama Charline.

— Vous êtes cinglée !! hurla Martin.

— Je suis au courant, répliqua Charline en laissant échapper un petit rire.

— Vous êtes une psychopathe ? s'inquiéta Martin.

— C'est bon Charline ? demanda l'acteur qui tenait toujours l'animatronics de bébé dans les mains.

— Oui, merci Tony.

— Où est-ce que je pose le « bébé » ? continua l'acteur.

Charline lui fit signe de le laisser sur un des meubles à côté du lit et Martin faillit péter les plombs en voyant la chose couverte de morceaux gluants continuer à bouger.

— Vous allez me découper en morceau ? paniqua Martin.

Charline soupira et Tony lui adressa un petit sourire en coin avant de s'en aller.

— On est dans un studio d'effets spéciaux, alors calme-toi. Tu avais besoin d'une bonne leçon après tout ce que tu as fait subir à ma cousine.

Martin ne comprit pas tout de suite ce qu'elle lui disait et quand Charline s'approcha de lui pour retirer le faux ventre, il lâcha un gémissement pathétique.

— C'est juste du maquillage et du silicone, détends-toi.

— Me détendre !!!! hurla Martin qui repoussa Charline d'un geste brusque. Vous vous rendez compte de ce que vous venez de me faire, au moins ???

Charline recula.

— Jessica ? Ramène-toi, vite !! cria Charline, qui ne savait pas trop comment gérer Martin, avant de réaliser ce qu'elle venait de faire.

Martin se figea.

En voyant la réaction de Martin à l'écran, Jessica comprit qu'il était inutile de se cacher. Charline venait de la vendre sans scrupule ! Alors, elle rejoignit son collègue et sa cousine d'un pas raide. Elle franchit le box en essayant de garder une contenance.

— Tu l'as bien mérité ! commença Jessica en croisant les yeux noisette de Martin.

Ce dernier sentit son cœur se broyer. Il avait eu faux sur toute la ligne.

— C'est toi qui as manigancé tout ça ? s'étonna Martin.

La déception dans la voix de ce dernier chamboula un peu Jessica.

— En réalité, c'est Charline. Mais tu t'es comporté comme un vrai crétin et ça fait des mois que ça dure, Martin ! J'ai fini par péter les plombs...

Il y eut un silence de plusieurs secondes pendant que Martin accusait le coup. Puis il réalisa qu'il devait lui dire la vérité. Toute sa colère se dissipa. Charline en profita pour ranger un peu et pour nettoyer son faux bébé, alors que Jessica et Martin continuaient de se fixer. Une tension palpable régnait dans la pièce.

— Si j'ai fait tout ça... c'était pour attirer ton attention..., bredouilla Martin. Tu me plaisais... et je ne savais pas comment faire...

Jessica se figea pendant plusieurs secondes, bouche bée.

— Qu'est-ce que tu as dit ? demanda-t-elle enfin.

La honte paralysa soudain Martin et il baissa les yeux en sentant ses joues virer au rouge.

— J'ai écouté les conseils débiles de Lisandro pendant ces six derniers mois parce que je ne savais pas comment t'inviter à sortir... Mais je ne suis pas comme ça, d'habitude...

— Quoi... ? lâche-t-elle en s'étranglant presque. Tu as des vues sur moi ?

Le ventre de Martin se noua de plus belle et son cœur se serra. La tristesse l'envahit. Maintenant, il n'avait plus aucune chance avec Jessica.

— Oui..., murmura-t-il.

Cette révélation était un véritable choc pour Jessica. Elle ne savait pas vraiment comment réagir. Tout ça, c'était de la faute de Charline... Néanmoins, elle se sentait quand même coupable. Pendant tout ce temps, elle avait cru que Martin était un abruti fini.

— Je suis désolée..., s'excusa-t-elle confuse. J'ai cru... enfin, tu m'as tellement énervée avec ces blagues vaseuses et ton comportement de gros con...

— Lisandro m'avait affirmé que c'était en train de marcher... Mais ce n'est pas le meilleur dans ce domaine, apparemment...

Il y eut un moment de silence gênant, durant lequel ils s'évaluèrent du regard.

— C'est bon, maintenant ? s'interposa Charline. Je peux récupérer mon matos ?

Martin avait presque oublié qu'on l'avait affublé d'un ventre de femme enceinte et qu'il était dans une réplique de chambre d'hôpital. Il acquiesça simplement en regardant Charline s'approcher.

Cette dernière arracha le silicone collé sur sa peau et cela le fit grimacer.

— Tu ne méritais pas ça..., murmura Jessica en regardant faire sa cousine. C'est Charline qui m'a entraînée là-dedans...

— Eh ! Arrête un peu, répliqua Charline. Je ne t'ai pas forcée ! Ce type te rendait dingue.

Martin ne perdit pas une miette de leur conversation et Jessica le surprit en train de l'observer. Cela la mit encore plus mal à l'aise. Elle se résigna néanmoins et prit une grande inspiration.

— Comment je pourrais me faire pardonner ? finit-elle par demander.

— Comment vous avez fait ? enchaîna Martin, toujours un peu sous le choc.

Il n'avait pas l'habitude de se faire entraîner dans ce genre de situation...

Charline termina enfin de détacher le faux ventre, révélant celui parfaitement musclé de Martin. Chose que Jessica ne parvint pas à ignorer.

— Tu vois ? intervint Charline en voyant le regard de Jessica. Je ne t'avais pas menti.

Et sa cousine lui adressa un clin d'œil complice qui fit froncer les sourcils de Jessica. Cette dernière lui fit signe de se taire.

— Je t'ai drogué avec un petit somnifère, confessa Jessica à mi-voix.

Elle se racla la gorge, sans réussir à le regarder.

— Ensuite, j'ai fait croire à tout le monde que tu avais eu un malaise et Charline a envoyé deux gars pour jouer les infirmiers et te transporter ici.

Elle se tortilla les doigts avec anxiété, sans oser relever les yeux vers lui. Elle n'avait jamais pensé que tout ceci se finirait comme ça.

— C'est Charline qui a tout organisé...

— La vache, c'est super brillant et vraiment flippant, lâcha Martin.

— Merci, intervint Charline en remballant toutes ses affaires.

— Tu trouves ? reprit Jessica d'une toute petite voix.

Charline quitta le box avec ses accessoires de cinéma, les laissant seuls quelques minutes.

— Ouais... Enfin... ça n'empêche pas que ta cousine est complètement cinglée et j'ai vraiment flippé... Mais tu m'as impressionné.

Martin se mit en position assise et reboutonna sa chemise pour se rhabiller. Jessica ne put s'empêcher d'observer ce ventre parfaitement plat et musclé.

— Donc, tu ne vas pas porter plainte ? s'inquiéta Jessica.

Un autre silence gênant s'installa entre eux. Ils se fixèrent un instant, tandis que Martin réfléchissait à toutes ses options.

— On pourrait dîner ensemble un de ces soirs..., commença-t-il hésitant. Comme ça, on serait quittes.

Il haussa les épaules en désespoir de cause, mais Jessica répliqua immédiatement :

— Je ne sortirai pas avec toi ! assena-t-elle d'un ton cassant.

Certes, elle venait de faire quelque chose d'horrible à son collègue, mais les affreux six mois qu'elle avait passés en sa compagnie ne s'effaceraient pas du jour au lendemain.

— OK..., balbutia Martin en sentant de nouveau son cœur se comprimer.

Il accusa le coup, alors que la colère se mêlait à la déception. Ils se fixèrent encore un instant dans un silence pesant. Jessica était toujours rongée par la culpabilité et l'expression de Martin la fit capituler.

— D'accord... va pour un dîner, accepta-t-elle finalement.

Le corps de Martin se détendit d'un coup et ses joues se teintèrent de nouveau de rouge. Il mit du temps à reprendre la parole.

— Demain soir ? proposa-t-il avec angoisse.

Il savait qu'il devait fixer une date maintenant, au risque de perdre sa chance. À son grand soulagement, Jessica hocha la tête en le dévisageant bizarrement.

— Alors... tu ne m'en veux pas ? s'étonna-t-elle.

— Si, mais tu m'as demandé ce que tu pouvais faire pour te faire pardonner, dit-il avec anxiété.

Jessica n'ajouta rien et c'est à ce moment-là que Charline revint dans le box.

— Vous êtes encore là ? rouspéta-t-elle. Allez, tirez-vous maintenant, j'ai plein de boulot et on commence un tournage dans 1h !

— Ça va, ronchonna Jessica. Tu pourrais au moins me remercier de t'avoir permis de faire ta petite expérience.

— C'était cool, merci, Jess. Allez, à plus !La sortie, c'est par là, continua Charline en pressant Jessica et Martin vers l'allée principale.

Ils sortirent tous deux de l'immeuble puis se séparèrent pour rentrer chacun chez eux. Néanmoins, Jessica avait du mal à croire ce que Martin lui avait confessé. Il se moquait d'elle, elle en avait la certitude. Il devait sûrement élaborer un plan pour se venger.

Le lendemain, Martin et Jessica n'échangèrent pas un mot, se contentant de vaquer à leurs tâches respectives toute la journée. Jessica ressentait toujours cette culpabilité qui lui vrillait les entrailles. Elle espérait que Martin oublierait l'épisode de « l'accouchement » rapidement. Ce dernier, quant à lui, ne savait toujours pas comment se comporter avec sa collègue. Il vérifiait constamment sa montre, comptant les heures qui le séparaient de la fin de journée. Il était pressé d'emmener dîner Jessica malgré la façon dont elle l'avait rabroué au moment de l'invitation. Et l'ambiance tendue qui régnait le faisait encore plus douter de lui.

Lorsque l'heure de partir arriva enfin, Martin hésita un instant avant de s'adresser à Jessica. Il se racla la gorge plusieurs fois pour attirer son attention.

— Est-ce que… ça tient toujours pour ce soir ? demanda-t-il d'une voix mal assurée.

Jessica croisa enfin son regard et avisa la couleur rouge écarlate du visage de Martin.

— Heu… oui, bien sûr, confirma-t-elle, mal à l'aise en recommençant à ranger ses affaires.

— Alors… comment on s'organise ? demanda fébrilement Martin. On pourrait se retrouver vers 19h…

Jessica stoppa ce qu'elle était en train de faire pour relever de nouveau les yeux vers lui.

— Tu n'as qu'à me donner l'adresse et je te retrouverai là-bas, répondit-elle simplement.

Martin acquiesça puis griffonna quelque chose sur un papier, avant de le lui apporter.

— Voilà… il y a aussi mon numéro, au cas où…

— Merci.

Elle prit le papier sans même le regarder.

— Bon, à tout à l'heure, alors…, marmonna Martin en se dirigeant vers la sortie, la boule au ventre.

Jessica lui fit un bref signe de main en l'ignorant à moitié.

Bon sang ! Pourquoi ai-je accepté de sortir avec lui ?! se demanda-t-elle.

Pour te faire pardonner de lui avoir infligé un accouchement, répondit la petite voix dans sa tête.

Et Jessica grogna de frustration. Elle n'avait aucune envie de sortir dîner avec ce type. À coup sûr, elle s'ennuierait à mourir.

De retour chez elle, Jessica commença à ressentir le trac de ce premier rendez-vous. Certes, Martin ne l'intéressait pas, mais le fait de le voir en dehors du bureau, dans un cadre non professionnel, la mettait vraiment mal à l'aise.

Son ventre était noué à l'extrême, ses mains étaient moites et elle n'arrivait pas à tenir en place. Pire encore, elle ne savait pas du tout ce qu'elle allait porter. Lorsque cette pensée lui traversa l'esprit, elle se précipita dans sa chambre et ouvrit son armoire à la volée. Elle entreprit ensuite de fouiller dans toutes ses affaires, jetant une par une ses tenues sur le lit.

— Oh, bon sang ! Je n'ai rien à me mettre, pesta-t-elle, alors qu'une montagne de vêtements gisait sur son lit.

Jessica passa un long moment à réfléchir en fixant ses affaires. Puis, elle finit par opter pour un jean slim noir et un petit top gris métallisé. Il fallait qu'elle soit présentable sans en faire des tonnes. Si elle avait des doutes sur les révélations de Martin, elle ne voulait pas l'encourager.

Elle avisa ensuite sa montre : 18h30.

Bon sang ! Il lui restait à peine trente minutes pour prendre sa douche, se maquiller, se coiffer et s'habiller.

Elle se rua dans la salle de bains et fit son possible pour être prête à l'heure. Ce n'était pas pour Martin, c'était juste parce qu'elle détestait être en retard.

Martin tourna en rond dans son salon, espérant que les minutes passeraient plus vite que d'ordinaire. En effet, il était tellement impatient de retrouver Jessica dans un contexte autre que professionnel qu'il était prêt bien avant l'heure. Il s'était imaginé ce moment depuis des mois, mais il n'avait jamais pensé que cela se réaliserait un jour.

Il aurait pu se rendre directement au pub, mais attendre une heure là-bas, en scrutant toutes les personnes qui entraient, le rendrait dingue. En faisant les cent pas, l'angoisse l'étreignit un peu plus à chaque minute. À tel point qu'il sua à grosses gouttes et que sa chemise se tacha bientôt d'auréoles sous les bras.

— Eh, merde ! jura-t-il.

Martin décida de reprendre une douche et de mettre une bonne dose de déodorant cette fois-ci. Au moins, le temps passa plus vite qu'à attendre bêtement l'heure fatidique du départ.

Une fois prêt, il avisa sa montre et constata qu'il était tout juste 19h. Le stress l'assaillit de nouveau. Il ne voulait surtout pas être en retard ! Il jura de plus belle et se précipita dans sa voiture pour se rendre au pub. Heureusement, il n'en avait que pour dix minutes de route.

Il se gara sur le parking, juste devant l'entrée du Bureau de Sainte-Geneviève-des-Bois. Il prit une grande inspiration pour se calmer et sortit de sa voiture, les jambes légèrement flageolantes et le cœur battant.

D'une main tremblante, il poussa la porte du pub.

— Je suis là, dit une voix derrière lui.

Martin se retourna brusquement et tint la porte à Jessica, dont il n'arrivait pas à détacher le regard. Elle passa devant lui en le remerciant de lui avoir tenu la porte, alors qu'il était toujours figé, comme s'il était victime d'un coup de foudre. Jessica était vraiment splendide et encore plus intimidante. Il fit de son mieux pour ne pas fixer son décolleté et éviter de s'attarder sur les courbes de ses jambes, car son jean slim était ultra sexy. Une bouffée de chaleur l'envahit et il sentit ses joues devenir brûlantes. À tous les coups, il était encore rouge comme une tomate ! Et pour ne rien arranger, son entrejambe se mit à durcir de façon intempestive...

— Hey ! Ça va ? s'inquiéta Jessica.

Martin cligna des yeux et sembla reprendre ses esprits.

— Heu, oui..., désolé, s'excusa-t-il. Viens, j'ai réservé une table.

Elle acquiesça et prit le temps de noter l'effort de Martin concernant son look. Sans ses lunettes, il paraissait un peu moins timide, mais la couleur écarlate de ses joues démentait cette impression. Ses cheveux n'étaient plus coiffés sur le côté, tel un premier de la classe, mais arboraient une coiffure en bataille étudiée. La chemise blanche qu'il portait était ouverte sur le col et les manches retroussées sur ses bras musclés.

Décidément, Charline a raison, il est plutôt bien foutu, nota Jessica en détaillant ses fesses moulées d'un pantalon noir.

Pourtant, ce n'était pas son genre d'homme. Il était bien trop timide. Elle le suivit à travers les tables et ils s'installèrent près de ce qui semblait être une piste de danse. La musique était entraînante, mais permettait aisément de discuter. L'ambiance était chaleureuse, ce qui détendit un peu Jessica.

Tout en s'asseyant, Martin vérifia l'endroit où son ami Lisandro avait l'habitude de se trouver. Ce soir, il n'y avait aucune raison pour qu'il soit présent, mais cela l'angoissait quand même un peu. Il pourrait très bien ficher son rendez-vous en l'air. Bien qu'il soit conscient que Jessica n'était pas du tout intéressée, il voulait quand même tenter sa chance. Si Jessica rencontrait Lisandro, par contre, ce dernier lui en mettrait plein la vue et elle partirait certainement avec lui...

Martin n'était pas jaloux de Lisandro, quoique... peut-être un peu...

Il reporta son attention sur Jessica avec un visage anxieux ; tant par la perspective de passer enfin une soirée avec sa collègue que par l'éventualité de croiser son ami.

— Qu'est-ce que tu veux boire ? lui demanda-t-il enfin en esquissant un sourire charmé et intimidé.

Jessica ne se rendit pas compte de la façon dont son collègue la dévorait des yeux et parcourut la carte d'un bref regard.

— Un Pepsi sera parfait.

— Tu vas me laisser boire tout seul ? essaya de plaisanter Martin.

Jessica lui lança un regard perçant.

— Je n'ai pas l'intention de finir saoule pour que tu profites de la situation. Je connais les hommes. Vous êtes tous pareils...

Le visage de Martin se décomposa.

— C'est très vexant... Je parlais juste d'une bière... Je sais que je ne t'intéresse pas...

Jessica se mordit la lèvre inférieure, encore une fois confuse par ses conclusions hâtives.

— Désolée...

Le serveur arriva pour prendre leur commande. Martin demanda une Leffe Ruby, ce qui fit hésiter Jessica. Après un instant de réflexion, elle prit la même chose. Elle pouvait au moins faire ça pour lui.

— Satisfait ? dit-elle lorsque le serveur repartit vers le bar.

Martin esquissa un sourire rayonnant.

— Tu vas voir, elle est délicieuse.

Leurs boissons arrivèrent quelques minutes plus tard. Jessica but une gorgée et acquiesça.

— C'est vrai qu'elle est bonne cette bière.

Martin sourit de plus belle, sans trop savoir quoi ajouter, mais il devait meubler ce silence presque gênant entre eux. Et il doutait fort que la bière puisse être un bon sujet de conversation pour draguer Jessica. Il l'observa un moment avant de se décider à parler

— Est-ce que... tu veux danser ? proposa Martin, les yeux baissés sur son verre en se préparant à un refus.

Il détailla longuement les gouttes de condensation qui descendaient sur le pied du verre.

— Je n'aime pas danser. ., avoua Jessica, gênée.

— Ne t'en fais pas, il y a toujours ce pas universel que tout le monde sait faire, la taquina Martin en relevant les yeux vers elle.

— Ce n'est vraiment pas drôle !

— Écoute, je sais que tu ne m'apprécies pas, mais tu pourrais au moins me laisser une chance et faire semblant pour ce soir, supplia Martin d'une voix mal assurée.

Jessica le fixa sans ajouter un mot, mais elle hocha faiblement la tête. Elle pouvait bien lui accorder ça.

— On va d'abord dîner. On avisera pour le reste, d'accord ? ajouta Martin.

Jessica lui adressa un nouveau mouvement de tête.

— Alors, raconte-moi pourquoi tu n'aimes pas danser, commença Martin avec hésitation.

Jessica pinça les lèvres et reposa lentement son demi sur la table. Elle observa la salle d'un air absent.

— On est vraiment obligés de parler de ça ? se lamenta-t-elle. Je n'ai pas l'intention de te faire des confidences.

Le visage de Martin se décomposa encore une fois et il sentit que la soirée allait être longue et pénible si elle continuait à se comporter comme ça. À quoi il s'attendait de toute façon ?

— D'accord..., continua-t-il. Tu n'as qu'à me poser des questions alors...

Elle lui jeta un regard acéré qui dura quelques secondes puis son visage se radoucit, comme si elle se résignait.

— J'ai souvent été en boîte avec mes copines lorsque j'avais la vingtaine, commença-t-elle. Et je me ridiculisais à chaque fois. À l'époque, j'étais beaucoup plus grosse... J'étais un peu le souffre-douleur de la bande. Elles se moquaient toujours de moi, mais je m'en suis aperçue bien plus tard...

— Je suis sûr que tu exagères, dit-il en la dévorant du regard. Tu es magnifique Jessica.

Les joues de Martin virèrent au rouge, alors que son sourire restait figé sur son visage. Encore une fois, son attirance pour sa collègue le faisait passer pour un imbécile et il s'en voulait de paraître si empoté devant elle.

— Je n'exagère pas, Martin... Et arrête de me regarder comme ça, continua-t-elle en se tortillant sur sa chaise, mal à l'aise.

Elle resserra les pans de sa veste pour dissimuler sa poitrine.

— Désolé, balbutia Martin en s'enfonçant dans son siège et en rougissant de plus belle.

Son cœur martelait sa poitrine et sa respiration s'accéléra. Il ne savait pas comment se comporter face à cette femme qui le rendait complètement dingue. Son parfum était beaucoup trop enivrant et, malgré sa timidité et le fait qu'elle ait été très claire sur ses intentions, il était sur le point de commettre une énorme erreur.

Il examina la main de Jessica posée près de son verre, pesant le pour et le contre. Il avait tellement envie de la toucher que tout son corps était en sueur. Mais il avait toujours été incapable de prendre les devants face à une femme...

— Qu'est-ce qu'il y a ? demanda Jessica qui trouvait le comportement de Martin vraiment bizarre.

Martin releva les yeux vers son visage, se sentant de plus en plus mal.

— Rien...

— Hey, mec ! Tu ne m'avais pas dit que tu avais un rencard.

Martin se figea et ressentit une peur viscérale en reconnaissant la voix de Lisandro. Il devint livide, fixa Jessica d'un regard douloureux et se tourna vers son ami.

Toujours habillé d'une chemise retroussée sur ses manches et d'un jean délavé, son ami avait ce charisme naturel que Martin lui enviait tant. Les cheveux noirs coiffés en arrière, Lisandro observa Jessica avec insistance de ses yeux sombres.

— Lisandro ? Mais... qu'est-ce que tu fais là ? demanda Martin d'une voix fébrile.

— Voici donc le fameux Lisandro, enchaîna Jessica qui le jaugea de la tête aux pieds.

— Et vous êtes ? répliqua Lisandro en lui adressant son plus beau sourire.

Martin se sentit encore plus mal, mais il ne savait pas quoi faire.

— Jessica, répondit sa collègue en lui rendant son sourire.

Sans gêne, Lisandro lui attrapa les doigts pour lui faire un baisemain.

— Martin m'a beaucoup parlé de toi. Il m'avait dit que tu étais magnifique, mais la réalité surpasse de loin ses paroles.

Jessica vit Martin se recroqueviller sur lui-même du coin de l'œil, mais ressentit un certain plaisir à entendre ces paroles. Néanmoins, elle n'avait aucune confiance en ce Lisandro qui était beaucoup trop entreprenant à son goût.

— Tu parles de moi ? s'indigna-t-elle à l'attention de Martin, avant de retirer brusquement sa main de celle de Lisandro et de lui adresser un regard suspicieux.

— Écoute, je connais les types dans ton genre qui baisent à tour de bras sans se rappeler du nom de leur dernière conquête. Alors, inutile de te fatiguer à faire semblant avec moi.

Lisandro marqua un temps d'arrêt, complètement pris au dépourvu. Puis il observa Martin avant de revenir sur le visage de Jessica. Cette dernière savait exactement comment fonctionnaient les hommes comme Lisandro. Elle avait l'habitude des relations sans attache et elle aimait beaucoup rabaisser ceux qui se croyaient irrésistibles.

— Je vois, lâcha Lisandro en étudiant Jessica.

Il y eut quelques secondes de silence, puis :

— Bien joué, mec, enchaîna Lisandro. Tu as chopé un dragon !

Martin ne répondit pas à son ami et se leva, la mort dans l'âme, car il savait qu'il n'avait aucune chance contre Lisandro.

— Je vous laisse, annonça-t-il en attrapant sa veste.

— Quoi ? s'étonna Jessica qui reporta immédiatement son attention sur lui. Pourquoi ?

Martin se contenta de la dévisager un instant, puis jeta un dernier coup d'œil à Lisandro qui semblait aussi à l'aise que d'habitude.

— Pour rien..., lâcha Martin, dépité, en s'enfuyant lâchement.

Jessica en resta bouche bée. Martin venait de l'abandonner alors qu'elle avait accepté ce rendez-vous pour se faire pardonner ? Si ça se trouvait, il avait tout prévu pour la laisser avec son ami...

La contrariété de Jessica augmenta, tandis que Lisandro tirait une chaise pour se placer à côté d'elle, sans gêne et sans cesser de la dévorer du regard. Il se rapprocha un peu plus et posa un bras sur le dossier de sa chaise. Certes, il était plutôt mignon et avait un certain sex-appeal mais, ce soir, elle n'avait pas envie de ramener un homme chez elle. En plus, il avait vraiment l'air lourd comme type...

— Pourquoi s'est-il enfui comme ça ? s'enquit-elle en se redressant pour que son dos soit le plus loin possible du bras posé sur le dossier de sa chaise.

Elle attendit que Lisandro lui donne quelques explications, mais il haussa simplement les épaules d'un air faussement innocent.

— Je n'en sais strictement rien...

Pourtant, Jessica sentit qu'il lui cachait quelque chose.

— Martin m'a beaucoup parlé de toi, tu sais ? attaqua de nouveau Lisandro. Je te trouve époustouflante.

Jessica ne resta pas insensible à ce compliment et le dévisagea plus attentivement.

— Il m'a également parlé de toi, lâcha-t-elle d'une voix froide étudiée.

— C'est vrai ? se réjouit Lisandro. En bien, j'espère.

Il lui fit un clin d'œil charmeur qui la laissa de marbre.

— Pas vraiment...

Jessica regarda le bras posé sur le dossier de sa chaise puis reporta son attention sur l'entrée du pub où elle vit Martin disparaître. Sans réfléchir, elle se leva d'un bond pour courir à sa suite. Elle voulait savoir ce qu'il lui prenait. Jessica avait une fâcheuse tendance à être beaucoup trop curieuse.

Une fois dehors, elle scruta le parking et l'aperçut à quelques mètres devant.

— Martin ! cria-t-elle.

Elle s'élança à sa poursuite en resserrant les pans de sa veste. Le froid l'étreignit soudain. Elle vit Martin entrer dans une voiture et sortir de la place. Jessica se précipita vers la petite citadine.

— Martin ! hurla-t-elle en courant.

Elle arriva enfin à sa hauteur et toqua frénétiquement à la fenêtre.

— Ouvre !

Martin leva les yeux vers elle, surpris. Il mit du temps à réagir, mais finit par baisser sa vitre.

— Qu'est-ce qui te prend ? demanda Jessica, à bout de souffle. Tu ne vas quand même pas me laisser avec cet abruti ?

Il la dévisagea sans rien dire, car il ne savait pas comment lui expliquer ce qu'il ressentait.

— Tu ne restes pas avec Lisandro ? lâcha-t-il simplement.

Jessica se figea, ouvrit la bouche puis la referma. Ses bras se croisèrent sur sa poitrine et son regard devint meurtrier.

— C'était ça ton plan ? Me faire accepter un rendez-vous pour me présenter à ton pote lourdingue ?

Martin se sentit mal devant son incompréhension. Il baissa les yeux pour fixer ses mains posées sur le volant.

— Je comprends..., continua Jessica en ressentant toujours cette culpabilité qui ne la quittait plus. Ce que je t'ai fait était vraiment méchant...

Martin hocha simplement la tête. Il n'arrivait pas à en dire davantage. Sa gorge était tellement nouée qu'aucun autre mot ne voulait sortir de sa bouche. Jessica soupira, mais attendit quand même qu'il lui réponde. Elle tapa néanmoins du pied. Elle n'arrivait pas à contrôler sa colère, même si c'était de bonne guerre après tout.

— J'ai cru..., commença Martin. Je...

— Quoi ?! assena Jessica.

Sa voix claqua comme un fouet et Martin releva les yeux vers elle d'un air coupable.

— De toute façon, je n'ai aucune chance contre Lisandro, lâcha Martin sans réussir à retenir ses paroles.

La honte et la tristesse lui comprimèrent le ventre. Son cœur se serra douloureusement, mais il réussit à garder la face et à tout dissimuler derrière une expression agacée.

— Pourquoi tu dis ça ? continua Jessica sans comprendre.

Martin ferma les yeux et se laissa aller contre le dossier de son siège. Il se pinça l'arête du nez.

— Pour rien...

4

— Hey, Jessica ! appela Lisandro au loin alors qu'elle et Martin se fixaient dans un silence pesant.

Martin ne savait plus quoi dire. Et, encore une fois, Jessica ne releva pas l'aveu de son collègue. Elle avait vraiment du mal à croire qu'il puisse être amoureux d'elle avec tout ce qu'il lui avait fait subir ces derniers mois. À coup sûr, c'était une autre plaisanterie de sa part.

Lisandro arriva enfin à leur hauteur. Il souffla bruyamment et posa nonchalamment son bras sur les épaules de Jessica. Elle se dégagea d'un mouvement brusque et lui jeta un regard assassin, ce qui provoqua un grand sourire chez Lisandro. Un sourire qui illumina son visage et qui le rendit vraiment très beau.

— Alors, ma belle, pourquoi tu t'es enfuie si vite, demanda ce dernier, sans prêter attention à son ami.

Jessica s'apprêta à le rembarrer encore une fois pour mettre à mal sa confiance en lui, mais Martin la prit de cours.

— Je vous laisse, intervint ce dernier en regardant d'un air dépité Lisandro qui faisait son numéro de charme.

Et il démarra en trombe pour s'enfuir le plus loin possible. Jessica suivit la petite citadine des yeux, stupéfaite. Jamais personne ne lui avait déjà fait un coup pareil ! L'inviter pour la planter juste après...

En même temps, elle lui avait fait subir un accouchement qui avait l'air des plus réalistes à cause de sa cousine...

— J'y crois pas..., lâcha-t-elle agacée.

— Moi non plus, ajouta Lisandro en la dévisageant avec une expression charmeuse. Je n'aurais jamais cru passer la soirée avec une aussi belle femme.

Le compliment fit mouche et Jessica en oublia de l'envoyer balader. Après tout, autant qu'elle profite de la soirée. De plus, elle avait besoin de se changer les idées. Son collègue venait, encore une fois, de lui mettre les nerfs en pelote.

— Alors..., je t'offre un dîner ? proposa Lisandro, sans se départir de son sourire.

Jessica haussa les épaules malgré la pointe de contrariété qui l'étreignit.

— Maintenant qu'on est là...

Ils retournèrent dans le bar et s'installèrent de nouveau à leur table. La musique était beaucoup plus forte et il devenait difficile d'entretenir une conversation. La piste de danse était saturée de monde...

Jessica avisa la Leffe Ruby qui lui faisait face et son esprit se remit en marche. Une multitude de questions l'assaillit, mais elle ne comprenait toujours pas ce qui avait pris à Martin de l'abandonner de la sorte. Sûrement une vengeance de sa part.

— Quelque chose ne va pas ? demanda Lisandro qui avait repris sa place juste à côté d'elle.

Il envahissait un peu trop son espace et il avait beau être charmant, elle n'aimait pas le sentir si près d'elle.

— Est-ce que c'est déjà arrivé ? s'enquit-elle.

— De quoi ?

— Que Martin fasse ce genre de choses...

Lisandro la fixa un instant avant de répondre.

— Disons qu'il a toujours été un peu lâche avec les nanas, se moqua Lisandro.

Jessica plissa les yeux, sans trop savoir comment interpréter les paroles de Lisandro.

— Oh, donc ce n'est pas une vengeance de sa part ?

Lisandro haussa les épaules, car il n'était pas au courant de ce qu'avait fait Jessica à Martin puis ils commandèrent leurs plats. À la fin du repas, Lisandro se leva et tendit une main vers Jessica.

— Bon... on va danser ? demanda-t-il.

La gêne comprima le ventre de Jessica.

— Je ne sais pas danser, avoua-t-elle en grimaçant.

Lisandro la regarda en affichant un petit sourire.

— Écoute, je suis un super danseur, tu auras juste à me suivre.

Elle secoua la tête. D'une part, elle ne comptait pas se rapprocher de Lisandro et de l'autre, la danse n'était vraiment pas son truc. Ses pieds souffraient déjà assez à cause de sa course de tout à l'heure. Les escarpins à talons aiguilles n'étaient pas du tout recommandés pour courir un sprint...

— Continuons de discuter plutôt, proposa-t-elle.

Lisandro se rassit à côté d'elle et attendit qu'elle commence la conversation, un sourcil levé.

— Est-ce que c'est vrai tout ce que Martin m'a dit ? commença-t-elle en le dévisageant avec méfiance.

— Qu'est-ce qu'il t'a dit au juste ?

— Que tu lui as conseillé d'être un vrai connard avec moi, révéla-t-elle sur le même ton.

Lisandro leva les mains devant lui en signe d'apaisement.

— Je n'ai jamais dit une chose pareille. Et, en plus, tu es vraiment trop belle pour qu'on se comporte comme ça avec toi.

— Arrête ton baratin ! grinça Jessica. Il m'a dit que tu lui avais conseillé de me faire toutes ces blagues misogynes...

— Quoi ? s'étonna Lisandro. Je n'ai jamais dit ça...

— Alors qu'est-ce que tu lui as dit exactement ?

Lisandro se tut un instant pour observer Jessica.

— Je lui ai simplement dit que la plupart des femmes aiment les machos inaccessibles et galants.

— Oh... Vraiment ?

— Exactement. Je n'y suis pour rien s'il a mal interprété mes propos...

— Et cette blague sur le clitoris, ça ne vient pas de toi ?

Lisandro explosa de rire, ce qui embarrassa Jessica.

— Naaaan, il n'a pas osé faire ça ? s'étouffa Lisandro, sans réussir à se ressaisir.

— Si, il l'a fait...

Lisandro rit de plus belle, tandis que Jessica ne savait plus où se mettre.

— Putain, quel abruti ! renchérit Lisandro.

— Donc tu n'es pas quelqu'un de misogyne ? demanda Jessica en croisant les bras sur sa poitrine.

— Absolument pas, répondit Lisandro qui tentait en vain de se calmer.

— Mm...

Il y eut un autre silence, puis :

— Pourquoi tu as accepté de sortir avec Martin ce soir, au juste ?

Jessica se tordit les mains dans tous les sens, puis se mordit la lèvre d'un air coupable.

— Parce que... je lui ai fait vivre un accouchement... Enfin, c'était une simulation avec des effets spéciaux et un faux bébé dégoûtant...

— Quoi ?! s'étouffa Lisandro en la regardant fixement.

Jessica baissa les yeux vers sa Leffe Ruby, honteuse.

— Il me tapait tellement sur les nerfs... Et ma cousine m'a tellement bassinée avec cette idée que j'ai craqué ! Je l'ai drogué, puis j'ai fait croire à un malaise. Ensuite, Charline a envoyé des gars pour le transporter en ambulance jusqu'au studio et elle a tout mis en place : un faux ventre qui bouge... enfin, tout l'attirail quoi... Il y avait même un décor de chambre d'hôpital et un médecin joué par un acteur célèbre...

Quand Jessica releva la tête, Lisandro la dévisageait, bouche bée, comme s'il avait bugué.

— Putain ! T'es une grande malade, toi. Rappelle-moi de ne jamais te mettre en rogne...

— Tout ça, c'est la faute de Charline ! C'est elle qui est un peu cinglée, pas moi ! riposta Jessica.

— Bah, voyons...

— C'est vrai, bougonna Jessica.

— Tu n'as pas répondu à ma question, pourquoi as-tu accepté de sortir avec lui, ce soir ?

— Pour me faire pardonner...

— Oh... Donc il ne t'intéresse pas ? Tu es libre alors ?

Jessica lui lança un regard acéré.

— Je n'ai pas encore pris ma décision.

— Quand tu l'auras prise, fais-moi signe, ajouta Lisandro avec un petit clin d'œil.

— Je croyais que tu me trouvais cinglée...

— La plupart des nanas tarées que j'ai rencontrées étaient des bêtes de sexe.

Jessica garda le silence, choquée.

— Je vais rentrer, maintenant, finit-elle par dire.

— Déjà ? Mais il est tout juste minuit...

— Justement, je suis fatiguée.

— Laisse-moi te ramener.

— Écoute, Lisandro, c'est très gentil de ta part, mais on ne se connaît pas. Et je ne laisse pas des inconnus me raccompagner. Ma voiture est sur le parking.

— Comme tu veux, mais compte sur moi pour passer à ton bureau dès lundi.

— C'est ça... bonne soirée.

Jessica se leva et Lisandro en fit de même. Avant qu'elle n'ait eu le temps de faire quoi que ce soit, il se pencha pour l'embrasser sur la joue.

— Rentre bien, Miss cinglée.

Jessica le foudroya du regard, avant de se diriger vers la sortie. Elle démarra sa voiture et partit en trombe. Lorsqu'elle se gara devant chez elle, elle avait encore des questions plein la tête.

Elle déverrouilla sa porte d'entrée, toujours un peu perturbée par ce qu'elle venait d'apprendre. Finalement, Lisandro n'était pas si insupportable qu'elle l'avait pensé. Et son collègue était réellement un imbécile !

Un imbécile maladroit, mais un imbécile quand même !

Il fallait vraiment être bête pour penser que se comporter en connard misogyne lui laisserait une chance de l'approcher... Enfin, elle ne connaissait pas Lisandro et si ça se trouvait, il lui racontait des salades sur Martin. Jessica était persuadée que toutes ces allusions sur l'attirance de son collègue à son égard étaient un gros mensonge ! Martin préparait quelque chose, elle en avait la certitude.

À peine avait-elle franchi le seuil de sa maison que Spéculoos, son énorme lapin de Bourgogne, courut vers elle. Il sautilla tout autour d'elle à plusieurs reprises, en faisant des petits bruits trop choux. Elle trouvait cela vraiment trop mignon, même si sa vétérinaire lui avait expliqué récemment que c'était la parade nuptiale des lapins...

Jessica se pencha pour prendre Spéculoos dans ses bras et s'installa sur son canapé. Elle caressa son lapin tout en réfléchissant à sa soirée improbable. Elle redoutait un peu la reprise du travail d'ailleurs. La situation risquait d'être tendue...

Elle alluma la télé pour se changer les idées.

Je n'aurais jamais dû accepter ce rendez-vous ! se lamenta-t-elle.

Martin, lui, était toujours au volant de sa voiture, parcourant les routes à toute allure sans vraiment savoir où il allait. Il était à la fois triste et en colère. Il avait vraiment besoin de se défouler. L'autoroute, qu'il avait empruntée quelques minutes plus tôt, le conduisait vers l'inconnu.

Son téléphone se mit soudain à sonner et son système de kit mains libres s'enclencha automatiquement.

— Eh mec, ça va ?

Martin serra les dents. Une jalousie sans nom lui comprima la poitrine et il appuya un peu plus fort sur l'accélérateur.

— Qu'est-ce que tu veux ?! demanda-t-il sèchement.

— Oh, là... il y a un problème ?

— Nan, tu crois ?!

— Écoute, mec, je voulais te dire merci... pour m'avoir présenté ta collègue. Jessica, c'est ça ?

— Je n'ai rien fait du tout ! s'emporta Martin. Tu n'avais pas le droit de faire ça, Lisandro ! Tu savais... depuis le temps que je te parle d'elle... Merde, putain !

— Arrête... t'as tout fait de travers. Elle m'a raconté pour la blague sur le clitoris. T'as merdé, mec ! C'est mort pour toi.

— Putain, mais j'ai suivi tes conseils de merde ! Tout ça c'est de TA PUTAIN de faute !!!

Martin était dans un état proche de la crise de nerfs.

— Décompresse... Je ne t'ai jamais dit de te comporter comme un connard misogyne. Je t'ai dit d'être un macho arrogant, il y a quand même une énorme nuance, se moqua Lisandro. Bref, t'en fais pas. Il y en aura d'autres, c'est pas la fin du monde.

— Putain, ferme ta gueule maintenant et oublie-moi !

— C'est quoi ce bruit au fait ? T'es au volant ? continua Lisandro sans prêter attention aux insultes de Martin.

— Va te faire foutre, Lisandro !

Et il appuya sur sa commande au volant pour raccrocher.

Martin n'avait jamais été autant hors de lui. Il connaissait Lisandro depuis plus d'un an et, jusqu'à présent, il n'avait jamais osé faire un truc pareil. En même temps, Martin n'avait jamais eu de copine depuis qu'il le côtoyait... Il ne pouvait probablement pas s'en empêcher...

Quel connard !

Martin tira définitivement un trait sur leur amitié et continua de se morfondre sur son échec avec Jessica. Il roula sur l'autoroute encore quelques minutes, avant de se décider à rentrer chez lui. Sa colère s'apaisait lentement, remplacée par une tristesse cuisante.

À cet instant, il aurait vraiment voulu avoir un ami de confiance qui aurait pu le réconforter, mais il n'avait personne d'autre que Lisandro. Son tempérament réservé et son obsession pour le travail rendaient les rencontres difficiles, aussi bien en termes d'amitié que de relation amoureuse.

Jessica était la meilleure opportunité qu'il n'avait jamais eue... Et Lisandro... Eh bien, il l'avait rencontré un peu par hasard. Un soir où il s'était enfin décidé à sortir pour faire des rencontres, il était tombé sur Lisandro, un habitué du pub. En y réfléchissant, ils n'avaient jamais vraiment été amis... Ils se voyaient de temps en temps au pub, mais ne faisaient jamais rien en dehors de ça.

— On est mieux seul que mal accompagné ! grogna Martin dans son habitacle silencieux.

Il se gara enfin devant son immeuble et coupa le moteur, avant de regagner son appartement. Complètement dépité, il prit une bière dans son frigo, puis s'affala dans son canapé en fixant son poisson rouge avec dédain. Cette nuit allait être difficile et il sentait qu'il n'allait pas réussir à fermer l'œil. Martin avisa sa pile de Blu-ray qui trônait près de sa télé puis se leva pour en attraper un.

Arrow, saison 1

Il glissa le disque dans le lecteur en s'imaginant, le temps des épisodes, qu'il était aussi invincible et irrésistible qu'Oliver Queen...

Je suis tellement pathétique...

Martin finit par s'assoupir devant le quatrième épisode.

Le lundi matin, Martin tremblait d'appréhension. Des heures avant que son réveil ne sonne, il se tourna et se retourna dans son lit sans trouver le sommeil. Depuis vendredi soir, il ne savait pas comment Jessica allait se comporter avec lui et cela l'angoissait au plus haut point. Il avait même pensé à démissionner, à plusieurs reprises, et à ne jamais revenir...

Pourtant, il s'était fait violence pour aller tout de même travailler. Son job était une opportunité qui ne se présenterait pas deux fois dans sa vie.

Au moment où il arriva devant la double porte d'entrée, il s'arrêta un instant et prit une grande inspiration. Il savait que Jessica était déjà arrivée. Elle était toujours en avance...

C'est parti...

Il entra d'un pas décidé et garda la tête haute en franchissant le seuil du bureau. Jessica était absorbée par son ordinateur. Malgré son stress, Martin fit de son mieux pour paraître normal.

— Salut, lâcha-t-il d'une voix un peu trop fébrile.

Jessica releva à peine les yeux vers lui et le cœur de Martin s'emballa.

— Salut, répéta-t-elle sans conviction.

Martin baissa la tête et se dirigea vers son bureau avec tristesse, tandis que Jessica suivait discrètement son collègue des yeux. Elle aurait voulu lui faire la tête, mais il avait retrouvé son allure de premier de la classe avec ses cheveux bruns coiffés sur le côté et ses lunettes noires. De plus, son allure défaitiste lui faisait de la peine. Alors, elle posa la question qui lui brûlait les lèvres.

— Pourquoi tu t'es enfui vendredi soir ?

Martin se figea un instant, le cœur battant, et Jessica remarqua la couleur cramoisie de ses joues, cachées en partie par ses lunettes noires. Il resta muet encore quelques secondes, comme s'il cherchait ses mots. Sa bouche s'ouvrit puis se referma plusieurs fois, avant qu'il ne baisse les yeux pour fixer son bureau.

— Je ne me suis pas enfui, dit-il simplement.

Jessica se leva pour se rapprocher de lui, ce qui le mit encore plus mal à l'aise. Martin ne savait plus où se mettre et aurait préféré s'enfuir encore une fois, mais il savait que c'était impossible.

— Si, insista Jessica qui voulait des explications.

Martin prit une grande inspiration et s'apprêta à dire quelque chose qu'il allait certainement regretter.

— Je suis parti pour vous laisser seuls, Lisandro et toi.

Jessica fronça les sourcils.

— Pourquoi ? Je croyais que tu voulais passer la soirée avec moi.

— Non... enfin... je... c'était un rendez-vous arrangé, bafouilla Martin. Tu avais raison...

— Donc, sur le parking, j'avais vu juste ? questionna Jessica qui était un peu perdue

— Lisandro m'a remercié de vous avoir présentés, acquiesça Martin qui, intérieurement, s'en voulait à mort.

Ce n'était pas le genre d'homme qui prenait le taureau par les cornes. Il était plutôt du genre à s'écraser devant les autres...

— OK, bien joué... c'est de bonne guerre, s'esclaffa enfin Jessica qui avait l'air beaucoup plus à l'aise tout à coup. Finalement, tu n'es pas mieux que moi.

Martin prit la mouche et ne put s'empêcher de répliquer.

— Tu plaisantes ?! Il y a une énorme différence entre me traumatiser en me faisant vivre un accouchement et te présenter un imbécile...

Jessica sourit de plus belle et le cœur de Martin s'emballa.

— C'est vrai, je te l'accorde.

— Bon... un café ? Pour enterrer la hache de guerre, proposa Martin pour changer de sujet.

Il fit son possible pour se calmer et paraître décontracté.

— D'accord, si tu promets d'arrêter de te comporter comme un connard, répliqua Jessica.

— Je pense que c'est faisable.

— Alors, je t'accompagne, dit-elle en souriant toujours avec bonne humeur.

Cela surprit Martin. Il ne s'attendait pas à ce soudain revirement. Mais au moins, Jessica ne semblait pas apprécier Lisandro, ce qui était une très bonne nouvelle.

Il suivit sa collègue dans la minuscule salle de pause et son téléphone vibra dans sa poche. Lorsqu'il vit le prénom de Lisandro s'afficher, il eut envie de mettre son poing dans le mur le plus proche.

— Est-ce que ça va ? demanda Jessica qui avait surpris son expression orageuse.

Martin releva la tête vers sa collègue, alors que la colère le dévorait de l'intérieur.

— Ouais...

Il introduisit 40 centimes dans la machine à café.

— Vas-y, sers-toi, enchaîna-t-il en reportant son attention sur son téléphone.

Jessica s'exécuta malgré le comportement de son collègue qui l'intriguait énormément.

Pendant ce temps, Martin lut le message de Lisandro.

Lisandro : Tu peux me filer l'adresse de ton taf ? J'aimerais passer...

Martin pianota une réponse expéditive, en retenant sa colère.

Martin : Pour quoi faire ? On n'est plus amis depuis hier soir...

La réponse de Lisandro ne tarda pas à venir.

Lisandro : Allez, mec...

Martin : Va te faire foutre ! Et bien profond ! Tu ne reverras pas Jessica, enfoiré !

Lisandro : Putain ! Mais tu ne l'intéresses pas. J'ai le droit de tenter ma chance, merde !

Martin : Approche-là et je te casse la gueule. C'est tout ce que tu mérites...

Lisandro : LOL

— Espèce de connard, grogna Martin.

— Qui ça ? demanda Jessica qui sirotait son moka sans cesser de l'observer.

Martin rangea son Smartphone dans sa poche et inséra deux nouvelles pièces de 20 centimes dans la machine.

— Personne, bougonna-t-il en appuyant sur la touche « double expresso ».

— OK…, murmura Jessica, surprise.

L'ambiance était redevenue tendue et d'une froideur polaire. Martin était d'une humeur de chien et, au lieu de profiter de ce bon moment avec Jessica, il bouillait intérieurement. Une fois son café préparé, il mit une goutte d'eau du robinet dedans pour qu'il soit à bonne température et l'avala d'une traite.

— Bon, j'ai du boulot, lâcha-t-il en retournant à son bureau.

— OK…, répéta Jessica, encore plus surprise par ce revirement d'humeur.

Toujours aussi lunatique…, pensa-t-elle

À l'heure du déjeuner, quelqu'un entra dans leur bureau. Un bouquet de fleurs cachait le visage de l'intrus et Martin faillit péter les plombs.

— Salut, s'annonça Lisandro en déposant l'énorme bouquet de roses rouges sur le bureau de Jessica.

Elle en resta bouche bée alors qu'il lui tendait une boîte de chocolats hors de prix.

— J'ai fini par trouver l'adresse, continua-t-il en faisant un clin d'œil à Martin.

— Wouaaah, mais fallait pas, balbutia Jessica aux anges. Les fleurs sont magnifiques et elles sentent super bon.

— Les fleurs sont interdites au bureau, grogna Martin en attrapant le bouquet qu'il jeta dans la poubelle.

— Hey ! protesta Jessica en essayant de s'interposer. D'où tu sors ça ?

La colère faisait palpiter le cœur de Martin et il avait du mal à se retenir de frapper Lisandro qui arborait un sourire suffisant aux lèvres, les bras croisés sur sa poitrine.

Putain ! Quel connard ! pensa Martin.

— On va déjeuner ? proposa Lisandro à Jessica qui était en train de récupérer son bouquet dans la poubelle.

Elle jeta un regard assassin à Martin qui avait osé jeter ses belles roses rouges.

— Avec plaisir, répondit Martin pour essayer de s'incruster et faire foirer leur rencard.

Jessica observa tour à tour Lisandro et Martin avec inquiétude. Elle n'avait jamais vu son collègue dans un état pareil. Il s'était sûrement passé un truc entre eux…

— Je m'adressais uniquement à Jessica, précisa Lisandro avec une pointe de défi dans la voix.

Jessica regarda encore une fois les deux hommes, sans comprendre la scène qui se jouait devant elle. Pourtant, elle sentait que le taux de testostérone montait crescendo et elle connaissait suffisamment les hommes pour savoir qu'ils ne tarderaient pas à se battre si elle ne faisait pas quelque chose.

— Du calme, dit-elle enfin. Je prends ma veste et j'arrive. Merci pour les cadeaux…

Le visage de Martin se décomposa, mais Jessica ne s'en aperçut pas. Lorsqu'elle passa devant Lisandro, il se plaça derrière elle et mima un mouvement obscène avec ses hanches en regardant Martin. Ce dernier faillit lui sauter à la gorge, mais se retint au dernier moment. Néanmoins, il abattit son poing dans le mur le plus proche au moment où la porte se refermait derrière eux.

— Putain ! hurla-t-il, complètement désemparé.

Il ne savait pas quoi faire pour empêcher que cela se produise. Lisandro réussirait à coucher avec sa collègue, ça ne faisait aucun doute. Il savait comment s'y prendre. Il avait bien vu l'expression de Jessica lorsque Lisandro lui avait offert les fleurs et les chocolats.

Il avait besoin de frapper quelque chose... ou quelqu'un.

Au lieu d'aller déjeuner, Martin se rendit au club de boxe. Par chance, la salle était ouverte. Le gérant était un athlète à la retraite et il savait que Martin aimait se défouler pendant la pause déjeuner. Ça faisait quelques mois qu'il fréquentait la salle. Depuis qu'il avait rencontré Jessica en fait... Il avait besoin de faire redescendre toute cette pression accumulée au cours des journées qu'il partageait avec elle.

Au début, il pensait se faire des amis, mais il ne voyait jamais les mêmes personnes.

— Salut petit, l'accueillit Lionel avec son éternelle tenue de boxe bleu marine. Dis, t'en fais une tête aujourd'hui.

— Salut, répondit Martin en tentant d'esquiver Lionel. Ouais, sale journée.

Il n'avait pas envie de se confier et n'en dit pas plus au gérant. Martin se dirigea vers le vestiaire, mit son survêtement, banda ses mains et enfila ses gants de boxe.

Il sortit du vestiaire et se plaça devant un sac de frappes. Pendant plus d'une heure, il donna tout ce qu'il avait dans le ventre en imaginant que le sac était Lisandro.

5

Lisandro, qui arborait toujours un look décontracté et sexy, guida Jessica dans un petit restaurant du centre-ville et tira sa chaise pour qu'elle s'installe à leur table.

— Les fleurs, les chocolats et maintenant la galanterie, apprécia Jessica en rapprochant sa chaise de la table pendant que Lisandro s'asseyait en face d'elle.

— Je sais, je suis irrésistible, répliqua-t-il avec un grand sourire.

Jessica prit cela pour de l'humour, alors que Lisandro pensait réellement ce qu'il venait de dire. Un serveur vint leur apporter la carte et ils se perdirent dans sa contemplation. L'esprit de Jessica vagabonda pendant que ses yeux détaillaient les différents plats qui s'offraient à elle. La réaction de Martin était tout de même étrange...

Elle releva les yeux vers son voisin de table et ne put s'empêcher de détailler sa chemise sombre à rayures, ses cheveux noirs coiffés en arrière et ses yeux d'un marron très foncé. Elle apprécia également son teint bronzé qui rappelait ses origines espagnoles.

— Il s'est passé un truc avec Martin ? dit-elle enfin.

Lisandro croisa son regard avec détermination.

— Non, pourquoi ?

— Parce que... vous aviez l'air en froid tout à l'heure. Enfin..., j'ai bien cru que vous alliez vous battre.

Lisandro éclata de rire, ce qui surprit Jessica. Tous les clients du restaurant se tournèrent vers eux et elle se sentit soudain mal à l'aise.

— Martin serait incapable de me frapper, répondit enfin Lisandro qui avait du mal à reprendre son sérieux. Elle est bien bonne, celle-là !

Jessica fit la moue, consciente qu'il ne se comportait pas exactement comme un ami envers son collègue. Toutefois, elle préférait changer de sujet. Après tout, ce n'était pas son problème et Martin était loin d'être son ami à elle...

— Alors, qu'est-ce qui te ferait plaisir ? reprit Lisandro en arborant de nouveau son air charmeur.

Jessica lui rendit son sourire éblouissant avant de lui répondre.

— Je prendrais bien la salade d'avocat au saumon fumé.

— Très bon choix, je te suis, dit-il avec un petit clin d'œil.

Le serveur revint prendre leur commande et Lisandro demanda une bouteille de rosé californien pour accompagner leurs plats.

— Je pensais que tu étais plutôt du genre à manger de la viande rouge et des frites, lui lança Jessica pour le taquiner un peu.

— Il ne faut pas se fier aux apparences, ma belle. Le fait de manger du poisson n'enlève rien à ma virilité, plaisanta-t-il en lui faisant un clin d'œil espiègle.

Un jeune homme leur apporta la carafe de vin californien et remplit leurs verres à ballon. Jessica dévisagea Lisandro avec sérieux et attendit que le serveur s'éloigne pour reprendre la parole.

— Oh, donc le fait que tu sois visiblement un dragueur invétéré ne veut pas dire que tu es un bon coup alors ?

Lisandro recracha sa gorgée de vin et la fusilla du regard. Jessica ne put s'empêcher d'exploser de rire. C'était trop facile.

— Pas du tout ! s'insurgea Lisandro en reprenant son souffle. Je parlais uniquement de la nourriture...

Il paraissait outré et complètement désarçonné par les propos de Jessica.

Tant mieux..., pensa-t-elle.

Si Jessica avait accepté de déjeuner avec lui, c'était uniquement pour manger à l'œil. Elle savait pertinemment ce qu'il attendait d'elle. Lisandro était le genre de type qui couchait avec toutes les nanas qui lui plaisaient. C'était un peu la version masculine de Jessica et, quelque part, cela la faisait rire. Donc, pour l'instant, elle se contentait de profiter du moment présent.

Lisandro sembla reprendre ses esprits, car son expression se fit mutine lorsqu'il reporta son attention sur elle.

— Je me ferai un plaisir de te montrer de quoi je suis capable au lit, Miss cinglée, lâcha-t-il en tendant son verre comme pour trinquer.

Jessica lâcha un rire méprisant dont elle avait le secret.

— Pour l'instant, tu n'es pas près de rejoindre mon lit, répliqua-t-elle froidement.

C'est à cet instant que Lisandro accepta le défi. Les salades arrivèrent enfin et ils mangèrent sans un mot.

— C'est délicieux, dit soudain Jessica pour rompre le silence.

Elle mordit dans un morceau d'avocat, accompagné de saumon fumé et de salade verte. Les yeux de Lisandro s'illuminèrent de façon lubrique et cela agaça un peu Jessica.

— Il y a d'autres choses qui sont délicieuses..., souffla-t-il d'un ton qui ne laissait aucune place au doute.

C'était une allusion graveleuse. Le genre de remarque que Jessica haïssait au plus haut point. Elle posa lentement sa fourchette et le fusilla du regard.

— T'es lourd ! Après tout ce romantisme, je pensais que tu serais plutôt du genre à me charmer...

— Il semblerait que tu te sois encore trompée, ma belle, répliqua-t-il avec un sourire espiègle. Mais je peux me comporter comme ça, si c'est vraiment ce que tu veux.

Jessica recommença à manger.

— Franchement, ne te fatigue pas à jouer un rôle, nous savons tous les deux quel genre d'homme tu es.

Lisandro s'arrêta de manger pour la fixer, l'air un peu vexé.

— Vraiment ? Et je suis quel genre, alors ?

Jessica avisa la lueur d'agacement dans ses yeux sombres et se sentit un peu prise au dépourvu. Si ça continuait comme ça, il ne paierait pas l'addition.

— Eh bien... le genre de dragueur invétéré qui ne ressent rien ? dit-elle avec une petite grimace d'excuse.

Les iris presque noirs de Lisandro se firent beaucoup plus intenses. Jessica se tortilla sur sa chaise en avalant difficilement sa bouchée de salade.

— Crois-moi, je ressens beaucoup de choses en ta présence.

Il but une gorgée de vin sans cesser de l'observer avec convoitise et Jessica se racla la gorge en tentant de garder son calme.

Bon sang ! jura-t-elle intérieurement.

— Ce n'est pas ce que je voulais dire, tenta-t-elle de se rattraper. Je parlais de sentiments, d'amour...

Elle baissa les yeux sur son assiette et tritura un grain de maïs avec sa fourchette. Elle se sentit bête, tout à coup. Elle-même n'avait jamais éprouvé ce sentiment, après tout...

— Ah l'amour..., lâcha Lisandro en s'appuyant contre le dossier de sa chaise.

Il croisa les bras sur son torse sans cesser de la dévisager. Elle n'osa pas relever les yeux.

— Je pensais qu'il était interdit de prononcer le mot en A lors d'un premier rendez-vous, reprit-il avec humour.

Jessica releva enfin la tête pour lancer un regard acéré à son voisin de table.

— Ce n'est pas un rendez-vous ! assena-t-elle.

— Ah non ? Je t'ai pourtant offert des fleurs, des chocolats et maintenant un déjeuner. Comment tu appelles ça, alors ?

Jessica faillit s'étrangler avec sa salive, car elle ne savait plus quoi dire. Oui, c'était bien un rencard avec un type qui voulait seulement la sauter. Elle grinça des dents. D'habitude, c'était elle qui choisissait ses proies et pas l'inverse. Elle avait toujours eu l'habitude de se rendre inaccessible. Pas assez pour Lisandro, visiblement...

— C'est vrai, admit-elle. Mais ça n'engage à rien...

— Mmm, grogna Lisandro en recommençant à manger. On verra...

Le repas se termina dans le silence. Lisandro paya quand même l'addition puis la raccompagna à son travail. Devant la porte de son entreprise, il lui prit doucement la main et la porta à ses lèvres dans un baisemain respectueux qui la prit au dépourvu.

Qui fait encore ça ? se demanda-t-elle.

— J'ai passé un excellent moment en ta compagnie, Miss cinglée.

— Oui, c'était plutôt sympa..., se sentit-elle obligée de répondre, mais sa voix resta hésitante.

— À demain, dit-il avec un sourire déterminé.

Il s'éloigna avant qu'elle ne puisse répliquer.

Martin, qui approchait de l'entreprise à pas énergiques, vit la scène de loin. Jessica qui souriait à Lisandro et ce dernier qui embrassait sa main.

Putain ! Quel enfoiré ! jura-t-il.

Il accéléra le pas, bien décidé à lui coller une raclée, mais Lisandro s'éloigna avant qu'il n'arrive. Il aurait pu lui courir après si Jessica ne l'avait pas remarqué puis interpellé. Martin enfonça ses mains dans ses poches et étouffa un grognement de frustration. L'heure qu'il avait passée à frapper dans un sac n'avait pas réussi à le calmer. Ou si peu...

De plus, il commençait à avoir vraiment très faim. Il arriva enfin près de Jessica qui lui adressa un sourire amical.

— Bien mangé ? lui demanda-t-elle en poussant la porte de l'entreprise.

— Pas eu le temps, marmonna Martin en la suivant.

Elle se tourna vers lui, surprise.

— Ah bon ? Je pensais que tu étais parti en même temps que moi...

— C'est le cas, mais j'avais des choses à faire..., continua-t-il avec mauvaise humeur.

Ils se dirigèrent tous deux en salle de pause pour prendre un café. Jessica lui jeta un regard en coin pour le jauger.

— Un café ? proposa-t-elle avec prudence.

Martin haussa les épaules puis acquiesça, mais il ne put se retenir plus longtemps de lui poser la question qui lui brûlait les lèvres.

— Et toi ? C'était comment avec Lisandro ?

Prononcer le nom de son ancien ami lui écorcha la gorge. Jessica lui tendit son café avant de se décider à répondre. Elle haussa les épaules à son tour.

— C'était particulier... Il est un peu lourd, mais bon...

Le manque de conviction dans sa réponse l'apaisa un peu et il but une gorgée de café, sans ajouter quoi que ce soit.

— Pourquoi ? insista Jessica. Tu le connais depuis combien de temps, au fait ?

Martin se crispa. Il ne voulait pas qu'elle sache qu'il crevait de jalousie. Il pouvait néanmoins lui révéler les véritables intentions de Lisandro...

— Pour savoir... Ce n'est pas le genre de type romantique pour lequel il essaie de se faire passer. Il... enfin... ses aventures se résument à des coups d'un soir.

Il étudia Jessica en quête d'une réaction. Son sourire moqueur le prit au dépourvu.

— Oh, tu t'inquiètes pour moi ? Comme c'est mignon, lâcha-t-elle avec humour.

— Je voulais juste que tu saches à qui tu as affaire...

— Ne t'en fais pas pour moi, Martin. Je ne suis pas dupe, mais c'est gentil de me mettre en garde.

— De rien, marmonna-t-il en retournant à son poste.

Jessica leva les yeux au ciel et récupéra sa boisson chaude dans la machine. Le comportement de Martin l'intriguait un peu. De plus, elle était assez grande pour savoir qui fréquenter, non ?

L'estomac de Martin grognait de plus en plus fort et il sentait son ventre se tordre de douleur. Il crevait de faim. Il profita du fait que Jessica était toujours en salle de pause pour fouiller dans le tiroir de son bureau et en sortit un paquet de gâteaux qui trainait là depuis des mois.
Merci Mon Dieu !
Il dévora la moitié du paquet avant que sa collègue ne revienne. Certes, cela n'était pas aussi nourrissant qu'un vrai repas, mais ça avait le mérite d'apaiser son estomac. Toute l'énergie qu'il avait dépensée à frapper le sac l'avait exténué.
— Qu'est-ce que tu fais ? le surprit Jessica.
Martin paniqua une seconde, avant de se reprendre. Il rangea le paquet de gâteaux dans le tiroir et avala ce qu'il lui restait dans la bouche.
— Rien du tout, lâcha-t-il en attrapant des papiers sur son bureau pour faire mine d'être concentré.
Jessica avait toujours été pointilleuse sur les règles : manger ou boire dans son bureau était formellement interdit. Et sa moue désapprobatrice lui fit bien comprendre qu'elle l'avait grillé. Toutefois, elle ne s'attarda pas et retourna à son travail. Elle pianota sur son ordinateur à une vitesse folle, ce qui inquiéta Martin. Surtout qu'elle avait un sourire plaqué sur le visage. C'était vraiment étrange.
Pour la première fois depuis qu'ils travaillaient ensemble, Martin décida de se lever pour vérifier ce que sa collègue faisait. Discrètement, il se plaça derrière elle pour déchiffrer son écran d'ordinateur. Il fut totalement déconcerté par ce qu'il vit...
— Où est-ce que tu as eu cette vidéo ?! hurla Martin qui se trouvait toujours derrière Jessica.
Elle sursauta, avant de cliquer sur le bureau de son ordinateur pour dissimuler son tchat avec Charline et la

vidéo qu'elle venait de recevoir. Jessica se tourna ensuite vers Martin en le fusillant du regard.

— Tu m'as fait peur !

Martin croisa les bras sur sa poitrine.

— Qu'est-ce que tu comptes faire avec cette vidéo ? Le voir en direct n'était pas suffisant ?! s'énerva-t-il en sentant sa colère refaire surface.

Peu importait que Jessica lui plaise ou hante souvent ses pensées. Là, elle dépassait les bornes !

Jessica pinça les lèvres en ressentant une pointe de culpabilité.

— C'est Charline qui vient de me l'envoyer... Elle voudrait l'utiliser pour présenter son produit.

— C'est hors de question ! s'énerva Martin en se retenant de taper son poing sur le bureau. Tu n'avais aucune autorisation pour faire ce que tu m'as fait, Jessica ! J'aurais pu porter plainte contre toi, ou te dénoncer pour harcèlement !

Le cœur de Martin battait à cent à l'heure sous le coup de l'émotion. Il était vraiment en pétard !

Jessica le fixa un long moment, avant de reprendre la parole. Elle ne savait plus quoi dire. Elle savait que son collègue avait raison. Ce qu'elle lui avait fait subir aurait pu lui coûter son poste mais, par chance, il n'avait rien dit à leur supérieur. Du moins, pour l'instant...

Elle finit par baisser les yeux en triturant ses mains.

— Qu'est-ce que tu veux en échange ? lui demanda-t-elle.

— Qu... quoi ? balbutia Martin qui ne s'attendait pas à ça. Je ne veux rien du tout, à part préserver ma vie privée !

— Je ferai tout ce que tu veux si tu laisses ma cousine utiliser cette vidéo, continua-t-elle en relevant les yeux vers lui.

Charline n'abandonnerait pas cette idée, son travail était toute sa vie et, même si cela pouvait paraître stupide, Jessica n'avait pas envie de s'opposer à elle. Elle préférait essayer de manipuler Martin, c'était bien plus facile.

— Sérieusement ? s'exaspéra Martin. Absolument tout ?

— Oui.

— Alors, efface cette putain de vidéo ! cria-t-il. Tu croyais que tu pouvais me manipuler sous prétexte que tu es une femme ? Je ne suis pas stupide.

— Bien sûr que non..., se défendit Jessica qui se sentit encore plus mal qu'après la « séance d'accouchement. » Je n'ai jamais insinué ça...

Les yeux noisette de Martin se firent encore plus sombres. Il attendit qu'elle s'exécute, les bras toujours croisés sur son torse.

Merde alors..., pensa-t-elle.

Martin n'avait jamais montré autant de charisme avant aujourd'hui. Elle ne l'avait même jamais vu en colère mais, là, tout de suite, elle le trouvait presque attirant.

Presque.

— OK..., capitula-t-elle en cliquant sur son lecteur ouvert.

Elle cliqua ensuite sur la petite croix, puis supprima le fichier de son ordinateur.

— Satisfait ? demanda-t-elle en se tournant vers Martin.

Il hocha la tête et sembla se détendre légèrement.

— Maintenant, tu vas dire à Charline d'en faire de même ! Si jamais elle ne le fait pas, ça ira très mal pour vous deux !

Il s'apprêtait à retourner à son bureau lorsque Jessica l'interpella.

— Tu ne vas pas me dénoncer ? s'inquiéta-t-elle soudain. Enfin... Je pourrais perdre mon poste, tu sais... J'ai agi sans réfléchir aux conséquences...

Martin l'ignora. Il était trop en pétard pour lui répondre et cela lui ferait les pieds. Il se remit au travail et retrouva un semblant de calme.

Face à l'attitude de Martin, Jessica décida d'essayer de raisonner Charline. Elle rouvrit la fenêtre Skype et expliqua la situation à sa cousine. Si Charline décidait d'utiliser cette vidéo, Jessica risquait de perdre son travail. Martin ne se laissait pas manipuler comme les autres hommes qu'elle connaissait...

Tout en pianotant sur son clavier, Jessica jeta quelques regards vers Martin, le surveillant discrètement, au cas où il lui prendrait de nouveau l'envie de venir l'espionner. Il n'avait pas l'air en forme et affichait un teint pâle. Toutefois, il semblait concentré sur sa tâche et analysait plusieurs documents avec minutie.

Lorsque la journée toucha à sa fin, Martin rangea ses affaires et sortit en trombe. S'il avait fait semblant d'être concentré durant tout l'après-midi, c'était uniquement pour donner le change auprès de Jessica. En réalité, il était trop énervé pour travailler. Comment avait-elle osé faire une vidéo de ce qu'elle lui avait infligé ?

Cette femme était redoutable et manquait clairement d'empathie... Martin commençait à regretter d'avoir fantasmé sur elle pendant des mois. Finalement, qu'elle sorte avec Lisandro, ils devraient bien s'entendre ! Mais cette simple idée lui retournait l'estomac. Peu importait sa colère, son attirance pour Jessica était toujours là ; bien réelle et totalement destructrice. Bien sûr, il lui faudrait encore un moment pour oublier l'horrible vengeance de Jessica, mais il était hors de question que Lisandro gagne !

Martin devait agir malgré sa timidité. Faire quelque chose... n'importe quoi !

Je dois l'inviter à déjeuner, moi aussi..., décida-t-il.

Il regagna son appartement avec une motivation nouvelle. Pour arriver à charmer Jessica, il devait être meilleur que Lisandro. Et, surtout, il devait faire comprendre à Jessica qu'il n'était pas le collègue misogyne qu'elle connaissait ni un parfait imbécile qui acceptait toutes ses lubies, mais un homme bien qui méritait son respect. Et, peut-être alors, elle le verrait comme un petit ami potentiel. Ce moment d'humiliation qu'elle lui avait fait subir était resté gravé dans sa mémoire et le mettait vraiment mal à l'aise.

Martin éplucha quelques légumes, attrapa un paquet de riz, une barquette de lardons et plaça le tout dans son robot multifonction qui cuisinait tout seul. Un vrai bonheur pour les gens qui détestent faire à manger.

Il s'installa ensuite sur son canapé et décida de visionner la suite de sa série préférée pour se donner du courage. Oliver Quinn lui donnerait bien quelques conseils par écran interposé, non ?

On peut toujours rêver...

Mais il ne perdit pas espoir. Du moins, pas encore...

Jessica venait tout juste de franchir la porte de sa maison lorsqu'elle se rappela qu'elle avait le numéro de portable de Martin. Elle fouilla frénétiquement dans son sac puis en éparpilla le contenu sur sa table basse pour le retrouver.

Bingo !

Elle s'assit sur son canapé et prit son téléphone dans sa main. Depuis cet après-midi, elle craignait que Martin ne la dénonce. Si elle savait qu'il n'avait aucune preuve en sa possession contre elle et que, au final, elle ne risquait pas grand-chose, elle devait tout de même rester prudente. De plus, il avait l'air tellement en colère et mal en point qu'elle s'inquiétait un peu pour lui. Et même si cela n'était pas très conventionnel, elle réfléchit à la meilleure tournure avant de se lancer.

Jessica : Bonsoir Martin, j'ai gardé ton numéro, j'espère que tu ne m'en veux pas... Tu n'avais pas l'air très bien tout à l'heure. Est-ce que ça va ? Est-ce que c'est à cause de moi ? Tu ne vas pas me dénoncer au moins ? Je ferai tout ce que tu veux... Jessica

Quand Martin entendit la sonnerie de son portable, il venait de finir son festin et une bonne bière. Il était un peu plus détendu, jusqu'à ce qu'il découvre le message provenant de Jessica. Il le lut avec attention et serra l'appareil dans sa main, partagé entre la colère et l'excitation. Son cœur se mit à battre la chamade et ses mains tremblèrent un peu lorsqu'il tapa sa réponse.

Martin : Bonsoir chère collègue, sache que tu n'es pas le centre du monde, même si je t'en veux beaucoup ! Je vais bien, rassure-toi. Il me fallait juste un bon repas. Et si tu as si peur que je te dénonce, essaie de trouver quelque chose qui pourrait te faire pardonner. Martin

Martin s'adossa à son canapé, le ventre noué à l'extrême. Il fixa l'écran de son téléphone en attendant la réponse de sa collègue avec une grande impatience. Elle arriva enfin et Martin la lut avec une frénésie nouvelle.

Jessica : Qu'est-ce que tu veux ? Je te l'ai déjà dit : je ferais n'importe quoi.

Martin retint une nouvelle fois son souffle en tapant son message.

Martin : Ce n'est pas très prudent de faire ce genre de proposition...

Jessica : Et pourquoi ça ? Que veux-tu à la fin ?!

Martin : Rien du tout ! Je veux juste que tu me respectes. Est-ce trop demandé ?

Jessica accusa le coup. Elle connaissait les hommes et elle pensait que Martin lui aurait demandé une partie de jambes en l'air. Pour garder son poste, elle aurait été prête à le faire. Mais du respect ? Qui demandait encore ce genre de chose ?

Jessica : Très bien. Explique-moi... en quoi je ne te respecte pas ?

Martin grogna de frustration en lui répondant.

Martin : Tu me traites comme si je ne pensais qu'à te sauter ! Désolé pour ton égo de jolie blonde, mais il faut arrêter avec les clichés. Un homme ne se résume pas à une bite sur pattes !

Merde ! Pourquoi je me suis emporté comme ça ? se sermonna-t-il.

Martin regretta immédiatement le message qu'il venait d'envoyer. Il tenta d'en écrire un autre dans la foulée, mais Jessica répondit avant.

Jessica : Très bien ! Va te faire foutre et bien profond !

Martin répliqua du tac au tac sans même réfléchir.

Martin : Ôte-moi d'un doute, tu es en manque en ce moment ou quoi ?

Putain, quel abruti ! se sermonna encore une fois Martin. Ce n'était pas comme ça qu'il charmerait Jessica...

Jessica : Et toi, tu es puceau ou quoi ?

Martin : Si tu tiens tant à me passer sur le corps, c'est d'accord ;-)

Martin serra les dents devant sa stupidité. Il n'avait pas réussi à mesurer ses propos. Ses chances de sortir avec Jessica se réduisaient de seconde en seconde. Mais cette fille avait le don de le faire sortir de ses gonds.

De son côté, Jessica percevait toute l'ironie de ce dernier message. Pourquoi avait-elle lancé le sujet du sexe ? À coup sûr, il allait la prendre pour une garce ou une fille facile, ce qu'elle était en réalité, mais tout de même... Il n'avait pas besoin de le savoir. Elle prit une grande inspiration et rédigea un nouveau SMS.

Jessica : Désolée... Je pensais que tu étais comme Lisandro... Je voulais juste me faire pardonner...

Martin : Tu sais que tu es à la limite du harcèlement sexuel, au moins ? Et pour ta gouverne : je n'ai absolument RIEN à voir avec cet idiot !

Martin n'avait pas pu s'en empêcher... Jessica avait le don de l'agacer et de faire ressortir cette part passionnée de lui, cachée par sa timidité apparente.

Jessica : Je suis vraiment désolée... Ne me dénonce pas, s'il te plaît...

Martin se sentit obligé de la rassurer.

Martin : Arrête de paniquer. Je n'ai pas l'intention de te dénoncer... Pour l'instant.

Jessica : Parfait... Et moi, je n'ai pas l'intention de te harceler sexuellement... LOL

Martin sourit. Il fallait qu'il réponde pour que leur échange continue. Il n'avait pas envie de finir cette discussion. Tout en se redressant sur son canapé, il hésita entre deux réponses puis finit par se lancer.

Martin : Tu pourrais m'inviter à dîner...

Jessica : T'inviter comme payer l'addition ?

Martin : Exactement. Ce serait la moindre des choses après avoir insinué que j'étais un obsédé ET une balance.

Jessica fit la moue en regardant les derniers mots de Martin. Il n'avait pas tort... Cela finit par lui arracher un sourire.

Jessica : C'est d'accord... Mais seulement si tu me promets que ce n'est pas un plan foireux pour me présenter un autre imbécile et t'enfuir ensuite !

Martin : Promis ! Quel jour ? Quel endroit ?

Jessica : Je ne sais pas encore. Laisse-moi le temps de réfléchir.

Martin : J'espère que tu n'as pas l'intention de te défiler ?

Jessica : Bien sûr que non ! Je dois te laisser, mon lapin commence à faire n'importe quoi.

Martin ne put s'empêcher de rire.

Martin : Tu as un lapin ?!! C'est... pas commun.

Jessica : C'est un fauve de Bourgogne, il s'appelle Spéculoos et il ronge les plinthes de mon salon au moment où je te parle.

Martin : Quoi ?!! Il se balade en liberté ?!!

Jessica : Et il me fait même des câlins parfois ! ;-)

Martin : Je comprends mieux...

Jessica : Je vais faire comme si tu n'avais rien dit et te souhaiter une bonne soirée. À demain, cher collègue.

Martin : OK, à demain Jess.

Martin se laissa tomber de tout son long sur le canapé, un sourire aux lèvres, les mains derrière la nuque. Il fixa le plafond en imaginant déjà son rencard avec Jessica. Il ne s'en était pas si mal sorti, finalement... De plus, cette conversation avait vraiment atténué sa colère.

Jessica lut le dernier message de Martin avant de jeter son téléphone sur le canapé et de courir attraper son lapin. Cette petite boule de poils, douce comme une peluche, ne faisait pas moins de 5 kilos ! Elle lui caressa affectueusement la tête et retourna s'installer à sa place. Elle considérait Spéculoos comme un chat, mais en mieux.

Jessica ne put s'empêcher de relire les messages qu'elle avait échangés avec Martin et, malgré l'agacement de certaines réponses, elle avait beaucoup aimé discuter avec lui. Elle commençait à regretter d'avoir suivi le plan farfelu de sa cousine…

Mais il ne fallait pas se leurrer, sa vie était vide et elle se sentait bien souvent très seule ; surtout sur le plan sentimental. Alors, savoir que Lisandro lui courait après la réjouissait quand même un peu. Pour Martin, en revanche, c'était assez étrange. Après l'avoir copieusement détesté pendant de longs mois, elle commençait à le trouver attachant et sympathique.

Tout en caressant Spéculoos, ce qui l'apaisa immédiatement, elle réfléchit à l'endroit où elle pourrait bien inviter Martin. Quelque chose de simple, pas trop romantique, qui aurait une ambiance agréable et plutôt professionnelle.

Cette réflexion intense lui fit prendre conscience qu'elle avait très faim et toujours rien préparé à manger. Elle décida de commander un plat japonais. Jessica était un bourreau de travail qui détestait faire la cuisine, mais qui adorait bien manger. Certes, c'était un sacré budget et ce n'était pas toujours diététique. Toutefois, sa paie lui permettait quelques extravagances. Elle n'avait pas besoin d'un homme pour l'entretenir ni pour lui apporter une stabilité, d'ailleurs. Elle en avait juste besoin pour ne pas se sentir seule. Depuis toute petite, sa mère lui rabâchait qu'elle trouverait l'homme idéal.

En grande romantique, Adaline Mlynovsky avait toujours cru à l'âme sœur et l'avait rencontrée. Jessica avait grandi dans cette illusion d'histoires à l'eau de rose qui parsemaient les films et les romans. Si toutes ses sœurs semblaient avoir trouvé chaussure à leur pied, il en était tout autre pour

Jessica qui, il fallait bien le reconnaître, commençait à perdre espoir.

De nos jours, une femme qui souhaitait faire carrière finissait seule et sans enfant. Non qu'elle veuille absolument des enfants, mais bon... Elle estimait avoir le droit de choisir. Même si ses sœurs avaient réussi à concilier les deux, elle se rendait compte que cela devait être exténuant.

Son téléphone vibra soudain. Elle crut d'abord qu'il s'agissait de Martin, mais ce n'était pas lui.

Lisandro : Prête pour le second round, Miss cinglée ?

Elle leva les yeux au ciel et reposa son portable sans dénier répondre. Lisandro était vraiment trop lourd. Si cela lui plaisait de combler le vide de sa petite existence, il lui arrivait souvent d'envoyer bouler les hommes tels que Lisandro. Jessica était une jolie femme qui ne manquait pas de faire tourner la tête des hommes.

Bien sûr, elle en profitait souvent, plus qu'à son compte même mais, outre le fait de pouvoir boire, manger et parfois s'habiller à l'œil, ces échanges voués à l'échec commençaient sérieusement à la lasser. Certaines relations, toutefois, avaient débouché sur de bonnes parties de jambes en l'air qui avaient comblé sa solitude un temps. Mais, aujourd'hui, elle en avait un peu marre de tout ça. Et puis, elle préférait les challenges. Lisandro était une proie bien trop facile. De plus, s'il avait tout du mec sexy, il ne lui faisait aucun effet.

Elle finit par reprendre son portable et répondit à Lisandro pour lui dire le fond de sa pensée.

Jessica : T'es lourd ! Ça ne va pas marcher entre nous. Inutile de faire semblant.

La réponse ne se fit pas attendre.

Lisandro : Tu déconnes ? J'ai même pas encore sorti le grand jeu ! Laisse-moi encore une chance, je te paie le repas de demain midi. Allez...

Jessica : Comment tu as eu mon numéro, au fait ?

Lisandro : Nous avons un ami en commun... :-P

Martin ! Tu ne perds rien pour attendre..., *s'agaça Jessica.*

La sonnette retentit et lui fit oublier le dernier message de Lisandro. Elle se leva pour accueillir le livreur. Elle prit ses plats japonais avant de le congédier. L'odeur caractéristique emplit son salon et lui donna l'eau à la bouche. Elle s'installa dans son canapé et lança une de ses séries préférées : *Arrow*. Elle avait toujours admiré Stephen Amell. Cet acteur dégageait quelque chose de sexy et de rassurant... Dommage qu'il soit déjà marié et carrément inaccessible.

Son lapin, toujours couché en boule, près d'elle, Jessica passa la soirée à grignoter et à fantasmer sur un homme qu'elle ne rencontrerait jamais...

Je suis tellement pathétique..., se fustigea-t-elle intérieurement.

6

Ce matin-là, Martin arriva au bureau de meilleure humeur que d'habitude. Il avait relu les SMS de Jessica encore et encore. Le sourire aux lèvres, il déposa ses affaires sur son bureau et rejoignit Jessica en salle de pause. Son parfum était toujours aussi enivrant. Comme à chaque fois, elle faisait battre son cœur un peu plus vite.

— Bonjour, chère collègue, commença Martin en introduisant des pièces dans la machine à café.

— Salut..., répondit-elle, laconique en touillant sa boisson chaude.

Martin récupéra son gobelet puis se tourna vers elle.

— Quelque chose ne va pas ? demanda-t-il en fronçant les sourcils.

Jessica dégaina son téléphone et lui montra les messages de Lisandro.

— Tu n'avais pas le droit de lui refiler mon numéro ! s'agaça-t-elle.

Martin afficha une expression de surprise et leva les mains devant lui en signe de reddition.

— Je t'assure que ce n'est pas moi...

— C'est ça, prends-moi pour une imbécile ! Fais une croix sur ce dîner que tu voulais. Je crois qu'on est quitte.

Martin se rembrunit et, comme à chaque fois que Jessica le titillait, il ne réussit pas à retenir ses paroles.

— Écoute-moi bien, je déteste ce type et je l'ai menacé de lui casser la gueule s'il s'approchait de toi !

— Q... quoi ? balbutia Jessica, surprise. Pourquoi tu aurais fait ça ? Il est dangereux ?

— Pas exactement...

Martin détourna le regard pour que Jessica ne devine pas ses véritables sentiments. Mais elle était trop occupée à calmer les battements de son cœur. Martin avait parfois quelque chose de passionné qui la chamboulait. Elle eut soudain très chaud dans cette minuscule salle de pause.

— Alors quel est le problème ? continua-t-elle, tout de même.

Martin prit une profonde inspiration pour se calmer et trouver une échappatoire plausible.

— Le problème ? demanda-t-il en croisant de nouveau les yeux gris perle de Jessica. C'est que c'est un enfoiré de première et je n'ai pas envie qu'il te prenne pour une conne. On est collègue, je te rappelle. Cela pourrait détériorer nos relations.

Si Jessica détestait avoir l'air d'une fille fragile qui avait besoin d'être protégée, il fallait reconnaître qu'imaginer Martin en garde du corps était plutôt agréable et... sexy. Quelque chose remua soudain au fond d'elle-même. Une sorte de petit pincement au cœur qui ressemblait étrangement à de l'attirance. Pourtant, Jessica ne put s'empêcher de lâcher un rire méprisant.

— « Détériorer nos relations » ? répéta-t-elle, moqueuse. Ce n'est pas comme si on était amis...

— Peut-être, mais je ne voulais pas subir tes reproches à cause de cet abruti !

— Quels reproches ? s'étonna-t-elle, ahurie.

— Les femmes sont toutes pareilles ! Dès qu'un type les déçoit ou leur brise le cœur, elles s'en prennent à celui qui les a présentés.

— Tu plaisantes ? C'est franchement n'importe quoi !

— Ce ne serait pas la première fois...

Jessica plissa les yeux, détaillant le visage de Martin pour tenter de déchiffrer ce qu'il voulait dire par là.

— Bon... très bien, dit-elle enfin. Tu devrais être plus convaincant pour qu'il me laisse tranquille, je suppose, se moqua-t-elle gentiment.

— Est-ce qu'il te harcèle ? s'inquiéta soudain Martin.

La lueur dans son regard noisette provoqua quelques papillons dans le ventre de Jessica. Si Martin avait une silhouette fine et athlétique, il semblait sûr de lui et dégageait quelque chose de rassurant.

— Non, pas vraiment.

— Fais-moi signe si jamais ça arrive, OK ?

Jessica hocha la tête et ressentit une espèce d'apaisement et de bien-être qu'elle n'avait encore jamais éprouvés en présence d'un homme. Ce sentiment que sa mère n'avait pas arrêté de lui décrire, mais qu'elle n'avait jamais compris... jusqu'à maintenant.

C'est impossible... pas avec lui..., paniqua-t-elle.

Ils terminèrent leur café, avant de se diriger tous les deux vers leur poste de travail. Dans le couloir, Jessica ne put s'empêcher de lancer quelques regards discrets vers Martin. Quelque chose l'intriguait, alors que ce sentiment d'apaisement persistait au fond de son cœur. Elle le regarda d'une façon totalement différente à présent. Et elle le trouvait... plutôt beau.

Impossible !

— Quel autre ami avons-nous en commun ? finit-elle par demander.

Martin arriva à son bureau et tira sa chaise tout en la fixant avec intensité.

— Je n'en ai pas la moindre idée. Tu sais, c'est un vrai baratineur. Il a peut-être piqué ton portable au déjeuner d'hier pour s'appeler avec...

— Non, je m'en serais aperçu, affirma Jessica, soudain prise d'un doute.

Elle se repassa le déjeuner dans sa tête et ne trouva aucun moment où Lisandro aurait pu faire ça.

— Il est taré à ce point ? demanda-t-elle finalement.

Martin haussa les épaules. En réalité, il n'en avait pas la moindre idée. Il continua à soutenir le regard de Jessica.

— Donc ce dîner tient toujours, conclut-il.

Jessica ouvrit la bouche puis la referma comme un poisson hors de l'eau.

— Ce n'est pas moi qui lui ai filé ton numéro, donc tu n'as aucune excuse pour annuler.

— Tu as l'air bien sûr de toi tout à coup, lâcha-t-elle contrariée en s'installant à son poste.

Ce qu'elle ne savait pas, c'est que Martin se faisait violence pour avoir l'air aussi sûr de lui. À l'intérieur, il était tellement pétrifié et son cœur battait tellement vite qu'il était au bord de la syncope.

Jessica était un peu perturbée par ce revirement. Elle fit semblant de se remettre au travail et tapa n'importe quoi sur son clavier, ce qui actionna quelques bips d'erreur sur son ordinateur. Martin releva les yeux vers elle et leurs regards se croisèrent encore. Jessica détourna le sien, intimidée.

— Qu'est-ce que tu fabriques ? demanda Martin, suspicieux, en faisant son possible pour paraître calme.

— Rien du tout, j'ai fait une fausse manip, bredouilla-t-elle en sentant le rouge lui monter aux joues.

— Ne me dis pas que tu essaies de récupérer la vidéo ! tonna-t-il d'une voix implacable.

La colère qui refaisait surface lui permit de ne pas perdre la face. Le cœur de Martin battait toujours aussi vite et les effluves de parfum de Jessica ne faisaient rien pour le calmer.

Un silence s'installa pendant quelques secondes, alors que Jessica essayait de trouver une réponse plausible.

— Absolument pas ! lâcha-t-elle enfin.

Très convaincant..., se sermonna-t-elle.

Martin baissa de nouveau les yeux sur son travail en lâchant d'une voix remplie d'amertume :

— Ça ne m'étonnerait pas de toi...

Ces derniers mots vexèrent Jessica au plus profond d'elle-même. Pourtant, elle savait que c'était l'image qu'elle donnait souvent aux autres : une garce sans cœur qui ne pensait qu'à son travail.

Les choses avaient l'air de se renverser entre Martin et elle, ce qui ne lui convenait absolument pas. C'était elle qui était censée le détester, pas l'inverse...

— Pourquoi tu veux dîner avec moi ? demanda-t-elle finalement. Tu n'as pas l'air d'apprécier ma compagnie, alors...

Le cœur de Martin s'arrêta une seconde, mais il garda les yeux fixés sur son écran, alors que la panique le paralysait. Il devait trouver une répartie, et vite !

— Pour manger à l'œil, dit-il, le souffle un peu court.

Sa voix n'avait pas l'air très convaincante, car il sentait le regard de Jessica peser lourdement sur lui, mais il tint bon. Il continua de l'ignorer.

— Dans ce cas, je te rapporterai un sandwich à la pause déjeuner.

Martin serra les dents.

Échec et mat...

Il se sentit soudain vraiment trop nul et impuissant.

— Fais donc ça, grogna-t-il à moitié.

Il était tellement furieux contre lui qu'il n'arrivait pas à desserrer la mâchoire. Et le coup de grâce arriva quand il entendit la porte d'entrée s'ouvrir. Lisandro apparut sur le seuil du bureau, un bouquet de roses rouges dans une main et des chocolats dans l'autre. Encore une fois...

La rage consuma littéralement Martin de l'intérieur alors qu'il observait la réaction de Jessica. Elle toisa Lisandro avec mépris, ce qui le rassura juste un petit peu.

— Je croyais que tu n'avais pas encore sorti le grand jeu, lança Jessica à l'attention de Lisandro. Tu comptes m'offrir des chocolats et des fleurs tous les jours ?

Lisandro lui décocha un sourire ravageur. C'en fut trop pour Martin. Comme à son habitude, il préféra prendre la fuite pour éviter de s'infliger une nouvelle humiliation. Il attrapa sa sacoche et partit en trombe.

Alors que Jessica se questionnait sur la réaction de Martin, Lisandro ne prêta aucune attention à son ancien ami et se rua vers sa proie, déposant les chocolats sur le bureau. Il sortit un petit écrin de sa poche et le posa à côté de la boîte de chocolats.

— Qu'est-ce que c'est ? s'étrangla Jessica en observant le nom de la bijouterie sur le velours bleu.

— Ouvre-la, répondit Lisandro avec un sourire encore plus lumineux.

Un sourire de prédateur qui savait très bien ce qu'il faisait.

Comme si offrir des cadeaux hors de prix marchait à tous les coups..., pensa Jessica.

Elle se décida enfin à ouvrir. À l'intérieur, il y avait de magnifiques boucles d'oreilles pendantes.

Waouh...

Elle les prit entre ses doigts pour les admirer de plus près.

— Elles te plaisent ? demanda Lisandro, pas peu fier de son coup.

Jessica releva aussitôt les yeux vers lui pour le toiser.

— Tu essaies de m'acheter ? Je ne sais pas comment tu fonctionnes d'habitude, mais sache que je ne suis pas une call-girl !

Lisandro leva les deux mains devant lui, tellement surpris qu'il bafouilla presque en répliquant :

— Hey ! Du calme, Miss cinglée.

— Pourquoi tu t'intéresses à moi, au fait ?

— Eh bien, parce que tu es plutôt jolie, commença Lisandro en se ressaisissant. Ensuite, parce que tu as l'air complètement cinglée. Et j'adore ça.

Jessica plissa les yeux.

— Je ne suis pas cinglée !

— Elles disent toutes ça, lâcha Lisandro en se détendant assez pour croiser machinalement les bras contre son torse dans une attitude provocatrice.

— Alors, on va manger, oui ou non ? reprit-il après quelques secondes.

— Comme si je pouvais dire non après tous ces cadeaux, soupira Jessica, prise au dépourvu.

— Parfait ! se réjouit Lisandro en regardant Jessica prendre ses affaires.

Intérieurement, elle se sentait tellement mal à l'aise... Elle avait pourtant été claire avec ce type, la veille ! Mais on aurait dit une sangsue qui ne semblait pas vouloir lâcher l'affaire.

Bon sang ! Comment je vais m'en débarrasser ?

La mort dans l'âme, elle le suivit dans sa voiture, priant pour qu'il ne tente rien de stupide. Il serait mal venu qu'elle lui donne une gifle après tout ce qu'il venait de lui offrir...

Pendant le trajet jusqu'au restaurant, elle regarda Lisandro à la dérobée, se demandant comment un homme aussi sexy en apparence pouvait être aussi lourd et collant. Même lorsqu'il ne disait rien, elle ressentait cette attitude tue-l'amour qui coulait dans ses veines.

Lisandro se gara enfin devant un restaurant cinq étoiles.

Rien que ça..., pensa-t-elle.

S'il payait encore une fois l'addition, elle se sentirait redevable à vie.

Si ses anciens amants l'entretenaient parfois, Jessica le leur rendait bien. C'était plutôt une sorte de partenariat amical qui fonctionnait un temps, avant que l'un d'entre eux ne se lasse. C'était souvent Jessica qui mettait fin à ces relations, d'ailleurs... Au bout d'un moment, elle avait toujours besoin de plus, de cette petite étincelle qui faisait battre le cœur et que sa mère ne cessait de lui rappeler à chaque coup de téléphone. Une petite étincelle qu'elle cherchait désespérément à ressentir.

Mais une chose était sûre, ce ne serait pas avec Lisandro.

Jessica ouvrit sa portière en même temps que Lisandro. Elle sortit et lissa les plis de son pantalon de tailleur pour se donner une contenance.

Lisandro fit le tour de sa voiture pour la rejoindre. Il lui tendit son bras dans un geste galant qui contrastait allègrement avec son attitude de lourdingue. Après l'avoir toisé pendant quelques secondes, Jessica se décida à poser sa main parfaitement manucurée sur le biceps de son cavalier.

— C'est mon restaurant préféré, dit Lisandro en affichant un sourire triomphant.

Jessica avisa alors l'enseigne et vit en lettres capitales sous le nom du restaurant « Végétarien ».

— Tu es… végétarien ? demanda Jessica, hésitante. Tu as pourtant mangé du saumon la dernière fois…

— Je suis « flexivore », répondit-il avec un petit rire moqueur. Il y a tellement de saveurs différentes dans la cuisine végétarienne que ce serait dommage de s'en passer.

— Ah… OK.

Jessica suivit Lisandro jusqu'à l'entrée où ils furent accueillis par le maître d'hôtel qui les plaça à une table près de la baie vitrée qui donnait sur un lac. Un serveur vint leur apporter les menus, tandis que Jessica contemplait la vue merveilleuse et colorée à travers la fenêtre.

— L'endroit est vraiment joli, lâcha-t-elle en reportant son attention sur Lisandro.

— Je savais que ça te plairait, répondit-il en l'observant.

Cette fois, elle était légèrement attendrie par la lueur qu'elle percevait dans le regard sombre de Lisandro. Ils se fixèrent encore un instant avant que Jessica ne détourne les yeux pour les reporter sur les différents plats présentés sur la carte.

— Les photos donnent vraiment envie de goûter à tout, murmura-t-elle, sans savoir quoi choisir.

— Essaie le tofu caramélisé, sauté d'asperges et noix de cajou, c'est succulent !

Jessica prit un instant de réflexion, avant d'accepter avec curiosité. Le serveur revint le temps de passer les commandes et les laissa de nouveau seuls. Jessica étudia ensuite Lisandro sans trop savoir quoi en penser. Ce dernier jouait avec sa serviette et tentait, à première vue, une création en origami.

— Comment tu peux passer d'un extrême à l'autre ? finit-elle par demander.

Lisandro arrêta ce qu'il était en train de faire pour observer Jessica, les sourcils froncés.

— Qu'est-ce que tu veux dire ?

— Eh bien... tu es tellement lourd par moments que je suis surprise de voir que tu peux aussi être charmant. Parfois.

Lisandro esquissa alors un grand sourire. Celui-là même qu'il lui avait adressé en lui tendant les boucles d'oreilles.

— Je t'avais dit que j'étais un maître en séduction, se vanta-t-il en soutenant les yeux gris perle de Jessica.

Cette dernière soupira et leva les yeux au ciel.

— Merci, tu viens de gâcher le moment.

Le serveur arriva avec leurs plats, ce qui tombait à pic. Jessica goûta les asperges et lâcha une exclamation de plaisir.

— La vache ! C'est terrible ! Pourquoi aucun végétarien ne crie sur les toits que leurs plats sont aussi bons ?

Lisandro haussa simplement les épaules en affichant un autre de ses sourires.

Ce mec drague avec son sourire ! Dommage pour lui, son comportement est trop horripilant, pensa Jessica en le détaillant.

— Dis-moi, comment vous vous êtes rencontrés avec Martin ? lança-t-elle alors qu'elle dévorait son tofu.

— C'est donc Martin qui t'intéresse ? C'est pour ça que tu acceptes mes rendez-vous ? Pour me soutirer des infos sur lui ?

Jessica manqua de recracher sa bouchée.

— Mais PAS du tout ! s'écria-t-elle, outrée. Nous sommes collègues, rien de plus. Et cela te concerne, il me semble...

Lisandro détailla Jessica d'un air suspicieux, avant de répondre.

— Un soir, il s'est pointé dans le pub que je fréquente très souvent. Il avait l'air un peu désespéré alors j'ai eu pitié de lui. Je suis allé lui parler.

— Je vois..., répliqua Jessica en faisant la moue.

— Écoute, ma belle. Ce type n'a pas d'amis... C'est un cas désespéré si tu veux mon avis.

— Il m'a tapé sur les nerfs pendant six longs mois ! s'exclama-t-elle, sur la défensive, en repensant au comportement insupportable de son collègue. Je t'assure qu'il ne m'intéresse pas.

— Très bien ! conclut sèchement Lisandro.

Leurs plats terminés, le serveur vint les débarrasser. Il revint ensuite leur apporter la carte des desserts. Lisandro reprit sa serviette pour terminer sa création. Il observa ensuite Jessica qui semblait perdue au milieu de la carte des desserts.

— La forêt noire vegan est excellente, proposa-t-il.

Il semblait bien au courant des goûts culinaires de Jessica... Ce qui l'agaçait un peu, d'ailleurs.

— C'est fait avec du jus de pois chiche ? s'étonna-telle avec une moue de dégoût, en regardant la description des ingrédients.

— Fais-moi confiance, insista-t-il en la regardant avec espièglerie.

— Bon, d'accord.

Leurs desserts arrivèrent quelques minutes plus tard et, encore une fois, Jessica se surprit à adorer ce qu'elle mangeait. Décidément, les végétariens savaient ce qui était bon... Ils ne mangeaient pas que des pâtes et des légumes comme on pouvait le croire.

— Bon, passons aux choses sérieuses, maintenant, commença Lisandro en se penchant vers Jessica avec un air mutin.

— Aux « choses sérieuses » ? reprit Jessica, les sourcils froncés et le visage contrarié. Qu'est-ce que tu veux dire ?

Lisandro afficha son sourire de prédateur, tandis que ses yeux noirs pétillaient.

— Rejoins-moi au Saloon, ce soir. C'est un petit bar à bière sympa sur Villabé.

Il griffonna l'adresse sur le magnifique cygne qu'il venait de réaliser avec sa serviette en papier et la tendit à Jessica. Malgré sa surprise en découvrant l'œuvre de Lisandro, Jessica le toisa, pour ne pas changer. Elle ne supportait pas les guets-apens.

— C'est très joli, dit-elle avec prudence. Mais on est en pleine semaine. Il fallait me prévenir à l'avance, je n'aime pas sortir si je bosse le lendemain.

— Allez, tu ne seras pas déçue. Je te réserve une petite surprise, continua Lisandro sans se départir de son air charmeur.

Jessica soupira. Après tout, elle n'avait pas grand-chose à faire d'intéressant lorsqu'elle était chez elle. Sauf peut-être fantasmer sur son acteur préféré, à savoir Stephen Amell, qu'elle ne rencontrerait jamais !

— C'est d'accord. Mais si tu fais quoi que ce soit de déplacé, ce sera notre dernière sortie.

Encore une fois, Lisandro leva les deux mains devant lui pour l'apaiser.

— Ce n'est absolument pas mon genre...

— C'est ça..., marmonna Jessica d'une voix inaudible.

Voyant l'heure tourner, Lisandro demanda l'addition et paya la note sans broncher. Lorsqu'il raccompagna Jessica à sa voiture, cette dernière se demanda pourquoi elle avait accepté de le revoir le soir même. Puis, elle se rappela du message qu'il lui avait envoyé concernant leur ami en commun.

En marchant sur le trottoir, elle ne put s'empêcher de le questionner.

— Au fait, c'est Martin qui t'a donné mon numéro ?

Lisandro afficha une expression impassible et fixa son attention devant lui, à la recherche de sa voiture.

— Non, dit-il, laconique.

— Alors, qui est-ce ? Je doute que nous ayons des amis communs..., continua Jessica d'une voix dédaigneuse.

— Tu l'apprendras sûrement ce soir, répliqua Lisandro en adressant à Jessica un sourire malicieux.

Ils arrivèrent enfin à la voiture de Lisandro. Ce dernier se montra galant et ouvrit la portière à Jessica, ce qui la surprit un peu. Puis il se gara devant son entreprise pour la raccompagner.

Martin, qui était toujours sur les nerfs à cause du comportement irrespectueux de Lisandro, avait encore passé toute sa pause déjeuner à taper dans un punching-ball. Malheureusement, cela n'avait pas réussi à le calmer. Ce qui l'apaiserait vraiment serait de mettre une bonne raclée à cet imbécile !

Il venait tout juste de regagner l'entreprise et de s'installer en salle de pause, il s'apprêtait même à mordre dans son sandwich, lorsqu'il entendit Jessica passer la porte d'entrée.

— À ce soir, Miss cinglée ! s'exclama Lisandro avec enthousiasme, ce qui crispa instantanément tous les muscles de Martin.

Il entendit Jessica lui répondre d'un ton neutre et cela l'énerva encore plus.

Putain ! Il a réussi ? se demanda Martin avec rage.

Le cerveau en ébullition, il mordit rageusement dans son sandwich, mais l'appétit n'y était plus.

Jessica poussa la porte de la salle de pause et découvrit Martin en train de déjeuner, assis à la petite table. Les coudes posés sur la surface plane, il mangeait sans daigner la regarder.

— Bon appétit, commença Jessica.

Elle venait tout juste de se rappeler qu'elle devait lui rapporter quelque chose à manger. Une pointe de culpabilité l'étreint.

— Merci, grogna Martin.

— Euh... désolée, j'ai oublié de te ramener un truc à manger..., s'excusa-t-elle en se tortillant les doigts.

— C'est rien, tu étais occupée..., répliqua Martin du même ton bougon.

— Ouais...

— J'ai cru comprendre que ça s'était bien passé. Tu le revois *même* ce soir...

Martin n'avait pas pu s'empêcher de la questionner. Pourtant, il savait bien que ses paroles étaient déplacées. Il avait l'air d'un petit ami jaloux et il détestait avoir l'air si pathétique.

— C'était sympa, on a mangé végétarien, acquiesça Jessica sans comprendre le comportement de son collègue. Pourquoi ? Il y a un problème ?

Jessica plissa les yeux et le dévisagea. C'est à ce moment-là que Martin se ressaisit. Il se redressa et adopta une position nonchalante. Il faisait tout son possible pour afficher une expression avenante ou, en tout cas, neutre.

— Pas du tout. Je suis content pour toi, glissa Martin avec difficulté.

Ces mots lui arrachaient tout simplement la gorge ! Et Jessica continuait de l'observer tout en croisant les bras sur sa poitrine.

— Tu es « content » pour moi ? répliqua-t-elle, suspicieuse. Je croyais que tu avais menacé Lisandro de lui casser la figure s'il s'approchait de moi ?

— C'est vrai, avoua Martin qui se maudit intérieurement de lui avoir dit ça.

Si ça se trouvait, Jessica s'amusait avec ses nerfs, juste pour le faire souffrir..

— Alors pourquoi ce revirement ?

Martin prit une grande inspiration pour se calmer avant de se lancer. Tout son corps tremblait d'un mélange de colère et de détresse. Son ventre était noué et son appétit s'était fait la malle.

— Écoute Jessica, si tu veux te taper ce type, libre à toi. Ça ne me regarde pas !

— OK ! Très bien ! C'est noté, lâcha-t-elle avec humeur.

Elle se tourna ensuite vers la machine à café, attendit en trépignant que sa tasse se remplisse et s'enfuit dans le couloir. Elle resta un instant sans bouger, ignorant les quelques employés qui retournaient à leur poste.

La réplique de Martin l'avait beaucoup trop ébranlée à son goût. Pour qui il la prenait au juste ? Elle but son café d'une main tremblante, en essayant de se calmer. Pourquoi réagissait-elle comme ça ? Peu importait ce que Martin pensait d'elle. Elle l'avait toujours détesté...

Sauf que... ces derniers jours, elle ne le voyait plus tout à fait de la même façon. Malgré une lutte acharnée contre elle-même, elle commençait à l'apprécier. En tant que collègue, bien sûr.

Oui, bien sûr...

Jessica poussa la porte de la salle de pause un peu trop brutalement pour jeter son gobelet. Elle entendit quelque chose taper contre le battant en même temps que Martin lâchait un juron. Elle comprit alors qu'elle venait de le heurter sans faire exprès. Elle entra d'un pas prudent en l'observant avec culpabilité.

— Pardon..., s'excusa-t-elle. Est-ce que ça va ?

— T'es qu'une brute ! Je pisse le sang...

Jessica ressentit une certaine panique qui la paralysa quelques secondes, tandis que Martin essayait de se faire un point de pression pour arrêter l'hémorragie. Son nez saignait à gros bouillons et ses yeux étaient humides à cause du coup et de la douleur.

— Apporte-moi des mouchoirs ou quelque chose..., lui commanda-t-il.

Jessica sortit de sa léthargie pour agir. Elle balaya la pièce du regard et se rua sur le rouleau d'essuie-tout. Elle en déchira quelques feuilles qu'elle tendit immédiatement à Martin.

— Tu crois que ça va aller ? s'inquiéta-t-elle.

Martin enleva le surplus de sang qui maculait son visage et ferma les yeux un bref instant, avant de les rouvrir. Le sang commençait enfin à s'arrêter de couler, mais son nez le lançait horriblement. Ça lui faisait un mal de chien !

— Ouais..., murmura-t-il. Je saigne souvent du nez...

— C'est vrai ? balbutia Jessica qui ne savait pas trop quoi faire. J'espère qu'il n'est pas cassé...

— Je ne crois pas, la rassura Martin.

Il se rapprocha de l'évier pour se nettoyer la figure. Sans miroir, cela n'était pas très facile, mais il arriva à se débrouiller. Il se redressa enfin et observa Jessica qui était toujours figée sur place. Elle fixait les petites gouttes de sang au sol, près de la porte. Martin avait également plusieurs taches sur sa chemise blanche... Elle était foutue !

— Hey ! Ne fais pas cette tête. Il n'y a pas mort d'homme, plaisanta Martin qui se sentait un peu mieux malgré les élancements douloureux de son nez.

— Q... quoi ? bégaya Jessica en relevant les yeux vers lui.

Elle n'avait jamais vu autant de sang. Son teint était devenu livide, comme si elle allait tomber dans les pommes. Martin se sentit obligé de s'approcher d'elle. Il appuya une main au creux de ses reins pour la guider jusqu'à une chaise.

— Assieds-toi, lui proposa-t-il. Tu ne vas pas t'évanouir, hein ?

— Heu... j'en sais rien... C'est la première fois que je vois autant de sang.

— C'est rien, OK ? Le visage, ça saigne beaucoup, mais c'est rarement très grave.

Elle fronça les sourcils en le dévisageant.

— Comment tu sais ça ?

Martin la fixa un moment avant de se détourner pour nettoyer le sol. Une fois sa tâche terminée, il remarqua que Jessica avait l'air d'aller mieux. Elle se leva pour attirer son attention.

— Tu te bats souvent, c'est ça ?

Martin pensa à ses entraînements de boxe. S'il ne s'était encore jamais battu sur le ring, il lui arrivait parfois de voir des compétitions qui laissaient quelques marques aux participants.

— On peut dire ça..., approuva-t-il quand même.

— Mais... Lisandro croit que tu en es incapable..., dit Jessica malgré elle.

— Lisandro n'est qu'un gros con ! s'énerva Martin. Il ne sait pas de quoi je suis capable !

Il y eut un petit moment de silence avant que Jessica ne réplique :

— Je n'aime pas la violence.

Elle sentait bien que Martin détestait Lisandro, bien qu'elle ne comprenne pas vraiment pourquoi. Ils semblaient être amis au départ.

Ils retournèrent tous deux à leur poste et se remirent au travail dans le silence. Pourtant, ils se jetèrent alternativement des regards à la dérobée durant tout l'après-midi.

7

Le soir même, Jessica se prépara à passer une soirée télé et à câliner son lapin sur ses genoux, tout ce qu'il y avait de plus banal, lorsque son téléphone vibra pour lui annoncer l'arrivée d'un message.

Lisandro : Prête pour ce soir ? J'arrive dans 20 min !

Quoi ???

Jessica avait complètement oublié cette soirée... Elle se dépêcha de lui envoyer une réponse.

Jessica : Comment tu as eu mon adresse ?! Je te rejoins là-bas, mais ne viens pas chez moi !

Jessica récupéra le cygne en papier dans son sac pour vérifier l'adresse et se précipita dans sa chambre pour sélectionner une tenue décente avant de sauter dans sa douche. Elle aurait pu refuser mais, après tout, cela ne lui ferait pas de mal de sortir un peu. Tant pis si elle ressemblait à un zombi demain matin.

Une heure plus tard, elle sortit de chez elle, habillée d'un jean slim noir, d'escarpins assortis, ainsi que d'un top argenté plutôt ample. Elle s'était maquillée avec discrétion pour ne pas en faire trop. Lorsqu'elle verrouilla sa porte d'entrée, elle aperçut son horripilante voisine qui l'espionnait à travers ses rideaux.

Une vieille peau qui n'avait que ça à faire de sa vie ! En réalité, elle n'était pas si vieille que ça, moins de cinquante ans, mais elle était tellement énervante et rabat-joie ! Toujours là pour lui faire une petite réflexion désobligeante quand elles se croisaient. Mme Tinardo surveillait ses moindres faits et gestes. Si Jessica avait acheté une maison loin de sa mère, c'était avant tout pour ne plus subir ce genre de comportement oppressant.

Tout en marchant jusqu'à sa voiture, elle tira la langue à sa voisine puis lui adressa un doigt d'honneur. Cette dernière ouvrit la bouche en grand d'un air choqué, puis battit en retraite et disparut de derrière les rideaux. Jessica explosa de rire.

Ça lui apprendra !

Martin, qui n'avait cessé de se faire des films sur le déroulement de la soirée de Jessica et Lisandro depuis l'après-midi même, craqua en rentrant chez lui. Il jeta ses affaires sur un coin du canapé puis se laissa tomber juste à côté. Il prit son téléphone et le regarda un long moment avant de taper son message.

Martin : Alors mec ! T'as prévu quoi pour impressionner Jessica ce soir ?

Il ne savait pas si Lisandro lui répondrait, mais il ne put s'empêcher d'essayer de lui soutirer des informations. Envoyer des messages à Jessica serait trop grillé… Il appuya sur la touche « envoyer » et son corps tout entier se mit à trembler alors qu'il attendait la réponse avec impatience. Une réponse qui mit une éternité à venir et qui augmenta son stress un peu plus à chaque seconde.

Puis son téléphone vibra enfin.

Lisandro : Comme si ça t'intéressait… avoue plutôt que tu veux savoir où je l'emmène pour t'incruster !

Martin : Gagné !

Martin hésita à lui envoyer ce simple mot mais, vu la façon dont c'était parti, Lisandro ne dirait rien. Il capitula et valida sa réponse. Puis il jeta son portable à l'autre bout du canapé avec un grognement de frustration. Il s'apprêtait à se mettre en tenue de sport pour une autre séance avec son punching-ball, même s'il avait encore quelques séquelles de son entraînement du midi : un poignet un peu fragilisé et une épaule endolorie, lorsque son téléphone vibra de nouveau.

Martin se rua dessus, le cœur battant à cent à l'heure.

Lisandro : Je fais un concert au Saloon, t'as qu'à venir. C'est pas comme si t'avais une chance contre moi... LOL

Partagé entre la colère et le soulagement, Martin rédigea sa réponse.

Martin : Merci mec ! Même si t'es qu'un enfoiré !

Il était un peu étonné d'apprendre que Lisandro préparait un concert... Il ne lui avait jamais parlé d'un quelconque talent de musicien...

Malgré tout, il se prépara à une vitesse folle. Une douche rapide, du parfum, une chemise et un cardigan avec les manches retroussées. Il se coiffa et mit même des lentilles de contact. Tout ça pour impressionner une fille qui ne le remarquerait sûrement pas...

Il se dépêcha de prendre sa voiture. Il arriva dix minutes plus tard sur le parking du Saloon et constata qu'il y avait plusieurs motos et voitures américaines garées devant. Son look n'était peut-être pas approprié finalement...

Ce constat l'inquiéta un peu plus lorsqu'il vit un petit groupe de bikers en train de fumer devant l'entrée.

Merde ! Pourvu qu'ils ne m'embrouillent pas..., pensa Martin.

Au moment où Martin passa devant le groupe intimidant, les bikers le regardèrent. Martin se crispa, mais ne dit rien.

— Bonsoir, dit l'un d'entre eux, bientôt suivi de tous les autres.

— Heu... bonsoir, bredouilla Martin, surpris par cette politesse qui n'était plus aussi courante de nos jours.

Néanmoins, il se dépêcha de rentrer dans le bar. À l'intérieur, le mobilier était fait de palettes et de banquettes.

Il y avait même un espace gonflable pour faire du rodéo à la gauche du bar. De l'autre côté, une petite alcôve accueillait des musiciens. Martin repéra très vite Lisandro qui parlait avec les membres de son groupe. Outre la présence de ce dernier, l'endroit semblait vraiment sympa.

Il n'y avait pas encore beaucoup de monde et Jessica n'avait pas l'air d'être arrivée. Alors, Martin décida de prendre une table loin de la scène pour rester incognito. Il ne voulait pas que sa collègue le surprenne à l'espionner...

Il commanda sa bière préférée, une Leffe Ruby, et commença à observer les gens autour de lui. Il y avait une petite musique calme en attendant que le groupe s'installe. L'ambiance était plutôt bon enfant et conviviale, ce qui détendit un peu Martin. L'alcool aidant aussi un peu, il s'adossa nonchalamment à son fauteuil et fixa Lisandro d'un air de défi.

Heureusement, ce dernier ne le remarqua pas. Puis, Martin aperçut Jessica passer la porte d'entrée et son cœur s'arrêta une demi-seconde. Elle était... tout simplement magnifique, resplendissante même. La bouche entrouverte, Martin la suivit du regard, comme hypnotisé. Il sortit de sa torpeur lorsqu'il la vit saluer Lisandro. Ce dernier passa les bras autour des épaules de Jessica et en profita pour la serrer contre lui tout en lui faisant la bise.

Ce geste mit Martin dans une rage folle.

Quel profiteur !

Jessica repoussa Lisandro en se sentant mal à l'aise d'être si proche de lui.

— Bas les pattes ! Je déteste qu'on me touche, assena-t-elle en le toisant avec mépris.

— Détends-toi, Miss cinglée, je suis un homme correct, répliqua Lisandro avec son sourire de prédateur.

— C'est ça, mon œil ! l'accusa Jessica qui était toujours sur la défensive avec la gent masculine.

Pour sa défense, ses nombreuses aventures lui avaient ouvert les yeux sur ce que recherchaient les hommes chez une femme en premier lieu. Et il s'agissait toujours de sexe, à 99 %. Les rares hommes faisant partie du 1 % restant qu'elle avait croisés, eh bien... elle leur avait sûrement brisé le cœur...

— Jessica, ça faisait longtemps, l'interpela une voix crispée derrière elle.

Elle aurait reconnu cette voix entre mille. Son cœur se mit à battre plus vite et son ventre se noua. La culpabilité la suffoqua. Elle savait que ce sentiment ne partirait jamais. Jessica se retourna pour saluer son ex.

— Kevin... qu'est-ce que tu fais là ?

Elle détailla son ex un bref instant. Ses cheveux bruns longs et bouclés lui donnaient toujours cet air de chanteur de rock sexy, sa barbe bien taillée accentuait sa virilité et son jean délavé ainsi que son T-shirt noir le rendaient vraiment impressionnant. Et ne parlons même pas de ses yeux noisette ni de sa voix envoûtante...

C'est vrai, elle ne dirait pas non pour une petite escapade nocturne avec lui, mais il valait mieux que ça. Ils avaient passé de très bons moments et, pour Kevin, mieux valait en rester là.

Elle observa la basse que son ex tenait à la main puis regarda Lisandro, qui s'était muni d'une guitare, et elle comprit tout.

— C'est toi qui lui as filé mon numéro ET mon adresse ?! hurla Jessica à l'attention de Kevin qui n'avait pas eu le temps d'en placer une, totalement pris au dépourvu par le regard que Jessica faisait glisser sur lui.

Il sursauta devant la colère de son ex petite amie, avant de prendre un air blasé et mesquin.

— Je pensais que cela te ferait plaisir. C'est pile ton genre..., lâcha Kevin avec amertume. Au moins, il ne te demandera pas en mariage, lui...

Le pincement dans la poitrine de Jessica s'intensifia.

— Kevin..., murmura-t-elle avec peine en posant sa main sur son biceps. Je suis tellement désolée... mais ça fait deux ans maintenant. Il faudrait que tu tournes la page.

— Ouais... il faudrait..., grogna Kevin en se détournant pour rejoindre la scène.

Jessica resta seule au milieu du petit bar. Elle ne savait plus quoi faire pour apaiser son ex. Lorsqu'il l'avait demandée en mariage quelques années plus tôt, elle avait refusé gentiment. Elle lui avait expliqué posément qu'elle l'appréciait énormément, mais qu'elle ne ressentait pas la même chose que lui ; qu'elle n'avait jamais ressenti ce que tout le monde appelle « l'amour ». D'ailleurs, ce mot était une belle farce ! Quand elle voyait dans quel état se mettait Kevin depuis plus de deux ans, cela ne lui donnait pas du tout envie de ressentir ce genre de chose.

Elle s'étonna même qu'il ne l'ait pas encore fait virer de son travail. C'était grâce à lui qu'elle avait eu le poste qu'elle occupait actuellement. Kevin connaissait son supérieur, ils étaient même meilleurs amis depuis longtemps... Encore une fois, cela prouvait que Kevin était un type bien et elle lui souhaitait vraiment de trouver quelqu'un qui le rendrait heureux.

Jessica chercha une place où s'asseoir, tandis que Martin la suivait du regard.

Bordel ! Encore un type qui en a après Jessica, pensa-t-il avec rage.

Combien de mecs cette nana a-t-elle à ses pieds ?

Il n'en revenait tout simplement pas. Sa volonté fondait comme neige au soleil. Il ne pourrait jamais faire le poids face à un rockeur beau gosse et à un dragueur aguerri qui n'avait qu'à sourire pour ramener une nana chez lui...

D'un air défaitiste, Martin finit sa deuxième bière. Son téléphone vibra dans sa poche et le sortit de ses réflexions.

Stessie : Ma mère fête son anniversaire ce week-end. Elle a loué la petite salle des fêtes et... j'ai pensé que tu viendrais peut-être... Tes parents sont invités aussi. Bisous

Martin relut le message plusieurs fois, hésitant avant de répondre. Depuis qu'il avait rencontré Jessica, il avait complètement oublié Stessie...

Ils sortaient ensemble depuis le lycée mais, quand Martin était parti à Paris après ses études, leur relation avait sensiblement évolué. Stessie ne voulait pas partir si loin de ses parents et la distance les avait progressivement séparés. Ils ne se voyaient pratiquement plus et se donnaient très peu de nouvelles. Pendant tout ce temps, Martin n'avait jamais eu l'opportunité de rencontrer d'autres femmes à qui il plaisait et Stessie semblait éperdument amoureuse de lui. Alors, comme d'un commun accord, dès que Martin rentrait dans son petit village natal, ils redevenaient un couple pour quelques jours. Cela n'arrivait que quelques fois par an, lors des réunions de famille. Leurs parents se connaissaient depuis de nombreuses années. Ils habitaient dans le même village et étaient presque voisins.

Même si Martin avait toujours été très attaché à Stessie, depuis qu'il avait croisé la route de Jessica, il savait que leur relation ne durerait plus très longtemps. Au fond de lui, il avait un peu de peine pour Stessie, la première femme dont il était tombé amoureux. Le peu de fois où ils se revoyaient, ils étaient toujours sur la même longueur d'onde et il se sentait toujours beaucoup mieux en sa présence.

D'où l'hésitation de Martin.

Il serra les dents en reportant son attention sur Jessica qui semblait absorbée par le concert et, surtout, par Lisandro qui lui avait caché ses talents de chanteur/guitariste. Martin se sentit mélancolique et transparent. Il devait se rendre à l'évidence : Jessica ne le verrait jamais comme il la voyait elle. Alors, il répondit à Stessie.

Martin : C'est d'accord ;-)

Stessie : Génial ! À ce week-end alors. J'ai hâte ! Bisous mon cœur <3

Pour la première fois depuis qu'il correspondait avec Stessie, il se sentit mal. Martin n'aimait pas mentir ni jouer avec les sentiments des autres. Cela lui ferait de la peine de rendre malheureuse cette fille si gentille. Mais, à bien y réfléchir, elle souffrait sûrement depuis des années…

Il se promit d'avoir une petite discussion avec Stessie et de lui expliquer la situation. Il fallait qu'elle tourne la page de leur histoire et trouve un homme qui prendrait bien soin d'elle. Cette pensée lui tira un petit pincement au cœur, une certaine mélancolie et une pointe de jalousie.

Martin termina sa troisième bière, jeta un dernier regard vers Jessica puis demanda l'addition.

Jessica observait Lisandro chanter et gratter sa guitare en rythme. Il accompagnait Kristen, la chanteuse, sur certaines notes pour donner un ensemble harmonieux aux chansons. Si les musiciens avaient toujours eu un effet aphrodisiaque sur elle, la présence de Kevin avait douché son enthousiasme. Et c'était tant mieux ! En aucun cas, elle ne voulait finir dans les bras de cet imbécile de Lisandro.

Ce dernier faisait tout son possible pour attirer l'attention de Jessica, lui adressant des clins d'œil coquins et parfois des sourires enjôleurs. Pourtant, Jessica restait de marbre devant ce dragueur invétéré et observait Kevin avec mélancolie. Elle s'en voulait tellement de le faire souffrir.

Kevin s'évertuait à l'ignorer et focalisait son attention sur un point derrière elle. À l'époque, Jessica considérait Kevin comme un très bon ami, en plus des parties de jambes en l'air formidables qu'ils partageaient. Elle avait toujours beaucoup d'affection pour lui, c'est pourquoi cette animosité à son égard la rendait si triste.

Elle aimerait tellement qu'il rencontre une femme pour qu'ils puissent de nouveau être amis. Mais même s'il trouvait quelqu'un d'autre, elle savait d'avance que leur amitié était définitivement terminée.

Dommage...

Le concert se termina enfin et toute la salle se mit à applaudir, sauf elle. Lisandro posa sa guitare pour se ruer vers Jessica.

— Alors, Miss cinglée, ça t'a plu ? demanda Lisandro tout sourire, tandis que Kevin rangeait sa basse en serrant les dents.

Jessica se demanda pourquoi Kevin avait donné toutes ses coordonnées à Lisandro si cela le rendait si jaloux...

— Heu... ouais, c'était génial ! dit-elle avec un faux air conquis.

Elle savait jouer la comédie mieux que personne et Lisandro ne s'en aperçut pas.

— Je t'offre un verre ? continua-t-il comme si c'était du tout cuit maintenant qu'elle l'avait vu chanter et jouer de la guitare...

— Elle ne boit pas, inutile de vouloir la soûler ! grogna Kevin qui passait à leur hauteur avec sa basse rangée dans sa housse.

Jessica plissa les yeux en le suivant du regard.

— Commande-moi un coca, je reviens, précisa-t-elle à Lisandro avant de s'enfuir pour rattraper Kevin.

— Hey ! Qu'est-ce qui te prend ? cria Jessica qui se trouvait à un mètre derrière Kevin.

Ils atteignirent la sortie en même temps et se retrouvèrent au milieu des fumeurs et des bikers. Kevin ne répondit pas et se dirigea vers sa voiture pour ranger son matériel. Il prit tout son temps puis finit par claquer son coffre avec rage. Il se retourna face à Jessica en croisant les bras sur son torse.

— Comment ça « Qu'est-ce qui me prend ? », s'énerva Kevin d'une voix sourde et tranchante.

— Je ne comprends pas Kevin... Pourquoi tu lui as donné mes coordonnées si ça te met dans cet état ?

— C'est Christian qui a insisté ! Il m'a convaincu de lâcher l'affaire avec toi. D'après lui, que tu aies un autre mec m'aiderait à avancer. Mais quand je vois Lisandro te regarder avec son air de prédateur, ça me fout en rogne !

— Merde, Kevin ! Ce mec est un abruti fini... Christian va m'entendre demain !

Kevin plissa les yeux en détaillant Jessica de la tête aux pieds.

— Tu t'es pourtant mise sur ton 31 pour cet abruti..., remarqua-t-il avec amertume.

Jessica se figea en sentant la honte la submerger.

— C'est vrai... Je voulais juste faire bonne impression. Il m'a offert des boucles d'oreilles hors de prix et...

— Non, mais tu t'entends !! la coupa Kevin en hurlant tant il était exaspéré. Tu ne penses qu'au fric, ma parole !

Jessica se transforma en écrevisse, elle sentit ses joues la brûler de honte.

— C'est faux ! balbutia-t-elle, mal à l'aise. Je me sentais redevable, c'est tout...

— Je pensais que tu valais mieux que ça, franchement...

— Kevin, s'il te plaît...

— Il y a un problème ? intervint Martin qui s'apprêtait à rentrer chez lui.

Il avait vu la scène de loin et n'avait pas pu s'empêcher de s'en mêler. Le ton qu'employait Kevin ne lui plaisait pas du tout et il s'inquiétait pour Jessica.

— C'est qui encore ce guignol ?! cracha Kevin en toisant Martin avec agressivité.

— C'est mon collègue..., marmonna Jessica. Je ne sais pas ce qu'il fait là...

Elle pinça les lèvres de plus en plus mal à l'aise en regardant Martin.

— Je suis venu voir Lisandro jouer..., prétexta Martin. Et je n'apprécie pas qu'on agresse les femmes de cette façon.

Kevin émit une sorte de grognement désapprobateur en fixant Martin. Puis il reporta son attention sur Jessica.

— Tu couches avec lui ? Il y a combien de types à tes pieds au juste ? grogna Kevin avec agacement.

Martin aurait bien voulu connaître la réponse à cette question, mais Jessica se contenta de le couper :

— Kevin ! s'insurgea Jessica.

— Non, répondit Martin d'une voix calme. Elle m'a juste fait subir une simulation d'accouchement... Mais j'aurais peut-être préféré qu'on couche ensemble... ça aurait sûrement été moins traumatisant.

Jessica manqua de s'étouffer. Elle ne savait plus où se mettre. Le pire c'est que Kevin explosa de rire.

— T'as pas fait ça ?!!! hurla-t-il, hilare.

— La ferme, Kevin ! s'énerva Jessica en croisant les bras sur sa poitrine. C'était l'idée de Charline...

Elle ignora délibérément Martin. Elle ne savait pas quoi lui dire. De plus, elle se sentait terriblement mal.

— Vous êtes là ? les interrompit Lisandro avec une chope de bière et un verre de coca à la main.

— Oui, merci pour le coca, lâcha Jessica en s'emparant de sa boisson et en buvant une grande gorgée.

Kevin se calma immédiatement et lui jeta un regard réprobateur. Un sous-entendu qu'elle ne manqua pas de comprendre et son visage s'enflamma un peu plus.

— Tu n'es qu'une blonde superficielle, cracha Kevin en arrachant la chope de bière des mains de Lisandro.

Cette remarque atteignit Jessica en plein cœur et une immense tristesse la submergea, tandis que Kevin s'en allait, sa colère refaisant surface en voyant Lisandro.

— De rien..., marmonna ce dernier avec ironie, par rapport au fait que Kevin ait bu sa bière.

Puis, Lisandro se tourna vers Martin.

— Le concert t'a plu ? ajouta-t-il avec un petit clin d'œil provocateur.

Martin hocha vaguement la tête avant de se concentrer sur Jessica qui semblait bouillir de rage et de honte.

— Est-ce que ça va ? C'était qui ce type ? demanda-t-il.

— Son ex... fiancé, lâcha Lisandro avec un sourire carnassier.

Jessica le toisa avec humeur, alors que Martin accusait le coup.

— Je ne vois pas ce qui te fait sourire ! assena Jessica à Lisandro en reprenant une contenance.

Ce dernier ravala illico son air moqueur et afficha une espèce d'expression compatissante.

— C'est vrai, je m'excuse, dit-il avec douceur.

— Je suis désolé pour toi, ajouta Martin avec une réelle compassion. Ça n'a pas dû être facile...

Jessica le regarda avec curiosité, comme si elle essayait de déterminer s'il se foutait d'elle ou pas.

— Ça fait deux ans. Il aurait dû tourner la page..., dit-elle finalement.

Martin chercha Kevin du regard et son cœur se comprima. Il ne pouvait que trop comprendre cet homme. Même s'il n'avait encore rien partagé avec Jessica, ses émotions étaient de plus en plus intenses en sa présence. Il vit Kevin en train de rigoler avec les bikers et s'imagina à sa place quelques secondes. Que ferait-il si la femme qu'il avait demandée en mariage le plaquait ensuite ? Il avait certainement dû faire quelque chose d'horrible pour que ça arrive.

Jessica resta un moment dans ses pensées. Puis elle se mit à pleurer sans raison apparente. En réalité, la remarque de Kevin, comme quoi c'était une blonde superficielle, l'avait anéantie.

— Personne ne m'aime..., gémit-elle en pleurant comme une madeleine.

Lisandro se figea, il n'était pas habitué à gérer ce genre de situation.

— Heu... mais pourquoi tu dis ça ? bredouilla-t-il, complètement pris au dépourvu.

— Va lui chercher un mojito, lui ordonna Martin pour se débarrasser de lui. C'est super efficace contre les larmes.

— Tu crois... ? hésita Lisandro, trop heureux de trouver un prétexte pour s'éloigner d'une Jessica éplorée.

Ce qu'il ne savait pas, c'est que Martin se foutait de lui.

— Oui, dépêche-toi ! le pressa Martin.

Lisandro acquiesça, malgré la panique qui le submergeait, et se dirigea vers le bar. Dans d'autres circonstances, Martin aurait explosé de rire face à la crédulité de son ex-ami, mais Jessica était effondrée, appuyée contre la voiture de Kevin, ce qui ne lui donnait aucune envie de plaisanter. Il se plaça face à elle. Il aurait aimé poser ses mains sur ses épaules, mais il n'osa pas... Il n'avait jamais réussi à prendre les devants face aux femmes.

— Tu n'es pas ce qu'il a dit, Jess..., commença-t-il avec douceur, en se rapprochant un peu plus d'elle.

Seuls quelques centimètres les séparaient à présent et Martin essayait de croiser son regard obstinément rivé au sol.

— Si..., pleura-t-elle de plus belle... Je ne suis qu'une profiteuse sans cœur...

Jessica se sentait tellement mal qu'elle n'arrivait pas à se calmer. Pourtant, savoir que Martin se souciait d'elle la réconforta un peu. Ils étaient tellement proches qu'elle sentit son parfum masculin et, sans réfléchir, elle agrippa Martin pour se coller contre son corps. Il se crispa, mais ne la repoussa pas.

En réalité, Martin retint son souffle. Il était tellement surpris qu'il n'osait pas bouger. Son cœur s'emballa et il n'arriva pas à réprimer les réactions de son corps malgré la situation...

— Ne t'en fais pas, continua-t-il tout de même. Ce type est juste triste, il voulait te blesser pour se venger...

— Mais je t'ai fait subir un accouchement, sanglota Jessica en s'accrochant à Martin de toutes ses forces.

Martin esquissa un faible sourire, alors que les larmes de Jessica trempaient sa chemise, mais il s'en moquait. Il profita de cet instant et inspira le délicieux parfum de Jessica qui le mettait dans tous ses états.

— Tu es un peu extrême, c'est vrai... Mais je suis sûr que tu as un cœur. Tout le monde en a un, même s'il est bien caché.

Et le sien battait à cent à l'heure. Il espérait que Jessica ne remarquerait rien. Heureusement, elle était trop déstabilisée par la voix de Martin qui vibrait contre sa poitrine.

Comme elle était toujours désespérément accrochée à lui et qu'il ne savait pas trop quoi faire de ses bras, Martin osa passer une main dans ses cheveux. Jessica frissonna légèrement à ce contact. Son chagrin s'apaisa enfin et son corps éprouva une tout autre sensation. Une sensation qui s'accentua lorsque Martin vint caresser sa nuque avec douceur. Elle lâcha un soupir tremblant en ressentant une soudaine attirance pour son collègue. Elle ferma les yeux et s'abandonna à cette étreinte.

Encouragé, Martin enroula son bras libre autour de Jessica. Elle resserra son étreinte en réponse à son geste.

La respiration de Martin s'accéléra au même titre que celle de Jessica...

— Merci..., murmura-t-elle. Merci d'être si gentil avec moi.

Elle pressa davantage sa joue contre son torse. Il sentait divinement bon... et son cœur s'emballa un peu plus tandis qu'un sentiment inattendu la submergeait. Pour la première fois de sa vie, elle éprouvait le besoin de rester collée à un homme. Elle ne voulait plus que Martin s'éloigne.

— Le Mojito ! s'exclama Lisandro, agacé de voir que Martin l'avait coiffé au poteau.

Martin sursauta et s'éloigna de Jessica dans un réflexe. Il croisa le regard de sa collègue et découvrit que son mascara avait coulé, mais cela n'enlevait absolument rien à son charme. Il se fixèrent un instant sans trop savoir comment réagir l'un envers l'autre. Jessica faisait de son mieux pour garder une contenance et éviter de s'agripper frénétiquement à son collègue, mais elle n'arrivait pas à détacher son regard de ses yeux noisette.

— Ça va aller ? la questionna finalement Martin d'une voix légèrement enrouée.

Jessica hocha fébrilement la tête et Lisandro s'imposa de nouveau.

— Je t'ai apporté un Mojito, Miss cinglée. Ça te remontera le moral.

Jessica mit encore quelques secondes à reprendre ses esprits. Elle était complètement déstabilisée. Elle ressentit quelque chose au fond de son ventre qui se serra. Elle ne comprenait pas ce que ça signifiait, mais ça la paralysa.

Martin continuait de l'observer. Lui aussi était chamboulé par ce qui venait de se passer. Son cœur battait toujours très vite et il aurait donné cher pour que Lisandro s'en aille. Il aurait donné cher pour que Jessica se jette de nouveau dans ses bras...

— J'ai interrompu quelque chose ? se moqua Lisandro en détaillant Martin avec condescendance.

— Merci pour le verre, dit Jessica. Mais je ne bois pas devant Kevin. Je vais rentrer, on a pas mal de travail demain...

Elle jeta un regard indéchiffrable à Martin qui choisit de suivre ses propos.

— C'est vrai, enchaîna-t-il.

Lisandro toisa Martin, puis afficha une expression dépitée.

— Allez, mec, tu déconnes…, lâcha-t-il comme s'il demandait silencieusement si Martin avait une longueur d'avance sur lui.

C'était tout simplement impossible à admettre pour Lisandro.

— Je te raccompagne ! enchaîna Lisandro, sans laisser le temps à Martin de répliquer.

— J'ai ma voiture, le coupa Jessica. On se verra plus tard…

Elle s'essuya les yeux avec les manches de son gilet. Heureusement, il était noir et cela ne se voyait pas. Jessica fit son possible pour retrouver une attitude normale. Même si au fond d'elle-même quelque chose venait de changer, elle n'était pas encore prête à l'admettre… Elle préférait tout nier en bloc et considérer Martin comme un simple collègue.

— Désolée pour ça…, lâcha-t-elle froidement à l'attention de ce dernier.

Martin comprit alors que Jessica remettait une barrière entre eux et cela l'agaça autant que ça l'attrista. Mais après tout, à quoi s'attendait-il ?

— Pas de problème…, répliqua-t-il avec contrariété. Je ne suis pas à ça près…

Jessica se sentit de nouveau honteuse après tout ce qu'elle avait fait subir à Martin. Il allait la détester encore plus après ce soir. Cette constatation lui donna un horrible pincement au cœur.

Bon sang ! Mais qu'est-ce qui m'arrive ?! se demanda-t-elle.

— À plus, Lisandro, et merci pour le concert et… les verres, continua-t-elle.

— On mange ensemble demain midi ? s'inquiéta ce dernier qui sentait sa chance s'envoler.

— On verra… Je t'enverrai un message, dit Jessica en marchant vers sa voiture et en agitant vaguement la main pour leur dire au revoir.

Lisandro serra les dents et se tourna vers Martin qui était toujours subjugué par Jessica.

— La guerre vient de commencer, mec ! assena Lisandro avec agacement.

— Ce n'est pas toi qui m'as dit que je n'avais *aucune chance* contre toi ? le provoqua Martin.

Lisandro lui tapait de plus en plus sur les nerfs. Mais Martin était un homme calme qui faisait son possible pour maîtriser sa colère. Ce n'était pas le genre à péter les plombs et à taper sur tout ce qui bougeait. Il attendait toujours que son adversaire lance l'offensive avant de riposter.

— Ferme-la ! grogna Lisandro, prêt à lui décocher une droite.

Martin le regarda de haut, puis décida de l'ignorer. Il se dirigea également vers sa voiture, sans un regard en arrière. Son érection ne voulait pas redescendre et son corps était tellement crispé par l'attirance qu'il éprouvait pour Jessica qu'il ne savait pas s'il arriverait à se montrer normal avec elle demain matin...

Bon sang ! Qu'est-ce qu'il lui a pris de me serrer contre elle ? se questionna-t-il.

Si c'était pour le repousser et le traiter comme un loser ensuite, il aurait préféré qu'elle s'abstienne... Elle avait juste besoin de réconfort et il était là au bon moment et au bon endroit... Voilà la triste vérité.

Quel con !

8

Une fois dans sa voiture, Jessica souffla bruyamment. Elle ne comprenait toujours pas ce qui s'était passé avec Martin, mais cela la hantait. Elle n'arrivait pas à le sortir de sa tête. Elle ne pensait qu'à cette étreinte si agréable qu'ils venaient d'échanger. Elle en vint même à s'imaginer des scènes très... trop érotiques pour l'admettre. De tous les hommes qu'elle avait fréquentés, aucun ne ressemblait à Martin. Un intello calme et brillant dans son domaine. Elle était toujours sortie avec des tombeurs... Elle ne savait pas ce qu'elle lui trouvait et elle aurait aimé ne pas ressentir cette espèce de... *manque* en repensant à ses bras, à son parfum si agréable et à ses muscles fermes.

Bon sang ! s'agaça-t-elle en tapant sur son volant. *Pas avec lui... non...*

Elle finit par démarrer sa voiture et rentrer chez elle sans se départir de cette soudaine mélancolie qui ne la quittait plus. En passant la porte de sa maison, elle se demanda si tout cela n'était pas simplement dû au fait qu'elle ait croisé Kevin et qu'il l'ait blessée avec sa remarque méchante.

Oui, ça ne peut être que ça.

Rassurée, elle fit une petite caresse à Spéculoos. Puis elle se changea, se démaquilla et se coucha en espérant avoir oublié son attirance pour Martin le lendemain matin.

Sa nuit fut parsemée de rêves érotiques et, lorsqu'elle se réveilla, Jessica avait le corps en ébullition. Il lui fallait une bonne douche froide ! Elle aurait bien appelé l'un de ses amis qui figuraient dans la liste de son petit carnet pour les urgences, mais elle savait que cela ne changerait rien. Depuis hier soir, elle ne voulait personne d'autre que Martin...

Elle se demanda soudain si Lisandro n'avait pas mis un truc dans son verre. Comment pouvait-elle passer d'une animosité sans nom envers son collègue à... ça ? Ce sentiment inexplicable qui hantait toutes ses pensées.

Elle se prépara pour aller travailler. Pourtant, ce matin, outre les envies charnelles qu'elle n'arrivait pas à réprimer, son corps tremblait d'appréhension. Elle redoutait de revoir son collègue et ressentit une soudaine boule au ventre. Son estomac était tellement comprimé qu'elle ne pouvait rien avaler.

Magnifique... Il ne manquait plus que ça !

Ce fut donc dans un état de stress qu'elle n'avait encore jamais ressenti que Jessica partit au bureau. Lorsqu'elle franchit la porte, elle s'attendit à être seule comme chaque matin.

— Salut, lui lança son collègue qui sortait de la salle de pause au moment où elle passait devant.

Jessica sursauta, puis se figea une seconde, alors que ses yeux descendaient sur le corps de Martin et qu'elle le dévorait du regard. Une multitude de scènes érotiques saturèrent son cerveau. Elle devint toute rouge et Martin aussi... Voir Jessica le regarder avec autant d'insistance le mit mal à l'aise.

— Salut, bredouilla Jessica d'une toute petite voix avant de s'enfuir jusqu'à son poste.

Elle accrocha son sac à main au dossier de sa chaise. Ses jambes tremblaient toujours un peu et elle se sermonna intérieurement. Martin la rejoignit quelques secondes plus tard. Il ne comprenait pas très bien le comportement de sa collègue ni pourquoi son visage était devenu tout rouge. Sûrement la fièvre...

— Tu es souffrante ? demanda-t-il, un peu inquiet.

Jessica fit son possible pour garder les yeux rivés sur son bureau lorsqu'elle répondit.

— Oui, très souffrante. Je dois avoir de la fièvre... J'ai chopé une saleté de virus hier soir ! lâcha-t-elle avec ironie.

— Ah bon ? s'inquiéta Martin.

Il aurait aimé s'approcher d'elle, mais il choisit de s'asseoir à son bureau.

— Tu devrais rentrer chez toi si ça ne va pas..., proposa-t-il, même si cela le contrarierait.

Jessica prit une grande inspiration et croisa enfin le regard de Martin. Elle se contrôla de son mieux pour ne pas montrer l'effet qu'il lui faisait.

— Il n'y a qu'un remède à ce virus à la con ! s'énerva-t-elle alors qu'elle imaginait, malgré elle, Martin la plaquer contre son bureau.

— Est-ce que je peux faire quelque chose ? demanda Martin qui était quelqu'un de très prévenant à la base.

Si seulement..., pensa-t-elle en fermant les yeux.

— Ne m'adresse plus la parole ! trancha-t-elle d'une voix cinglante.

Martin se rembrunit immédiatement.

— Peut-être que Kevin a raison, finalement..., grogna-t-il, vexé.

Jessica sentit une immense colère l'envahir. Elle se leva d'un bond et frappa son bureau de la paume de la main.

— Tu n'as pas le droit ! hurla-t-elle. Tu ne sais rien de notre histoire !!!

Martin serra les dents. Il ne savait plus comment réagir face à sa colère.

— C'est vrai, désolé. Mais tu pourrais être plus aimable avec moi. Je voulais juste t'aider...

Martin voulait en savoir plus sur l'ancienne relation de Jessica, mais il savait que ce n'était pas le bon moment pour aborder le sujet. Même si Jessica le fixait toujours.

Elle ne pouvait s'empêcher de détailler le torse et les bras musclés de Martin, sous sa chemise bleu nuit. Elle ne savait pas pourquoi, mais le voir énervé attisa encore son inexplicable attirance pour lui. Elle pinça les lèvres et finit par se rasseoir.

— Pourquoi tu portes toujours des chemises ? grinça-t-elle.

— Q... quoi ? répliqua Martin sans comprendre.

— Laisse tomber, bougonna Jessica en faisant son possible pour se concentrer sur son travail.

Et, comme il fallait s'y attendre, elle n'y arrivait absolument pas !

Martin observa Jessica encore quelques secondes avant de reporter son attention sur son ordinateur. Toutefois, tous deux se lancèrent plusieurs regards discrets au cours des heures suivantes. Et aucun d'entre eux ne remarqua que l'autre l'observait...

À la pause déjeuner, Jessica reçut un message de Lisandro, ce qui ne la surprit même pas.

Lisandro : Salut Miss cinglée ! Ton moral va mieux ? On mange ensemble ce midi ? J'ai d'autres restos sympas à te faire découvrir ;-)

Jessica relut le message plusieurs fois puis leva les yeux vers son collègue. Il était concentré sur son ordinateur. Même s'il l'ignorait et qu'il affichait une mine contrariée depuis qu'elle l'avait envoyé balader, elle avait toujours le corps en ébullition dès qu'elle posait les yeux sur lui. Son cœur s'emballa lorsque son esprit fut une nouvelle fois saturé de scènes érotiques. Son ventre se crispa d'impatience et sa respiration s'accéléra.

Bon sang ! Tout ça avec un simple regard...

Elle ferait peut-être mieux d'accepter l'invitation de Lisandro. Son côté tue-l'amour la refroidirait sûrement.

Oui, très bonne idée.

Jessica : C'est d'accord... Mais pas de fleurs ni de chocolats. Et inutile de te la jouer dragueur. C'est juste un repas entre amis !

Lisandro : C'est noté ! Ça veut dire que tu paies l'addition ? :-P

Jessica : Dans tes rêves !

Jessica esquissa un petit sourire. Lisandro était un peu lourd sur les bords, mais il était sympa et parfois drôle. Elle l'aimait presque bien.

— Encore des messages de Lisandro ? l'interrogea Martin, le visage fermé et les dents serrées.

Il savait qu'il n'aurait pas dû demander, mais c'était plus fort que lui.

Jessica le regarda de nouveau et son corps s'enflamma encore. Ses joues devinrent cramoisies et son ventre se comprima d'appréhension et de désir.

— Oui... pourquoi ? répliqua-t-elle d'une voix timide.

— Qu'est-ce qui t'arrive ? T'es bizarre depuis ce matin..., continua Martin avec curiosité.

— Rien ! s'agaça Jessica en se ressaisissant immédiatement. J'ai... je suis souffrante. Je te l'ai dit tout à l'heure.

Martin attrapa sa sacoche, prêt à partir déjeuner. Il était dégoûté que Jessica parle encore à Lisandro, alors que c'était lui qui l'avait réconfortée hier. C'était à lui qu'elle s'était accrochée...

— Alors, rentre chez toi, au lieu de parler à cet imbécile ! Il n'est même pas foutu de consoler une nana, il ne sait que les sauter...

Les joues de Jessica rougirent de plus belle. Martin était tellement sexy lorsqu'il était contrarié qu'elle ne savait plus quoi faire pour ne pas lui sauter dessus. Elle se voyait le plaquer contre son bureau et l'embrasser sauvagement. Son corps trembla face à ce nouveau fantasme.

— Je... heu..., bégaya-t-elle comme une adolescente devant son premier rencard.

— Bon ap' ! la coupa Martin avant de partir.

Bordel ! jura-t-il en claquant la porte du bureau.

Décidément, il ne comprendrait jamais les femmes... Jessica était devenue tellement lunatique depuis hier soir qu'il ne savait plus sur quel pied danser. Et cet enfoiré de Lisandro qui ne lâchait pas l'affaire !

Heureusement, c'était la dernière journée de la semaine. Ce soir, il partirait dans sa famille et retrouverait Stessie. Même si la culpabilité l'étreignit un peu, il se réjouit de la retrouver.

Jessica venait tout juste de verrouiller son ordinateur et de prendre son sac à main lorsqu'elle entendit du bruit dans le couloir. Elle s'apprêta à sortir de son bureau, pensant rejoindre Lisandro, mais une grande silhouette lui bloqua le passage.

— Bonjour, Jessica, la salua son chef qui se tenait sur le seuil de la porte.

Jessica sursauta et serra les dents. Elle savait très bien que Kevin lui avait raconté ce qui s'était passé la veille.

— Bonjour Christian. J'allais déjeuner..., grinça-t-elle.

— Je n'en ai pas pour longtemps, répliqua-t-il en s'avançant vers elle.

Christian arborait un de ses costumes anthracite qui mettait sa silhouette athlétique en valeur. La trentaine passée, la peau couleur chocolat noir, de magnifiques yeux verts... Autant dire que beaucoup de femmes se retournaient sur son passage. Mais Christian n'était pas un coureur de jupons, il avait toujours été très sérieux. S'il n'avait pas été le meilleur ami de son ex, Jessica l'aurait bien dragué, juste pour le challenge qu'il représentait. Mais elle se refusait de faire encore plus de mal à Kevin.

Jessica revint au moment présent en avisant la mine contrariée de Christian. Elle se demanda s'il allait oser lui faire la morale ou un truc du genre. Il en serait bien capable, même si c'était gonflé de sa part, étant donné les circonstances.

Christian travaillait au troisième étage avec d'autres personnes importantes de l'entreprise. Ils se croisaient rarement, en règle générale. Sauf quand il décidait de venir lui parler directement. Et ce n'était jamais bon signe.

— C'est à propos de Kevin ? demanda-t-elle sur la défensive.

— Il s'inquiète pour toi. Il ne voulait pas te faire de la peine hier soir... Quand il t'a vu pleurer, il ne savait pas quoi faire.

Jessica se figea. Depuis qu'elle avait rompu, c'était toujours la même chose. Kevin faisait passer ses messages par Christian...

— Écoute Christian, j'en ai assez de toutes ces conneries avec Kevin. Dis-lui de me lâcher ! Et d'éviter de m'insulter. Et s'il n'a pas les couilles de venir me parler, arrête de le faire à sa place !

Christian plissa les yeux, il détestait qu'on lui parle de cette façon. Surtout quand il s'agissait d'une de ses employées. Heureusement, personne ne les entendait.

— J'espère qu'il n'y a rien entre toi et Martin...

— Bien sûr que non ! assena-t-elle. Et quand bien même, où serait le problème ?

— Cela réduirait votre efficacité au travail ! Si j'apprends qu'il se passe quoi que ce soit entre vous, je serai obligé de le virer.

— Q... quoi ?!!! hurla Jessica, hors d'elle. C'est lui qui t'a demandé de faire ça ? T'es vraiment gonflé, Christian ! Après avoir convaincu Kevin de refiler mes coordonnées à Lisandro pour que je sorte avec lui, maintenant, je n'ai plus le droit de fréquenter personne ?

Christian se contenta de la fixer pour appuyer ses paroles.

— Bon, je vais déjeuner, reprit-il comme si de rien était. Ravi d'avoir discuté avec toi. Bon appétit, Jessica.

Puis il se détourna et s'en alla. Jessica aurait voulu protester et lui dire qu'il n'avait aucun droit de virer un employé de façon si arbitraire, que les prud'hommes le poursuivraient en justice, mais elle ne dit rien. Car cela aurait laissé penser à Christian qu'il se passait quelque chose entre elle et Martin...

Quel enfoiré ! explosa-t-elle silencieusement.

Elle était dans tous ses états, tellement dépitée que son cerveau tournait à toute allure. Elle devait trouver une solution pour se débarrasser de cette incontrôlable attirance qu'elle éprouvait pour Martin. Elle ne voulait pas mettre en danger la carrière de son collègue. Certes, c'était parfois une garce, mais elle avait un cœur, tout de même, et certaines valeurs.

Elle entendit une nouvelle fois la porte de son bureau s'ouvrir, ce qui la ramena au moment présent. Lisandro lui décocha un sourire charmeur à l'instant où il posa les yeux sur elle.

— Salut, Miss cinglée. T'as l'air contrarié...

— Ouais, je viens de me disputer avec mon chef, lâcha Jessica.

Elle avait encore du mal à croire que Kevin ait été jusque-là. Il avait dépassé les bornes !

Jessica, perdue dans ses réflexions, suivit machinalement Lisandro. Il la conduisit jusqu'à sa voiture et l'emmena dans un nouveau restaurant. L'ambiance était caustique et agréable. Les odeurs d'épices envahirent les narines de Jessica et lui donnèrent vraiment très faim. Ils s'installèrent à une table et Jessica remarqua qu'il n'y avait que des plats indiens dans la carte.

— Tu n'es pas très bavarde aujourd'hui, commença Lisandro qui s'inquiétait de plus en plus de ses chances de charmer Jessica.

— Comment tu as connu Kevin ? le questionna-t-elle abruptement.

Lisandro haussa les épaules.

— Un peu par hasard, en fait... Je l'ai croisé au Saloon un de ces soirs et je l'ai entendu parler avec son ancien guitariste. Ils s'engueulaient parce qu'il voulait quitter le groupe. J'ai proposé de le remplacer, il m'a auditionné et voilà...

— Ça fait combien de temps que tu le connais ? continua Jessica, suspicieuse. Je trouve ça sacrément bizarre que tu connaisses Martin *et* mon ex...

— Tu crois que j'ai fait des recherches sur toi pour devenir pote avec ton ex ? s'étonna Lisandro. Je ne suis pas taré à ce point, ma belle... Et il faut que tu saches que le monde est sacrément petit. Tout le monde se connaît plus ou moins par l'intermédiaire de quelqu'un. Surtout si ça fait des années que tu habites le même coin.

Jessica se sentit légèrement soulagée par cette réponse.

— C'est vrai... ça se tient, approuva-t-elle.

La serveuse les coupa quelques secondes pour déposer leurs plats épicés devant eux. Le restaurant se remplit peu à peu et un brouhaha commença à se faire entendre.

— Pour répondre à ta question, reprit Lisandro, ça doit faire quatre mois qu'on joue ensemble. Kevin est cool et les autres aussi.

— Je sais..., acquiesça-t-elle avec mélancolie.

Elle adorait les écouter répéter lorsqu'elle s'envoyait Kevin.

Lisandro profita de ce petit moment de faiblesse pour tenter une approche. Il posa sa main sur celle de Jessica, comme s'il voulait la réconforter.

— Il te manque ? demanda-t-il avec compassion.

Jessica retira sa main avec précipitation.

— Pas de la façon dont il le voudrait. Il me manque en tant qu'ami, mais je crois que tu ne peux pas comprendre.

Lisandro s'appuya contre le dossier de sa chaise et croisa les bras sur son torse en la fixant de ses yeux sombres.

— C'est vrai, l'amitié homme/femme n'existe pas ! Il y en a toujours un qui est amoureux de l'autre... La preuve avec Kevin. D'ailleurs vous avez eu votre compte de sexe, si j'en crois ce qu'il raconte.

Jessica sentit la colère l'envahir.

— Et qu'est-ce qu'il raconte au juste ?! s'énerva-t-elle.

— Pas grand-chose, mais c'est facile à deviner vu comment il parle de toi. Il est accro, le pauvre, ricana Lisandro.

— Ce n'est vraiment pas drôle ! s'agaça Jessica, contrariée.

— Tu les rends tous accros, j'ai l'impression, continua Lisandro.

Jessica se contenta de hausser les épaules. Elle ne savait pas trop quoi répondre à ça...

— Si tu le dis...

Puis son attirance pour Martin lui revint en mémoire.

— D'ailleurs, tu n'aurais pas mis un truc dans mon verre, hier soir ?

Lisandro la fixa sans comprendre.

— Comment ça « un truc » ?

— Ouais, tu sais le genre de truc qui rend les femmes accros aux mecs... enfin, j'en sais rien..., expliqua Jessica en réalisant que sa question était complètement débile.

— Tu es accro à moi ? sourit Lisandro qui ne se sentait déjà plus.

— Ce n'est pas toi, justement...

Il se rembrunit subitement.

— Alors, qui ? *Martin* ? demanda-t-il avec dédain.

— Pas du tout ! nia Jessica qui se transforma en écrevisse.

— Putain ! J'y crois pas... Ce nullos t'a tapé dans l'œil parce qu'il t'a consolée ? Si t'avais juste besoin d'un câlin, j'aurais aussi bien pu faire l'affaire...

— N'importe quoi ! s'énerva-t-elle.

— Il n'y a qu'à te regarder pour comprendre..., ajouta Lisandro, dépité. Alors je n'ai aucune chance, hein ?

Jessica leva les yeux au ciel.

— Arrête... je t'aime bien...

— Ouais, tu aimes que je te paie à bouffer plutôt !

— Oui, aussi, le taquina Jessica avec un petit sourire contrit. Tu veux que je te rende tes boucles d'oreilles ?

Lisandro fit la moue.

— Non... garde-les, elles te vont bien.

Elle lui adressa un sourire espiègle. Ils finirent leur repas et Lisandro la raccompagna à son travail. Martin la rejoignit quelques minutes plus tard. Il semblait toujours la bouder et Jessica avait du mal à ne pas lui parler. Elle détestait qu'on lui fasse la tête. Encore plus lorsque c'était un homme qui la rendait complètement dingue ! Elle ne pouvait s'empêcher de l'observer, la bouche ouverte, alors qu'il s'asseyait à son bureau.

Martin leva enfin les yeux vers elle et se figea en découvrant qu'il était observé. Jessica détourna le regard et se racla la gorge en tapant n'importe quoi sur son clavier. Comme souvent ces derniers temps, son ordinateur émit plusieurs bips d'erreur, ce qui l'embarrassa encore plus.

— Il y a un problème ? finit par demander Martin.

Il ne savait vraiment pas quoi penser des regards de Jessica. À coup sûr, Lisandro lui avait raconté des conneries sur lui ! Il étouffa un grognement de frustration. Cet abruti ne perdait rien pour attendre !

— Pas du tout..., bredouilla Jessica. C'est ta chemise, je la déteste !

— Eh bien, ne la regarde plus ! Je ne te ferai pas le plaisir de la retirer, s'agaça Martin.

— Dommage..., murmura Jessica, en l'imaginant torse nu, avant de se rappeler les paroles de Christian.

Il fallait qu'elle trouve un remède.

Durant tout l'après-midi, Jessica fit des recherches sur Internet pour savoir quelle drogue on avait bien pu lui faire prendre. Si ce n'était pas Lisandro, ça pouvait être n'importe qui d'autre...

Elle ne tomba que sur des sites qui parlaient d'élixirs d'amour, tous plus farfelus les uns que les autres...

Il doit bien y avoir une explication, s'acharna-t-elle.

Puis elle tomba sur un site scientifique qui expliquait le principe de l'attirance physique. Tout était une question de phéromones et d'hormones qui se libéraient au contact d'un autre individu.

Voilà... Tout ça, c'est juste chimique, se rassura-t-elle.

En arrivant chez elle, Jessica entendit son téléphone fixe sonner. Elle se dépêcha d'ouvrir sa porte d'entrée pour décrocher.

— Allo ? dit-elle légèrement essoufflée.

— Jess ! Enfin tu es là, répondit une voix qu'elle aurait reconnue entre mille.

— Maman..., soupira Jessica.

Elle aimait beaucoup sa mère, mais celle-ci avait le don de parler à tout-va sans jamais s'intéresser à Jessica.

— Ma chérie, il faut absolument que tu viennes ce week-end. Nos nouveaux voisins organisent une petite fête pour leur anniversaire et ils nous ont invités avec toute la famille. Il y aura sûrement plein d'hommes célibataires de ton âge et...

— Maman ! la coupa Jessica, exaspérée. Arrête d'essayer de me caser à tout prix ! Ce n'est pas la vie que je veux, je ne suis pas comme mes sœurs.

Comme à chaque fois, Adaline se tut quelques secondes avant de changer de sujet.

— Très bien. Mais tu pourrais quand même venir. Ça nous permettra de rencontrer les autres personnes du village et... cela fait un moment que l'on ne s'est pas réuni...

— D'accord, accepta Jessica après avoir hésité quelques instants.

Elle n'avait jamais été très douée pour dire non à sa mère, excepté lorsqu'elle la bassinait pour trouver un mari qui l'entretiendrait.

Non, mais franchement... Qui pense encore de cette façon ?

L'ère du Moyen Âge était révolue depuis longtemps. Une femme était tout à fait capable de s'entretenir toute seule !

— Tu nous rejoins demain midi pour le repas ? continua sa mère, bien trop enthousiaste à son goût.

— Je pense plutôt te rejoindre dans l'après-midi. Tu n'as invité aucun célibataire, au moins ? se méfia Jessica.

— Bien sûr que non ! Pour qui me prends-tu, ma chérie ?

Jessica ne releva pas. Elle se contenta de saluer sa mère avant de raccrocher.

Martin venait tout juste de fermer sa porte d'entrée, son sac de voyage sur l'épaule. Il était pressé de prendre son train pour la Lorraine. Stessie et sa famille habitaient un petit village proche de Nancy.

Il prit un taxi jusqu'à la gare de l'Est puis monta dans son TGV. Durant l'heure et demie de trajet, il était plus anxieux que d'habitude. Il reçut plusieurs messages de Stessie pour savoir à quelle heure elle devait venir le chercher à la gare et cela le stressa. Il ne savait pas comment réagir, s'il devait avouer à Stessie qu'il était attiré par une autre femme ou simplement profiter du moment présent.

Le TGV s'arrêta enfin et l'angoisse lui comprima l'estomac. Il sortit avec prudence et marcha sur le quai, son sac sur l'épaule. Il aperçut immédiatement Stessie qui se mit à courir vers lui avec un sourire radieux. Il s'arrêta pour poser son sac au sol et ne put s'empêcher de lui rendre son sourire. Elle était toujours si pétillante... Sa jupe noire assez courte, ses ballerines anthracite et son petit débardeur rouge lui donnaient de l'allure.

Elle lui sauta littéralement dessus et il la serra dans ses bras. Son parfum était toujours si agréable et sa silhouette voluptueuse, toujours aussi appétissante.

— Ça fait un bail! commença-t-elle, les bras accrochés à son cou.

— Un peu plus de six mois..., approuva Martin.

Stessie le regarda avec tellement de gourmandise qu'il déposa un baiser sur ses lèvres. Elle le dévora avec passion, sans aucune retenue.

— Doucement, rigola Martin, complètement dépassé.

— Désolée... tu m'as manqué, souffla-t-elle, légèrement rougissante.

Martin se contenta de lui sourire malgré la pointe de culpabilité qu'il ressentait. Pourquoi ne s'en était-il pas rendu compte plus tôt? Pourquoi avait-il entretenu la flamme avec Stessie sans jamais s'apercevoir qu'elle était si amoureuse de lui? Bien sûr, il avait également des sentiments pour elle, mais plus aussi forts depuis qu'il avait rencontré Jessica.

— On y va? demanda-t-il.

Elle acquiesça et lui attrapa la main avec frénésie tandis qu'il récupérait son sac posé au sol. Martin avait l'horrible impression de tromper Stessie alors qu'il n'avait rien fait avec Jessica, si ce n'était la serrer dans ses bras. Une étreinte torride dont il se rappellerait encore longtemps...

Pourtant, Jessica et Stessie n'avaient absolument rien en commun. Stessie avoisinait le mètre cinquante et sa silhouette était voluptueuse et bien proportionnée. Elle devait faire une taille 40, voire 42. Sa poitrine était généreuse et ses fesses bien rebondies. Elle avait de longs cheveux noirs, très raides, et des yeux assortis. Son look se rapprochait un peu du style gothique. Et sa personnalité était un peu extravertie malgré une certaine timidité.

Alors que Jessica était tout le contraire. Grande blonde d'un mètre soixante-dix, une silhouette plutôt fine, une poitrine dans la moyenne et des yeux d'un gris métallique. Elle avait un air de bourgeoise qui agaçait Martin, mais elle le mettait dans un tel état dès qu'il la voyait qu'il pouvait bien passer sur ses airs de garce inaccessible.

Arrivée à sa voiture, Stessie actionna la fermeture centralisée et lui ouvrit le coffre pour qu'il y dépose son sac de voyage. Ils s'installèrent ensuite à l'avant. L'habitacle de la Twingo était tellement petit que Martin avait l'impression d'être dans une voiture de Minipouss. Stessie lui jeta un regard en biais avant de démarrer. Martin ne manqua pas de relever la façon dont elle le dévorait des yeux.

— Tu as fait quelque chose... ? demanda-t-elle. De la musculation ou...

— De la boxe, compléta Martin.

— Tu es carrément plus musclé qu'avant, s'extasia Stessie en arborant un sourire qui manqua lui décrocher la mâchoire. Ça fait combien de temps que tu as commencé ?

— Un peu plus de six mois...

Au moment exact où il avait rencontré Jessica. C'était la seule chose qui calmait, un tant soit peu, ses ardeurs...

— Waouh ! C'est vraiment impressionnant, continua Stessie en glissant une main sur la cuisse de Martin.

Il l'attrapa au vol. Se laisser peloter par elle était très tentant, mais il devait d'abord lui parler. Elle devait savoir que ses sentiments avaient changé. Martin ne voulait absolument pas être le genre de connard qui baratinait les femmes pour les sauter.

— Stessie..., commença Martin mal à l'aise. J'aimerais qu'on discute de la situation... de... nous.

Stessie arrêta sa voiture devant chez les parents de Martin et se tourna vers son passager, les sourcils froncés.

— OK..., lâcha-t-elle laconique.

— On ne peut pas continuer à faire ça...

— À faire quoi ? Se retrouver de temps en temps pour profiter l'un de l'autre ? questionna-t-elle.

— Eh bien... ouais... C'est pas correct, hésita Martin.

— Comment ça, « c'est pas correct » ? s'agaça Stessie qui savait parfaitement à quoi s'en tenir. Tu te sens utilisé, c'est ça ? Écoute, je connais des centaines de mecs qui tueraient pour être dans ta situation, alors arrête ton char, Martin. On va faire comme à chaque fois que tu reviens. Sauf si tu n'en as plus envie...

Stessie ouvrit sa portière et descendit de la voiture. Martin fit de même et ils se retrouvèrent devant le coffre.

— Ce n'est pas ce que je voulais dire, Stess. C'est juste que je ne veux pas que tu en souffres..., continua Martin.

Stessie lâcha un rire amer en ouvrant le coffre.

— Après toutes ces années, tu as enfin une prise de conscience ? Waouh ! Si je m'étais attendue à ça...

Martin sentit la culpabilité l'envahir ainsi qu'une peine qu'il ne s'attendait pas à ressentir.

— Arrête, Stess... Tu sais que je tiens à toi.

— Ouais, je sais, te fatigue pas. Tu m'aimes bien, j'ai compris.

— C'est juste que nos vies ont pris des chemins différents... on ne pouvait pas prévoir ce qui allait arriver. Et les relations à distance...

— Je sais..., répéta Stessie. Alors, s'il te plaît, fais comme d'habitude et tais-toi. Laisse-moi profiter de ce week-end comme si de rien n'était.

Martin la prit dans ses bras et Stessie se pressa contre lui. Elle posa sa tête sur ses pectoraux bien plus fermes qu'avant et respira l'odeur de Martin à pleins poumons.

— Je ferai ce que tu veux, Stess. Je ne voulais pas me comporter comme un connard, c'est tout...

— T'en fais pas, je sais comment tu es, le rassura Stessie.

Martin relâcha son étreinte et Stessie lui sourit. Il récupéra son sac et ils se dirigèrent tous deux vers l'entrée de la maison. Stessie s'accrocha à la main de Martin comme si sa vie en dépendait et cela le fit culpabiliser encore plus.

Rebecca, la mère de Martin, les accueillit à bras ouverts.

— Tu as fait bon voyage, mon chéri ? demanda Rebecca en serrant Martin dans ses bras.

Martin déposa un doux baiser sur la joue de sa mère et lui adressa un sourire attendri.

— Ç'a été. Où est Papa ? demanda-t-il en la relâchant.

— Dans son bureau, je vais l'appeler.

Martin se contenta de hocher la tête. Il avait toujours détesté son père... Depuis son plus jeune âge, Damien avait toujours tout fait pour supprimer la moindre once de bonheur autour de lui. Il ne s'était pas privé de distribuer des fessées à tour de bras et de l'humilier à la moindre occasion. Martin avait toujours rêvé que sa mère le largue, mais elle devait être sous son emprise... Pourtant, elle affichait un caractère plutôt fort et savait lui tenir tête malgré le tempérament exécrable de Damien.

En société, son père était le modèle parfait et savait se montrer charmant. En intimité, par contre, il révélait son vrai visage et se transformait en personnage odieux et méchant.

Stessie savait exactement quels sentiments éveillait Damien chez Martin et elle serra sa main un peu plus fort. Ils échangèrent un regard lorsque son père fit enfin son apparition.

— Bonjour ! lança Damien d'une voix bourrue.

— Bonjour Papa, se força à répondre Martin en lui faisant une bise.

Son père avait toujours été persuadé que le respect lui était dû. Il avait la fâcheuse habitude de prendre les gens de haut et Martin détestait ça. Il détestait la façon dont il toisait Stessie pour qu'elle s'avance vers lui et le salue. Pour ne pas faire de vague, Stessie lâcha la main de Martin et s'exécuta.

Ils s'installèrent ensuite tous à table et Rebecca servit le repas. Damien n'avait jamais levé le petit doigt pour aider sa femme, habitué depuis des années à être traité comme un roi...

Comme à chaque fois, les conversations étaient d'une banalité sans nom et Martin s'ennuyait ferme. Les préoccupations de ses parents tournaient toujours autour des mêmes sujets : argent, sujets des dernières informations, commérages...

Martin avait hâte de finir son repas. Stessie semblait tout aussi impatiente que lui, car sa main se posa sur la cuisse de Martin pour remonter progressivement jusqu'à son pénis. Martin lui jeta quelques regards réprobateurs pour la forme et elle lui adressa un sourire coquin.

Ils quittèrent enfin la table et Rebecca insista pour accompagner Martin jusqu'à son ancienne chambre. Stessie leva les yeux au ciel, sans que Rebecca ne la voie, et Martin rigola discrètement. Stessie n'avait jamais montré autant d'enthousiasme avant aujourd'hui et il se demandait si ce n'était pas à cause de sa récente prise de masse. Il n'avait jamais pensé que faire de la boxe le sculpterait à ce point et aurait un effet si différent sur les femmes. Il se rappela soudain la façon dont Jessica le regardait un peu plus tôt dans la journée.

Se pourrait-il qu'il lui fasse de l'effet ?

Non... Impossible !

— Maman, je connais la maison, bougonna Martin. Allez, sors de ma chambre !

Elle le foudroya du regard.

— Je sais très bien ce que vous allez faire là-dedans ! les accusa Rebecca en toisant Stessie qui devenait rouge comme une pivoine.

— Maman ! s'agaça Martin. J'ai presque trente ans alors arrête avec tes leçons de morale !

— Ma maison n'est pas un hôtel de passe.

Martin fit une grimace espiègle et congédia sa mère en la poussant doucement vers la porte.

— On ne fera pas trop de bruit et on ne salira pas les draps, promis ! sourit-il avec provocation.

Sa mère lâcha un petit cri de stupeur qui fit rire Martin et il lui claqua la porte au nez.

— Tu abuses ! s'exclama Stessie, beaucoup trop mal à l'aise.

— Elle s'en remettra, continua Martin. Alors, tu attends quoi pour me sauter dessus ?

Martin regarda Stessie avec arrogance et déboutonna lentement sa chemise. Elle ne se fit pas prier pour le rejoindre. Elle lui ôta sa chemise et promena ses mains partout sur le corps de Martin tandis qu'elle s'emparait de sa bouche avec frénésie.

— Oh, bon sang ! Tu es tellement sexy, lâcha Stessie en parcourant le torse nu de Martin.

Elle tira sur l'attache de sa ceinture d'un coup sec, ce qui fit sourire Martin.

— Qu'est-ce qui t'es arrivé ? demanda-t-il en retirant le débardeur de Stessie par-dessus sa tête. Où est passée la Stessie timide au pieu ?

Stessie n'osa pas croiser le regard de Martin pour lui répondre et se concentra sur les boutons de la braguette qu'elle fit sauter un à un.

— Il s'est passé pas mal de choses en six mois, tu sais... Il se pourrait que j'aie eu quelques plans cul...

Martin prit cette révélation comme un grand coup de poing dans le ventre Il ne s'attendait pas à ça...

— Ah bon... ? murmura-t-il, dégoûté.

Il se détacha de Stessie et se laissa tomber sur son lit en la fixant avec incrédulité.

— Oh, allez ! Ne me dis pas que tu n'as connu personne d'autre, rigola Stessie.

— Bah... non...

Stessie avala difficilement sa salive en voyant la réaction de Martin.

— Tu m'étais fidèle ? demanda-t-elle, sceptique. Je croyais que tu n'avais aucun sentiment pour moi...

Il la toisa avec peine.

— Eh bien, tu t'es gourée...

— Quoi... ? Mais... on ne se voit presque jamais... et tout à l'heure tu as dit que notre relation n'était pas correcte... Pourquoi tu as dit ça ? demanda Stessie avec angoisse.

— Parce que j'ai rencontré quelqu'un d'autre récemment...

Stessie se sentit soudainement mal. Son cœur se brisa et elle eut l'impression de suffoquer. Elle comprit que c'était probablement la dernière fois qu'elle revoyait Martin dans ces conditions.

— D'accord... je vois..., dit-elle, laconique.

— Hey ! reprit Martin en la tenant pas les bras. Ne le prends pas mal... ça devait arriver... On ne se voit presque jamais...

Stessie baissa les yeux en sentant quelques larmes perler aux coins de ses cils.

— Et si on se voyait plus souvent ? demanda-t-elle pleine d'espoir.

Martin haussa les épaules.

— Franchement ? J'en sais trop rien... Il fallait y penser avant...

— Tu sors avec elle ?

— Non... Elle me déteste... C'est une espèce de garce hautaine... Une briseuse de cœur... Je ne sais même pas ce qui m'attire chez elle.

Toujours assis, Martin ne put s'empêcher de prendre Stessie dans ses bras. Sa tête était à hauteur de son imposante poitrine et Stessie passa les mains dans les cheveux de Martin pour le presser contre elle.

— J'aimerais que les choses soient différentes... et je croyais que tu étais folle de moi, ricana Martin avec amertume.

— C'est le cas..., répliqua Stessie, une boule lui obstruant la gorge. J'ai merdé, d'accord... Je suis désolée...

— Tu aurais dû venir avec moi quand je suis parti, soupira Martin.

Il se détacha d'elle encore une fois pour plonger dans ses yeux sombres, humides.

— Écoute Stess, je ne peux pas t'en vouloir d'avoir connu d'autres types, mais... ça m'a refroidi...

Stessie avala difficilement sa salive.

— Désolée..., j'aurais dû t'appeler... J'aurais dû passer te voir plutôt..., continua-t-elle en se mettant à pleurer.

Martin serra les dents, il ne savait pas quoi faire. Tout ce qu'il redoutait était en train d'arriver. Stessie pleurait devant lui et cela lui faisait énormément de peine. Mais savoir que d'autres types l'avaient baisée sans vergogne le mettait en rogne. Il se sentait tellement trahi... Pourtant, il savait au fond de lui qu'il n'avait pas le droit de lui en vouloir, étant donné leur relation presque inexistante.

— Tu trouveras quelqu'un qui te mérite..., dit-il finalement.

Au lieu de calmer Stessie, cela la fit pleurer encore plus.

— C'est toi que je veux. Personne d'autre ! s'exclama-t-elle.

Martin attrapa son poignet avec tendresse et le caressa délicatement.

— Ne dis pas ça...

Stessie sentit la colère monter en elle. Elle arracha son bras de l'étreinte de Martin, décida de se rhabiller et partit sans dire un mot. Martin, torse nu, la braguette ouverte, assis sur son lit, ne tenta même pas de la retenir.

Bordel de merde ! Il ne manquait plus que ça...

Lui qui pensait passer un week-end sympa pour oublier ses soucis, c'était raté !

9

Le lendemain, à quelques heures de la soirée, Martin n'avait toujours pas revu Stessie qui habitait juste en face de chez ses parents. Elle n'avait pas encore pris un logement à elle, car elle ne gagnait pas suffisamment bien sa vie. Stessie avait toujours aimé les animaux, elle travaillait comme assistante vétérinaire et touchait à peine le SMIC.

Si elle l'avait suivi en région parisienne, à l'heure actuelle, ils habiteraient probablement ensemble et côtoyer Jessica tous les jours serait encore plus dur que d'habitude...

Il n'y a peut-être pas de hasard dans la vie... se dit Martin.

Martin aurait aimé envoyer un message à Stessie pour savoir si elle allait bien, mais il se retint. Il la verrait ce soir, inutile d'envenimer les choses. Sa mère entra à cet instant, ce qui le coupa dans ses réflexions.

— Voilà ton costume, mon chéri. Il sort tout juste du pressing.

Rebecca le posa sur le lit, à côté de Martin. Le costume anthracite était impeccable. Un de ses plus beaux costumes qu'il laissait chez ses parents pour les grandes occasions.

— Merci Maman, dit Martin sans grand enthousiasme.

— Que s'est-il passé hier ? demanda-t-elle avec inquiétude.

Martin, qui était assis au bord du lit, se laissa tomber sur le dos.

— Divergence d'opinions..., lâcha-t-il vaguement.

— Mais encore ? insista Rebecca qui s'assit à côté de son fils.

— Maman, je n'ai pas envie d'en parler...

— Écoute, nous sommes amis depuis toujours avec ses parents et vous vous êtes toujours merveilleusement bien entendus avec Stessie. Si ça tourne mal, ça aura sûrement des répercussions sur nos relations...

— Tout va bien, je lui ai juste brisé le cœur, continua Martin d'une voix triste.

Sa mère le fixa un moment, effarée. Puis elle attendit qu'il en dévoile plus.

— Bon d'accord, capitula Martin. Je lui ai dit que j'avais rencontré quelqu'un d'autre mais, avant que tu ne dises quoi que ce soit, sache qu'elle est allée voir ailleurs...

— Mon garçon..., lui reprocha sa mère. Ça n'aurait pas dû arriver, tu aurais dû revenir plus souvent...

Martin se releva sur ses coudes pour la fusiller du regard.

— Maman, mes histoires de cœur ne te regardent pas, alors s'il te plaît... Je t'en ai déjà beaucoup trop dit ! Et si tu essaies de remettre la faute sur moi, on ne va pas s'entendre !

Rebecca se releva lentement.

— Très bien, mais tâche d'arranger la situation. Je ne veux pas de scandale ce soir, c'est l'anniversaire de sa mère.

Martin se renfrogna pendant que Rebecca lui jetait un dernier regard avant d'ajouter :

— Et fais un peu attention à ce que tu manges, tu as sacrément grossi depuis la dernière fois !

— Maman ! Ce sont des muscles, s'insurgea Martin.

— Oui, eh bien, ça n'a pas l'air très agréable à toucher. Si tu veux mon avis, les femmes n'aiment pas se retrouver avec... un homme tout dur comme toi !

— Maman ! hurla Martin hors de lui et rouge comme une écrevisse. Je n'ai pas besoin de tes conseils en matière de femmes ! Maintenant, laisse-moi m'habiller, au lieu de démolir le peu d'estime que j'ai pour moi.

— D'accord, d'accord, capitula Rebecca en secouant la main.

Elle ressortit d'un pas tranquille et Martin se précipita pour fermer la porte derrière elle. Il souffla quelques secondes, avant de se regarder dans la glace pour inspecter son corps. En réalité, il ne se rendait pas bien compte des changements opérés. Certes, il avait pris une taille de vêtement, mais il ne se sentait pas particulièrement différent...

Quand il avait commencé la boxe, il s'entraînait presque tous les jours pour évacuer toutes les tensions de son corps. Il s'épuisait dès qu'il le pouvait et son appétit s'en était vite fait ressentir. Il avait commencé à manger beaucoup plus que d'ordinaire puis il s'était aperçu que ses vêtements étaient trop petits. D'ailleurs, racheter toute une panoplie de fringues lui avait coûté un bon paquet de fric...

Heureusement, le smoking que sa mère venait de déposer sur son lit avait toujours été un poil trop grand et il avait ramené une chemise gris clair à sa taille pour aller avec.

Martin repensa soudain à Stessie. Il ne savait pas très bien quelle attitude adopter avec elle, ce soir... Il espérait simplement qu'elle ne serait pas effondrée ou qu'elle ne se comporterait pas avec méchanceté. S'il la connaissait depuis des années, il savait qu'elle était parfois capable du pire par vengeance ou par tristesse.

Il mit son pantalon, boutonna sa chemise et enfila sa veste. Il s'inspecta une nouvelle fois dans le miroir et retira ses lunettes au profit de lentilles. Enfin, il se parfuma avant de descendre dans le salon. Rebecca, qui avait revêtu une belle tunique sur un legging, l'admira avec des yeux pleins de fierté et d'amour lorsqu'elle le vit.

— Tu es très beau, mon chéri, commença-t-elle. Attends, je vais chercher mon appareil photo.

Elle se précipita vers le meuble au fond de la pièce pour prendre son appareil et revint vers Martin.

— Maman..., rouspéta Martin.

— Allez, fais-moi un beau sourire, s'enthousiasma Rebecca.

Martin joua le jeu de mauvaise grâce. Sa mère lui montra les photos qu'elle venait de prendre sur l'écran digital de son appareil lorsque son père les rejoignit. Son apparition crispa instantanément Martin. Ils se toisèrent une seconde.

— Tout le monde est prêt ? demanda Damien d'une voix peu aimable.

— Je pense que oui, répondit Rebecca avec un sourire chaleureux que son père ne méritait absolument pas.

Ils sortirent tous ensemble et se dirigèrent à pied vers la salle des fêtes. Le village n'était pas très grand et il n'était pas nécessaire de prendre sa voiture pour en faire le tour. Le temps n'était pas très clément, mais ils arrivèrent entre deux averses.

À l'intérieur, il y avait déjà beaucoup d'invités qui grignotaient des petits fours et buvaient des verres alcoolisés pour la plupart. La musique d'ambiance rendait les lieux chaleureux et agréables. Martin chercha Stessie des yeux avec anxiété, tandis que ses parents saluaient les autres invités. Il répondit machinalement à toutes les personnes qui lui serrèrent la main après avoir discuté quelques minutes avec ses parents. Il trouva enfin Stessie et s'approcha d'elle sans prêter attention aux personnes alentour. Sa robe bordeaux, assortie à son rouge à lèvres, lui allait terriblement bien. Son décolleté faisait ressortir sa poitrine et elle s'était bouclé les cheveux. Elle ressemblait à une vraie bimbo.

Stessie dévora Martin des yeux quand elle le vit enfin. Elle arrêta sa conversation pour se jeter sur lui et l'embrasser à pleine bouche. Martin resta stoïque un instant, puis finit par poser ses mains sur les hanches de Stessie et lui rendit son baiser, avant de la repousser gentiment.

— Doucement...

— Désolée, je n'ai pas pu m'en empêcher, minauda Stessie, le rouge aux joues et le sourire aux lèvres.

Le samedi matin, Jessica prépara sa valise et chargea tout dans sa voiture. Le trajet allait durer près de 4h et elle espérait qu'il n'y aurait pas trop de bouchons... Elle fit une dernière caresse à son lapin, culpabilisant un peu de le laisser enfermé pendant tout le week-end, mais elle avait fait appel à un site spécialisé pour qu'une personne passe ce soir et dimanche pour s'occuper de lui.

Au bout de presque 4h, elle arriva enfin devant chez ses parents, exténuée. Ils venaient tout juste de déménager et elle n'avait encore jamais vu leur nouvelle maison. Son père venait de prendre sa retraite, il était à la tête d'une des plus grosses banques de France. De fait, elle avait toujours côtoyé des gens snobs et friqués. Pourtant, ses parents semblaient en avoir assez de ce milieu hypocrite où tout le monde étalait son argent à la tête des autres. Pour sa retraite, il voulait partir à la campagne. Sa mère n'avait jamais vraiment travaillé, elle s'était consacrée à ses enfants et à son art : la peinture. Ce changement de décor ne l'avait donc pas plus perturbée que ça.

Lorsque Jessica descendit enfin de sa voiture, elle appréhenda ces retrouvailles. Depuis son plus jeune âge, elle faisait tout pour être à la hauteur de ses quatre sœurs. Ce n'était pas facile d'être la petite dernière d'une fratrie de cinq filles... Elle avait toujours eu l'impression d'être une moins que rien, comparée à ses sœurs à qui tout réussissait.

Justine, l'aînée qui avait 35 ans, s'était lancée dans une carrière de comédienne et s'en sortait plutôt bien. Elle était mariée depuis cinq ans à un trader qui la comblait à tous les niveaux, si on en croyait ce qu'elle racontait. Ils avaient deux petits garçons, de 8 ans et 6 ans.

Marion, qui avait tout juste 33 ans, était une femme d'affaires hors pair. Elle suivait les traces de leur père et lui avait succédé à sa retraite. Elle était mariée aussi et maman d'une petite fille de 5 ans.

Tamara, quant à elle, s'était lancée dans l'édition et était à la tête d'une grosse boîte internationale, qu'elle avait créée de toute pièce, à tout juste 30 ans. Elle était mariée à un de ses collaborateurs qui lui avait fait deux magnifiques jumelles de 3 ans.

Et la cerise sur le gâteau, c'était Tiffany. Elle venait tout juste de fêter ses 28 ans, elle était au sommet de sa carrière de mannequin et allait bientôt prendre sa retraite. Tous les hommes étaient évidemment à ses pieds et elle était fiancée à un photographe célèbre. Son mariage était prévu dans 1 an.

Que restait-il à Jessica pour impressionner ses parents ? Elle n'était qu'une statisticienne dans une entreprise de production... Ils ne savaient même pas ce qu'elle faisait vraiment...

Jessica prit son courage à deux mains et toqua enfin à la porte de chez ses parents, Adaline et Patrick. Ils l'accueillirent chaleureusement et la tension quitta peu à peu Jessica. Ses sœurs n'étaient pas encore là, ce qui était toujours plus simple. Lorsqu'elles arriveraient avec leurs familles, Jessica aurait de nouveau l'impression d'être invisible.

— Tu as fait bon voyage, ma chérie ? Pas trop fatiguée ? Tu as déjeuné ? commença sa mère.

— Tu aimes la maison ? enchaîna son père en sortant pour l'aider à prendre ses affaires.

Jessica acquiesça à toutes leurs questions et suivit son père pour l'aider à prendre sa valise.

— Qu'est-ce que tu as mis là-dedans ? continua Patrick en tirant la valise jusqu'à l'entrée. On dirait que tu as emporté ta maison alors que tu restes à peine deux jours.

— Tu sais comment sont les filles, renchérit Adaline avec un sourire compatissant, tandis que Jessica haussait les épaules.

Ils rentrèrent tous les trois. Jessica aida son père à monter sa valise dans la chambre d'amis et sa mère les accompagna.

— Il nous reste à peine deux heures pour nous préparer, s'affola Adaline. Tu penses que ça va aller ?

— Ne t'inquiète pas, Maman. J'ai tout prévu et je serai à l'heure.

— Parfait ! Je veux faire bonne impression à nos nouveaux voisins. Tes sœurs nous rejoindront à la soirée.

Jessica acquiesça une nouvelle fois, sans grand enthousiasme. Elle sentait qu'elle allait s'ennuyer à mourir, ce soir. Toutefois, elle voulait faire honneur à son père et mit toutes les chances de son côté en enfilant une de ses plus belles robes de créateur. Elle n'en avait que trois et s'était pratiquement ruinée en se les offrant.

1h30 plus tard, Jessica retrouva ses parents dans le salon. Sa robe argentée était assortie à ses yeux gris perle et sa chevelure blonde était rassemblée sur le côté en une longue tresse. Ses jambes étaient mises en valeur par une superbe paire d'escarpins noirs. Jessica avait même appliqué de la poudre anthracite sur ses paupières, sans oublier de sublimer ses lèvres avec un gloss discret.

— Waouh ! Ma chérie, tu es magnifique ! se réjouit Adaline.

Sa mère aussi avait revêtu une somptueuse robe pour l'occasion, tandis que son père, qui entrait dans la pièce, avait opté pour un de ses smokings hors de prix.

— Ta mère a raison, Jessica, tu es ravissante.

— Merci, mais vous ne pensez pas qu'on en fait un peu trop ? Enfin... on est dans un village, pas dans la capitale. Ce n'est pas une soirée mondaine.

— Mais pas du tout ! Nous devons faire bonne impression.

— Allons-y, enchaîna Patrick pour couper court à cette discussion.

Jessica suivit ses parents de mauvaise grâce dans la petite rue, en se concentrant pour ne pas se tordre la cheville sur le trottoir abîmé.

— Rappelez-moi pourquoi on n'a pas pris la voiture ? se plaignit Jessica.

— Parce que la salle des fêtes est à une centaine de mètres, répliqua son père.

Jessica souffla bruyamment en resserrant son étole sur ses épaules et en priant pour que la pluie ne se remette pas à tomber. Cinq minutes plus tard, ils arrivèrent enfin.

En mettant les pieds dans la salle, Jessica et ses parents constatèrent qu'ils en avaient probablement fait un peu trop. Et Jessica se maudit intérieurement. L'ambiance était plutôt chaleureuse. Plusieurs personnes venaient saluer les parents de Jessica et rapidement une petite brune en robe bordeaux vint discuter avec elle.

— Bonjour, ma mère m'a dit que tes parents venaient d'emménager ici. Ils nous ont beaucoup parlé de toi et de tes sœurs. Alors, laquelle tu es ? demanda-t-elle avec enthousiasme.

Jessica s'apprêta à répondre quand elle vit la petite brune se jeter sur un homme qui arrivait à sa hauteur. Elle lui dévora littéralement la bouche !

— Doucement..., la repoussa gentiment l'homme.

— Désolée, je n'ai pas pu m'en empêcher, minauda la brune, le rouge aux joues et le sourire aux lèvres.

Jessica les observa un instant en esquissant un sourire attendri. Puis elle se figea et son cœur manqua un battement lorsque l'homme se tourna vers elle. Elle suffoqua et ses jambes se mirent à trembler lorsqu'elle reconnut enfin Martin. Son cœur se serra. Il était... à couper le souffle dans son costume noir et sa chemise gris argenté de la même teinte que sa robe.

— Martin... ? murmura-t-elle juste assez fort pour qu'il l'entende.

Cette voix provoqua un frisson d'excitation incontrôlable à Martin. Puis la peur l'envahit lorsqu'il rencontra les yeux gris acier de Jessica. Il resta un instant figé. Il détailla la tenue de Jessica de la même teinte que sa chemise. En choisissant la couleur gris argenté, il pensait aux magnifiques yeux clairs de Jessica...

Martin ouvrit la bouche, subjugué. Son cœur s'emballa frénétiquement tandis qu'une multitude de questions lui traversait l'esprit.

Stessie les regarda tour à tour sans comprendre.

— Tu as une... *copine* ? s'insurgea Jessica qui préférait afficher une colère méprisante plutôt que la jalousie qu'elle ressentait.

Martin reprit immédiatement ses esprits.

— Ça semble si improbable que ça ? riposta-t-il, sur la défensive. Et puis, qu'est-ce que tu fous ici ?!

Comme Jessica, Martin affichait un masque impassible, mais son cœur était sur le point de lâcher. Ses jambes tremblaient et il ressentait ce sentiment familier qui le rendait complètement dingue lorsqu'il était en présence de Jessica.

— Et donc vous vous connaissez..., les interrompit Stessie qui ne comprenait absolument rien à ce qui était en train de se passer.

— Oui, je suis Jessica..., nous sommes collègues, répondit Jessica d'une voix mal assurée en détournant enfin les yeux du visage de Martin.

Puis se tournant de nouveau vers son collègue :

— Et je suis là parce que ma famille a été invitée à cette soirée ! Et toi, quelle est ton excuse ?

Elle était tellement troublée de voir Martin qu'elle avait du mal à parler. Pourtant, elle faisait son possible pour que personne ne le remarque. Martin était encore plus beau que dans ses souvenirs. Le corps de Jessica s'enflamma et, pour ne pas changer, son cerveau fut saturé de scènes érotiques à la simple vue de ce costume qui lui allait si bien. Jessica se retint tant bien que mal pour ne pas se jeter sur lui, comme cette petite traînée brune qui la toisait avec mépris.

— Je vois... « garce hautaine », « briseuse de cœur »...très bonne description, répliqua Stessie avant que Martin ne puisse répondre.

— Stessie ! gronda ce dernier qui ne savait plus où se mettre.

Il regarda Jessica avec une certaine culpabilité.

— C'est comme ça que tu me décris ?! riposta Jessica en ressentant une immense peine sous son apparente colère.

Martin ne savait pas comment réagir, il était tiraillé entre Stessie et Jessica. Il ne voulait en blesser aucune.

— J'ai... je ne le pensais pas..., bredouilla-t-il.

— Bien sûr que si ! rajouta Stessie avec hargne.

— Stessie, ça suffit ! lui intima Martin.

Martin se fit violence pour se concentrer sur Stessie. Il jeta un dernier regard vers Jessica, qui affichait une expression proche de la rage, puis attrapa le bras de Stessie pour l'entraîner à l'écart.

Jessica resta comme deux ronds de flan au milieu de la salle. En aucun cas, elle ne s'était attendue à ça... Son corps tremblait encore d'excitation et de surprise alors qu'elle observait le cul d'enfer de Martin disparaître au côté de celui de cette petite traînée. Elle en oublia presque ce qu'elle faisait là...

Peut-être que cette attirance irrationnelle est simplement due à un manque de sexe ?

Oui, c'est sûrement ça !

Elle était encore en pleine réflexion lorsque ses sœurs vinrent la saluer dans un piaillement insupportable. Elle donna le change juste pour la forme, mais son esprit était toujours en train de songer à Martin. Elle le cherchait discrètement des yeux dans l'espoir de le revoir et de lui parler. Et peut-être même de lui voler un instant d'intimité dans un endroit calme. Ici, Christian n'en saurait jamais rien. Le seul problème, c'était cette Stessie ! D'où est-ce qu'elle sortait au juste ? Et comment se faisait-il qu'ils se retrouvent à une même soirée dans un village paumé ?!

Bon sang ! ressaisis-toi, ma vieille ! Et arrête de te conduire comme une obsédée !

Martin avait l'impression que de la lave en fusion coulait dans ses veines, mais il se faisait violence pour ne pas se retourner et continua à traîner Stessie vers la sortie.

— Pourquoi tu réagis comme ça ? s'inquiéta cette dernière en jetant quelques regards discrets par-dessus son épaule.

Elle vit Jessica discuter avec ses sœurs. Jessica la plus jeune, se rappela Stessie. Celle qui travaillait dans une entreprise de production. Celle qui faisait chavirer le cœur de Martin à en croire sa réaction. Le cœur de Stessie se serra et son ventre se comprima.

— Parce que ma collègue n'a pas besoin de savoir ce que je pense d'elle ! Crois-moi, elle est déjà assez mesquine comme ça..., grogna Martin.

Ils arrivèrent enfin dehors et Martin lâcha le bras de Stessie pour se placer face à elle.

— C'est elle, n'est-ce pas ? Celle dont tu m'as parlé ?

Martin serra les dents. Il ne voulait pas avoir cette conversation. Pas maintenant... Pas ce soir alors que sa mère lui avait ordonné d'arrondir les angles avec Stessie pour éviter un scandale.

— Oui, murmura-t-il enfin. Mais, comme tu as pu le voir, elle ne m'apprécie pas particulièrement... Je ne comprends même pas ce qu'elle fait ici.

— C'est une des filles de nos nouveaux voisins, l'informa Stessie. Sur plus de mille habitants, quelle était la probabilité que ce soit sa famille ?!

— J'en sais rien..., répondit Martin complètement paniqué.

Il s'était légèrement calmé.

— Je ne la laisserai pas gagner ! lâcha soudain Stessie en adoptant une posture de guerrière.

Martin secoua la tête et soupira en caressant doucement les bras de Stessie pour essayer de l'apaiser.

— Stessie..., murmura-t-il. Tu n'as rien à craindre de Jessica... Crois-moi...

— Mais tu es attiré par elle ! gémit-elle au bord des larmes. On dirait... une poupée Barbie !

Martin avala difficilement sa salive.

— C'est vrai, mais c'est loin d'être réciproque... Est-ce que tu serais rassurée si je te disais qu'elle m'a fait subir l'équivalent d'un accouchement ? Je lui tape tellement sur les nerfs qu'elle n'a pas pu s'en empêcher... C'est une vraie peste.

— Quoi ?! s'étrangla Stessie, abasourdie. Elle est cinglée cette fille ! Je vais me la faire !

— Calme-toi ! Je ne veux pas de crêpage de chignon entre vous. Et je ne veux absolument pas que Jessica récolte des informations pour s'en servir contre moi au boulot.

Stessie fixa Martin un instant avant d'acquiescer. Et cela le détendit un peu.

— D'accord. Mais je n'ai pas l'intention de te lâcher d'une semelle, continua Stessie en affichant soudain un sourire malicieux.

Elle s'accrocha au cou de Martin et se colla à lui.

— Tu es bien trop sexy dans ce costume, ajouta-t-elle en l'embrassant à pleine bouche.

Martin répondit à peine à son baiser avant de la repousser gentiment.

— Stessie, arrête... s'il te plaît. Ne complique pas les choses...

Cette dernière plissa les yeux et irradia de colère et de tristesse.

— Très bien ! s'exclama-t-elle avant d'allumer une cigarette.

— Depuis quand est-ce que tu fumes ? la sermonna Martin. C'est très mauvais pour ta santé...

— Oh, ça va... arrête un peu avec tes leçons de morale ! s'agaça Stessie en tirant une longue taffe.

— Tu as beaucoup changé en six mois..., lâcha Martin en l'abandonnant sur le trottoir pour retourner dans la salle.

Martin était un peu dégoûté de voir que Stessie avait un comportement tellement différent d'avant. Il se demanda avec qui elle avait bien pu traîner pour devenir comme ça et se mettre à fumer ! Il était perdu dans ses pensées lorsque sa mère l'interpela.

— Martin ! Je te cherchais. Est-ce que ça va ? s'inquiéta-t-elle en voyant sa mine contrariée.

— Oui, répondit Martin sans grande conviction.

— Parfait ! Je voulais te présenter nos nouveaux voisins. Je n'ai pas eu le temps de t'en parler alors...

Quatre bimbos blondes le saluèrent et il manqua s'étouffer en constatant qu'elles se ressemblaient pratiquement toutes. Elles avaient toutes un charme ravageur. Le même que Jessica, même si cette dernière restait de loin sa préférée.

D'ailleurs, où est-elle ?

Les parents de Jessica lui adressèrent quelques mots également, avant de répondre à sa question silencieuse.

— Nous avons perdu notre cinquième fille, commença Adaline sur le ton de la plaisanterie. Elle doit être cachée quelque part... C'est dommage, je suis sûre que tu lui plairais.

Martin se sentit très mal à l'aise face à cette réflexion. Il fixa Adaline pendant quelques secondes, avant que sa propre mère prenne le relais.

— C'est dommage, en effet. Mais Martin n'est pas libre malheureusement...

— Maman ! s'insurgea Martin. Arrête, s'il te plaît.

Sa mère lui adressa un regard réprobateur qui sous-entendait clairement qu'il devait se réconcilier avec Stessie, alors il préféra s'éclipser. Il se dirigea vers la sortie de secours au fond de la salle pour être enfin un peu seul et réfléchir à la situation. Lorsqu'il ouvrit la porte, une rafale de vent le frigorifia et il resserra les pans de sa veste autour de lui. Les bras croisés, il s'adossa au mur et observa les étoiles partiellement voilées par les nuages.

— Qu'est-ce que tu fais là ? l'interpela une voix qui lui provoqua un long frisson d'excitation.

Il tourna la tête pour rencontrer les yeux gris argenté de Jessica. Son pouls s'accéléra subitement et sa respiration devint bien trop irrégulière. De nouveau, son corps réagit en la voyant dans cette magnifique robe. Il avala difficilement sa salive lorsqu'elle s'approcha de lui d'un pas déterminé.

— Je voulais prendre un peu l'air..., répliqua Martin.

Jessica plissa les yeux et croisa également les bras sur sa poitrine.

— Mais qu'est-ce que tu fais à cette soirée ? continua-t-elle, hors d'elle.

Martin se concentra de toutes ses forces pour répondre.

— C'est ma ville natale.. J'ai grandi ici...

Jessica se figea en comprenant que c'était elle qui n'aurait pas dû être ici. Elle observa Martin en se retenant de toutes ses forces pour ne pas se jeter sur lui. Son corps l'attirait désormais comme un aimant et ce costume classe n'arrangeait en rien cette attraction incompréhensible qu'elle éprouvait pour lui. Jessica ne savait toujours pas pourquoi elle réagissait comme ça en sa présence. Qu'avait-il bien pu se passer lorsqu'il l'avait serrée contre lui, il y a quelques jours ?

Pendant que Jessica observait Martin, le stress et l'excitation de ce dernier augmentèrent encore. Ils n'étaient qu'à quelques centimètres l'un de l'autre et si elle ne semblait pas si énervée, Martin aurait pu tenter quelque chose. Dommage qu'il en soit incapable...

— Et Stessie ? continua Jessica, le cœur battant.

Elle avait tellement peur d'entendre la réponse qu'elle affichait toujours cette colère contre lui.

— Elle aussi.

— Mais... est-ce que... vous êtes ensemble ?

Jessica était au supplice. Elle avait tellement envie de se blottir contre Martin que son cerveau avait du mal à réfléchir. Pourtant, elle voulait connaître la réponse.

— Plus ou moins... De toute façon, ça ne te regarde pas !

Jessica le fixa avec une pointe de fragilité.

— Tu sais pour moi, alors j'ai le droit de savoir..., répliqua-t-elle d'une voix plus calme.

— Pourquoi tu veux savoir ? Qu'est-ce que ça peut te faire... ? Si c'est pour me faire du mal ensuite...

— Non, le coupa Jessica. C'est juste que j'aimerais savoir... j'aimerais... savoir à quoi m'en tenir, c'est tout...

Martin la dévisagea un moment en fronçant les sourcils. Il n'était pas sûr d'avoir bien compris.

— Enfin, juste par curiosité, se reprit soudain Jessica. Pour qu'on soit quitte !

Jessica suffoqua devant le regard inquisiteur de Martin. Elle ne savait pas ce qu'il pensait d'elle à cet instant, mais cela la terrifiait. À la moindre erreur, leur relation au bureau pourrait devenir horriblement gênante.

— On est ensemble depuis le lycée, avoua-t-il enfin. On ne se voit presque jamais mais, quand je reviens ici, on se remet ensemble quelques jours. En gros...

Jessica accusa le coup, sans rien montrer à Martin. Elle resserra son étole sur ses épaules, ressentant soudain un froid glacial.

— Pourquoi tu es si bizarre depuis quelques jours ? Qu'est-ce qui t'arrive ? demanda Martin qui ne comprenait absolument pas le comportement de sa collègue.

— Je ne suis pas bizarre ! s'agaça Jessica, piquée au vif. C'est... cette saleté de virus qui ne me quitte plus...

— Quel virus ? Tu n'as pas vraiment l'air malade...

Le cœur martelant sa poitrine, Jessica dévisagea Martin sans savoir quoi lui répondre. Maintenant qu'elle savait pour Stessie, elle ne pouvait pas prendre le risque de se dévoiler... Elle ne voulait pas passer pour une idiote ! Encore moins pour une pauvre fille en manque en se jetant sur lui, son collègue qu'elle détestait et trouvait ringard à peine quelques semaines plus tôt.

Bon sang ! Mais qu'est-ce qui a changé ? se demanda-t-elle.

— Tu as changé quelque chose..., lâcha Jessica malgré elle.

Martin plissa les yeux et s'adossa de nouveau au mur en l'observant de toute sa hauteur.

— Tu veux dire en dehors du fait que je n'écoute plus les conseils débiles de Lisandro ? répliqua Martin.

— Oui. Quelque chose a changé chez toi..., continua Jessica en englobant le corps de Martin d'un geste de la main.

— Si tu parles de mon physique, j'ai fait pas mal de sport ces derniers mois. De la boxe plus précisément.

— C'est ça ! s'exclama Jessica en glissant un regard appréciateur sur la silhouette de Martin qu'elle trouvait beaucoup plus intimidante qu'avant. Tu es... plus musclé, plus imposant...

— Où est-ce que tu veux en venir au juste ? l'interrompit Martin qui s'attendait à une nouvelle pique de sa part.

Jessica croisa les yeux noisette de Martin. Son corps tout entier trembla face à cet homme qui lui faisait désormais un effet dévastateur. Mais elle avait encore du mal à l'accepter. Elle s'apprêtait à ouvrir la bouche lorsque Martin reprit la parole.

— Et pourquoi tu me regardes toujours de cette façon bizarre depuis quelque temps ?! Quel genre de conneries Lisandro t'a racontées sur moi ?! s'énerva soudain Martin.

— Heu... aucune, bredouilla Jessica qui se sentait de plus en plus mal à l'aise.

— Alors qu'est-ce qui t'arrive ?! Et arrête avec ton virus à la con !

Martin ne savait plus quoi penser, mais il avait de plus en plus de mal à se contrôler. Jessica était bien trop proche de lui et son parfum bien trop envoûtant pour qu'il garde les idées claires à 100 %. Et cette robe...

Bon Dieu !

Cela lui provoqua une énorme érection qu'il essaya discrètement de cacher avec sa veste. Heureusement qu'il n'avait pas encore touché au whisky ! Sinon, en cet instant, il ne répondrait plus de ses actes et aurait plaqué Jessica contre ce mur inconfortable pour la dévorer toute crue. Si seulement il en était capable... Mais Martin n'aurait jamais osé faire une chose pareille. Alcool ou pas, d'ailleurs. Alors, au lieu de lui montrer l'effet qu'elle lui faisait, il préféra rester sur la défensive. De plus, il avait vraiment besoin de savoir ce qui se passait dans la tête de sa collègue depuis quelques jours.

Jessica ouvrit la bouche pour répondre, mais de grosses gouttes de pluie se mirent soudain à tomber, lui arrachant quelques cris de surprise sous la fraîcheur insupportable. Martin lui attrapa le bras dans un réflexe pour l'entraîner rapidement avec lui à l'intérieur de la salle.

Ouf ! sauvée par les gouttes, pensa Jessica.

10

— Alors ? insista Martin par-dessus la musique et le brouhaha des conversations qui emplissaient la salle des fêtes.

Il avait toujours la main accrochée au bras de Jessica et cette dernière se sentit défaillir par ce simple contact. Elle se dégagea vivement.

— Ne me touche pas ! s'agaça-t-elle.

Martin la toisa avec insistance. Il ne comptait pas la laisser s'en tirer comme ça. Il voulait savoir malgré son corps tendu à l'extrême et son érection plus que douloureuse.

— Réponds-moi ! Qu'est-ce que tu as depuis quelques jours ? Depuis l'autre soir plus précisément...

Le cœur de Martin martelait sa poitrine et sa respiration était trop rapide.

Jessica ferma les yeux. Elle chercha une réponse, quelque chose de plausible.

— Depuis l'autre soir, tu me mets mal à l'aise, c'est tout..., bredouilla-t-elle.

— Comment ça, mal à l'aise ? C'est toi qui t'es jetée sur moi ! s'énerva Martin.

— Je suis au courant..., bougonna Jessica en évitant son regard.

Martin la scruta de longues secondes.

— Je ne comprends toujours pas. Je t'ai laissée pleurer sur ma chemise et j'ai essayé d'être gentil avec toi et, maintenant, je te mets *mal à l'aise* ?! répliqua Martin. Tu aurais préféré que je t'envoie balader ? Ou que je demande à Lisandro de te consoler à ma place ?!

— Ce n'est pas ça, lâcha Jessica qui se sentait encore plus mal.

Comment expliquer à Martin qu'elle ressentait une attirance incompréhensible à son égard depuis ce soir-là ?

— Alors quoi ? Qu'est-ce que j'aurais dû faire ? reprit Martin, toujours sur la défensive.

— Laisse tomber..., murmura Jessica qui essaya de se détourner.

Mais Martin attrapa une nouvelle fois son bras et se plaça face à elle pour lui barrer le passage.

— Ne compte pas là-dessus. J'ai besoin de savoir, Jessica.

Cette dernière se mordit la lèvre et son visage vira au rouge. Elle était à deux doigts de lui avouer la vérité lorsque quelqu'un les interrompit.

— Oh, ma chérie, te voilà ! s'exclama Adaline. Et en charmante compagnie en plus. Je savais que ce jeune homme te plairait.

Jessica et Martin sursautèrent. Ils avaient totalement occulté le reste, comme s'ils étaient seuls au monde dans une bulle d'intimité que personne ne pouvait percer.

— Maman ! hurla Jessica en reprenant ses esprits. Martin est mon collègue. On se voit tous les jours au boulot.

— Oh ! Quelle heureuse coïncidence, sourit Adaline. Nous allons bientôt passer à table. Vous dînez avec nous, Martin ?

Martin jeta un œil prudent vers Jessica, avant de répondre.

— C'est très gentil, Madame Mlynovsky, mais, malheureusement, je dois rejoindre mes parents à leur table, répondit Martin de façon bien trop polie.

— Quel dommage ! Enfin, je suis sûre que vous trouverez un moment pour danser avec ma fille après le repas, répliqua Adaline avec un petit clin d'œil équivoque qui mit Jessica sur les nerfs.

— Maman ! Arrête ça tout de suite ! Tu n'es vraiment pas possible, rouspéta Jessica, rouge comme une tomate, tandis que Martin esquissait un petit sourire avant de répondre.

— Je n'y manquerai pas.

Puis il lança un regard énigmatique à Jessica, avant de rejoindre ses parents. Ce regard fit un tel effet à Jessica que ses jambes se mirent de nouveau à trembler et que son ventre se contracta avec insistance. Adaline, qui ne semblait rien avoir remarqué, l'entraîna avec elle vers leur table pendant que Jessica scrutait la salle à la recherche de Stessie. Juste avant de s'asseoir, Adaline chuchota quelques mots à Jessica.

— Depuis quand es-tu amoureuse de ton collègue ? lâcha-t-elle sans préambule.

Jessica manqua de rater sa chaise en entendant les paroles de sa mère. Elle se tourna vers elle, la bouche grande ouverte, avant de bredouiller une réponse.

— Où vas-tu chercher des idées pareilles ? Martin est un... un abruti misogyne qui me tape sur les nerfs !

— Oh, comme c'est mignon, la taquina Adaline. Je connais ce genre de sentiments, tu sais. J'ai bien vu comment vous vous regardiez tout à l'heure. Vous étiez à deux doigts de vous sauter dessus. Tu devrais me remercier d'être intervenue.

— Maman ! s'insurgea Jessica qui ne savait plus où se mettre. Tu dis absolument n'importe quoi ! Comment pourrais-je être attirée par un type pareil ? Il m'a pourri la vie pendant six longs mois, tu te rends compte ?

— Écoute, ma chérie, l'amour ne frappe pas tous les jours à notre porte alors, quand il arrive, il faut le saisir au vol.

— Toi et ton romantisme..., bougonna Jessica.

— C'est grâce à mon romantisme, comme tu dis, que tes sœurs sont heureuses en ménage à l'heure qu'il est.

Jessica se servit un peu de vin et fit tourner le liquide sombre dans son verre.

— Tu aurais dû ouvrir une agence matrimoniale, râla Jessica en se perdant dans la contemplation du bordeaux qui tournoyait dans son verre.

— Ton père n'a jamais voulu, donc je me rabats sur toi, continua Adaline en affichant un sourire moqueur.

Jessica soupira et but une gorgée de vin. Ce fut à ce moment-là que ses sœurs et son père vinrent les rejoindre. Tiffany se plaça à côté d'elle. Ce soir, elle était seule, son futur mari était en mission pour prendre plusieurs clichés de stars lors de l'inauguration d'une galerie célèbre. Jessica descendit son verre de vin d'une traite.

— Depuis quand tu bois comme un trou ? commenta Tiffany qui observait Jessica avec inquiétude.

Jessica fit la moue. En aucun cas, elle n'avait envie de se confier à sa sœur.

— C'est à cause de ce type, là-bas ? reprit Tiffany en entamant l'entrée qu'elle était allée chercher au buffet.

Jessica suivit le regard de sa sœur pour rencontrer celui de Martin qui la fixait avec insistance pendant que Stessie lui parlait. Ils mangeaient à la table qui se trouvait juste derrière la famille de Jessica.

— J'ai pas envie d'en parler, répondit Jessica en reportant son attention sur sa sœur. Surtout pas avec toi qui as tous les hommes à tes pieds...

— Tu plaisantes ? s'étonna Tiffany. Toi tu es brillante en plus d'être magnifique. Je t'ai toujours admirée.

— Ah bon ? bredouilla Jessica, abasourdie. Mais, j'ai toujours envié ta carrière. Tout a l'air tellement facile pour toi...

— Écoute Jess, je crois que tu es bien placée pour savoir que lorsqu'on réussit dans la vie, c'est grâce à un travail acharné. Rien n'est jamais facile, peu importe les apparences. Les gens ne voient que la partie émergée de l'iceberg, ils ne savent pas la montagne de travail qu'on a abattu pour en arriver là où nous en sommes.

— C'est vrai, tu as raison..., capitula Jessica qui prit soudain conscience de la bienveillance de sa sœur.

— Alors, avec ce type, qu'est-ce qui se passe ? répliqua Tiffany.

Jessica ne put s'empêcher de jeter un autre coup d'œil derrière elle pour observer discrètement Martin. Il mangeait toujours en discutant avec Stessie mais, cette fois, il semblait absorbé par leur conversation. Jessica avala difficilement sa salive en se tournant de nouveau vers sa sœur.

— C'est mon collègue. Il m'a fait vivre un enfer pendant six longs mois et la dernière fois, on s'est retrouvé à la même soirée. C'était un petit pub où jouait Kevin... Si tu savais toutes les méchancetés qu'il m'a dites... Bref, j'étais tellement triste que j'ai fondu en larmes et... Martin m'a consolée. C'était tellement agréable et... torride. Je ne sais pas ce qui s'est passé mais, depuis, il me rend complètement dingue !

Tiffany esquissa un petit sourire en observant sa sœur.

— En plus Maman n'arrête pas de me bassiner depuis tout à l'heure, chuchota Jessica pour éviter que sa mère ne l'entende. Elle dit que si elle n'était pas intervenue, Martin et moi nous serions sautés dessus, tu te rends compte ?

— Ça ne m'étonne pas d'elle, s'esclaffa Tiffany. Maman a toujours adoré les histoires d'amour. Elle a le nez pour ça.

— Mais là, elle se trompe... Martin n'est pas du tout mon genre et il a une petite amie.

— Jess, Maman ne se trompe jamais.

Heureusement, la musique et le brouhaha étaient suffisamment forts pour masquer leur conversation.

— Ce que tu ressens, ça s'appelle de l'attirance physique. Et si ce mec te manque 24h sur 24 et que tu penses tout le temps à lui, c'est que tu es probablement en train de tomber amoureuse de lui.

— Mais c'est n'importe quoi ! Je n'ai toujours eu que des relations sans attache. Je ne veux pas tomber amoureuse, ça craint... Je veux rester libre et indépendante ! se lamenta Jessica.

Tiffany éclata de rire.

— L'un n'empêche pas l'autre. Et arrête de me sortir la carte de l'indépendance, tu as toujours eu un faible pour les comédies romantiques, tu rêves de tomber amoureuse dans le fond. Vois le bon côté des choses, tu pourras faire l'amour sans préservatif.

— Tiffany, enfin ! s'étouffa Jessica qui ne put s'empêcher de regarder autour d'elle.

La répartie de sa sœur la gênait horriblement.

— De toute façon, ce n'est pas réciproque...

— Eh bien, je n'en suis pas si sûre, rétorqua Tiffany en jetant un œil équivoque vers Martin. Il n'arrête pas de te regarder depuis tout à l'heure.

Jessica sentit son cœur s'affoler.

— Tu crois ? demanda-t-elle timidement.

Elle n'avait jamais été si peu sûre d'elle face à un homme.

— J'en suis persuadée. En plus, sa copine à l'air vraiment furax et elle n'arrête pas de te lancer des regards assassins.

Jessica ne put s'empêcher d'esquisser un sourire satisfait en entendant les paroles de sa sœur.

— Merci Tiff.

Tiffany adressa un petit clin d'œil à sa sœur et Jessica repensa aux paroles de sa cousine Charline.

— Au fait, est-ce que Charline t'a parlé de cet acteur super célèbre à qui elle t'a vendue ?

Tiffany fronça les sourcils.

— Elle a encore fait ça ?! s'agaça Tiffany. Comme si ce genre de mec avait besoin d'un coup de main avec les filles...

— En même temps, tu es assez connue pour que Charline se serve de toi comme monnaie d'échange, grimaça Jessica.

— Je vais l'appeler, il faut qu'elle arrête de faire ça, bon sang ! Josh va encore péter les plombs...

Jessica adressa une petite grimace compatissante à sa sœur, puis se leva pour aller jusqu'au buffet et enfin manger un peu. Lorsqu'elle passa devant Martin, elle fit tout son possible pour l'ignorer, mais elle sentit son regard brûlant la suivre jusqu'à ce qu'elle regagne sa place.

Le repas se déroula dans la bonne humeur et Jessica se sentit vraiment bien entourée par sa famille. Si elle avait parfois quelques griefs contre ses sœurs, elle se rendit compte qu'elles lui avaient beaucoup manqué. En fait, cette constante compétition entre elles était uniquement à cause de leur père. Il ne cessait jamais de les comparer. Cela leur avait toujours fait ressentir un sentiment d'insécurité, comme si le fait d'être celle qui réussissait le mieux sa vie aurait également la plus grande place dans le cœur de leur père. Jessica en prenait conscience à présent, même si le comportement de son paternel était certainement inconscient.

Le dessert arriva enfin et les félicitations d'usage allaient bon train à l'égard de la mère de Stessie. Elle reçut une pluie de cadeaux qui allaient de l'accessoire drôle au bijou le plus coûteux. Jessica était persuadée que ce dernier venait de ses parents. Ils ne savaient pas faire dans la simplicité.

La musique reprit enfin et tout le monde rejoignit sa place pour déguster une petite part de chaque gâteau, spécialement préparés pour l'occasion. L'ambiance était joyeuse et cela redonna une pointe de bonne humeur à Jessica qui stressait horriblement depuis le début de la soirée.

Lorsque Martin termina son gâteau au chocolat, Stessie était toujours furieuse contre lui. Elle ne semblait pas réussir à se calmer et continuait de toiser Jessica avec une rage grandissante. Martin l'observait en se demandant comment aborder le sujet de la danse avec Jessica. Un peu anxieux, il se lança tout de même.

— Adaline m'a demandé de danser avec Jessica tout à l'heure...

Martin étudia Stessie en secouant nerveusement son pied sous la table. Il connaissait parfaitement le caractère de cette dernière et il redoutait qu'elle crée un scandale. Il s'estimait heureux qu'elle se soit retenue jusqu'à maintenant pour ne pas gâcher la fête de sa mère.

— Et tu comptes danser avec elle ? demanda Stessie avec amertume.

Martin haussa nonchalamment les épaules, mais son pied continua de tambouriner sous la table.

— Si tu préfères que je ne le fasse pas, je respecterai ton choix, répondit Martin.

— Vraiment ? insista Stessie en plissant les yeux.

— Absolument. Mon but n'est pas de te faire souffrir, Stess. Tu sais que je t'apprécie beaucoup et on se connaît depuis tellement longtemps que ce serait dommage de se disputer... C'est juste que je ne voudrais pas être impoli avec la mère de Jessica.

Stessie hocha la tête et une lueur de chagrin passa dans ses yeux sombres, atténuant la rage qui y figurait jusqu'à présent.

— Alors, n'y va pas s'il te plaît. Si jamais il se passe quelque chose avec elle... Je préfère ne pas être au courant. Ce sera mieux pour moi...

Malgré son immense déception, Martin fut surpris par la requête de Stessie. Il s'engagea donc à tenir sa promesse. De plus, le désarroi qu'elle affichait lui serrait le cœur.

— C'est d'accord, dit-il en attrapant la main de Stessie avec tendresse.

— On peut danser ensemble à la place ? demanda-t-elle avec une voix pleine de fragilité.

Cela attrista Martin encore plus et sa compassion pour Stessie ne fit que s'accentuer. Il accepta et se leva, entraînant Stessie avec lui. Ils se joignirent aux danseurs déjà présents sur la petite piste en bois et n'échangèrent plus un mot. Ils savaient tous les deux qu'il était inutile de parler. La situation ne changerait pas. Stessie s'accrocha à Martin de toutes ses forces et fit de son mieux pour s'imprégner de son odeur pour la dernière fois. Elle voulait graver ce moment dans sa mémoire pour longtemps, car elle aurait du mal à s'attacher à un autre homme. Elle retint ses larmes et ferma les yeux en savourant chacun des mouvements de Martin contre son corps.

Martin, quant à lui, étreignit Stessie avec tendresse et respecta son chagrin. Il ressentait une culpabilité insupportable. Pourtant, il savait que les sentiments ne se contrôlaient pas. Il chercha discrètement Jessica des yeux et la trouva en train de s'empiffrer de dessert. Il esquissa un sourire malgré lui et l'observa plusieurs minutes encore. Heureusement, Stessie ne sembla pas le remarquer. Puis Jessica croisa enfin son regard. Elle se figea, sa cuillère encore dans la bouche, et soutint les yeux noisette de Martin.

Ils se fixèrent de longues secondes pendant lesquelles le temps sembla s'arrêter. Martin oublia qu'il tenait Stessie dans ses bras. Son cœur s'emballa encore une fois et sa respiration s'accéléra légèrement.

La musique s'arrêta, puis une autre chanson commença. Malgré le son rythmé, Martin et Stessie dansèrent comme s'il s'agissait d'un slow. Martin ne prit même pas conscience que le style de musique avait changé, il était hypnotisé par Jessica qui léchait sa cuillère avec une lenteur démesurée. Cela le mit dans tous ses états et il eut peur que Stessie se rende compte de son excitation et se méprenne sur la situation.

Jessica se leva dans sa somptueuse robe qui ne faisait qu'accentuer l'état de supplice dans lequel se trouvait Martin. Elle se dirigea droit sur eux. Le cœur de Martin tambourina dans sa poitrine et il ressentit une bouffée de chaleur qui le mit encore plus mal à l'aise.

Heureusement, ou pas..., un jeune homme intercepta Jessica avant qu'elle n'arrive près de Martin. Le ventre de ce dernier se serra sous la jalousie dévorante qu'il ressentit face à ce nouveau prétendant. Pourtant, il aurait dû le remercier de lui avoir évité une altercation avec Stessie. Cette dernière se laissait toujours bercer dans les bras de Martin, les yeux fermés et la respiration apaisée. Elle ne semblait plus aussi triste que tout à l'heure et cela rassura un peu Martin qui peinait à ignorer Jessica. Elle dansait à seulement quelques mètres d'eux et son décolleté plongeant ne faisait qu'attirer l'œil de son cavalier.

Martin commença à perdre son sang-froid. Il s'écarta doucement de Stessie qui lui adressa un regard implorant.

— Je vais rentrer, commença-t-il prudemment. Je ne me sens pas très bien...

Le pire, c'est qu'il ne mentait même pas. Il se sentait un peu fébrile depuis une ou deux heures. Il était persuadé que c'était en rapport avec Jessica alors, il préféra abréger ses souffrances.

Stessie l'observa un instant, avant de lui proposer de le raccompagner. Il déclina gentiment et lui assura qu'il avait juste besoin de dormir. Stessie afficha une moue attristée, mais ne protesta pas. Elle se dirigea de nouveau vers sa table où il n'y avait plus personne vu que tout le monde était en train de danser. Elle se morfondit, en regardant les gens danser d'un œil morne.

Martin ressentait toujours ce pincement au cœur qui le rongeait lorsqu'il sortit de la salle des fêtes et se retrouva sur le trottoir. La pluie s'était calmée et ne tombait presque plus. Pourtant, il faisait toujours aussi humide et froid pour un mois de juillet. Il croisa les bras sur sa poitrine et rentra d'un pas lent jusque chez ses parents. Une fois arrivé, il enleva maladroitement ses vêtements et s'allongea dans son lit, frigorifié et tremblotant.

Jessica était toujours en train de danser avec le type qui l'avait gentiment accostée lorsqu'elle vit Martin s'en aller. Elle le suivit des yeux jusqu'à ce qu'il franchisse les portes de la salle des fêtes.

C'est le moment ou jamais..., se dit-elle.

Elle s'apprêtait à le rejoindre lorsque Jérémy lui proposa de s'asseoir pour discuter et boire une coupe de champagne. Elle passa presque cinq minutes à négocier avec lui pour qu'il la laisse tranquille. Elle y parvint enfin et se précipita dehors pour rejoindre Martin.

Jessica pensait qu'il avait juste été prendre l'air, comme en début de soirée, mais elle ne le trouva pas sur le trottoir. Dépitée, elle retourna à l'intérieur et découvrit Stessie seule à sa table. Elle avait l'air en piteux état. Jessica s'apprêtait à aller lui parler lorsque Jérémy revint à la charge. Il était plutôt grand, pas trop mal foutu et ses cheveux blonds en bataille lui donnaient du charme.

— Ai-je le droit à une autre chance ? lui demanda-t-il avec un sourire charmeur, ses yeux bruns pétillant.

Jessica soupira, fataliste, puis finit par accepter. Elle s'installa avec lui pour discuter. Sa compagnie était plutôt agréable et l'aida à passer le reste de la soirée sans trop penser à Martin. De plus, il valait mieux qu'elle se tienne loin de Stessie, même si celle-ci avait l'air vraiment anéantie. Une part d'elle s'en réjouissait, car cela voulait peut-être dire que Martin l'avait quittée. Pourtant, cela lui fit tout de même un peu de peine.

Une personne plus proche d'elle se chargera mieux de la consoler..., pensa Jessica.

La soirée se termina vers quatre heures du matin ou, du moins, ce fut à cette heure-ci que ses parents et ses sœurs daignèrent partir. Jessica ne se fit pas prier. Elle commençait à tomber de sommeil et cette excuse lui permit d'éviter les avances de Jérémy qui devenait un peu trop entreprenant à son goût.

11

Le lendemain matin, Martin ne se sentait toujours pas mieux. Il tremblait de froid et ne savait pas trop quoi faire. Mais une chose était sûre : s'il était malade, il préférait rentrer chez lui... loin de son père et bien au chaud dans son appartement. Son cerveau fonctionnait à vive allure pour trouver une solution. Rentrer en train ne semblait pas très prudent et, surtout, au-dessus de ses forces. Demander à Stessie de le ramener était une idée encore pire...

Il se demanda soudain comment Jessica était venue jusqu'ici. Il attrapa son portable et ferma les yeux pour se donner du courage.

Martin : Salut, est-ce que par hasard tu serais venue en voiture jusqu'ici ?

Il appuya sur la touche « envoyer » avant de changer d'avis, puis se laissa aller à somnoler dans son lit.

Jessica, qui était en plein brunch familial avec ses sœurs et ses parents, se demanda qui pouvait bien lui envoyer un message un dimanche midi. Ses sourcils se froncèrent et son cœur s'accéléra subitement lorsqu'elle vit le nom de Martin s'afficher. Elle ouvrit le message sans comprendre où il voulait en venir. Absorbée par son téléphone, elle rédigea une réponse et attendit la suite avec impatience.

Jessica : Oui, pourquoi ?

Martin sursauta quand son téléphone vibra de nouveau. Ses paupières étaient lourdes et il avait du mal à réfléchir. Toutefois, il soupira de soulagement lorsqu'il lut le message. Il s'empressa de répondre.

Martin : Je crois que je suis malade... J'aimerais que tu me ramènes, si je ne te mets pas trop mal à l'aise :-) Surtout, ne dis rien à mes parents... Ni aux tiens.

Jessica : Comment ça « malade » ? Ce n'est pas grave, j'espère ?

Martin : Je crois que j'ai choppé ton virus. LOL.

Jessica se sentit tout à coup mal à l'aise.

Jessica : Impossible ! Ce virus n'est pas contagieux... LOL.

Martin : Tous les virus sont contagieux !

Jessica : Oui, eh bien pas celui-là ! Qu'est-ce que tu as exactement ? Quels sont tes symptômes ?

Martin peinait à continuer la conversation, mais il fit tout son possible pour rester concentré.

Martin : Je crois que j'ai de la fièvre... état fébrile. Je ne suis pas en état de prendre le train et si tu pouvais me ramener, je t'en serais éternellement reconnaissant.

Jessica : Éternellement ? Rien que ça... Mm, je vais y réfléchir. Mais si j'accepte, fais en sorte de ne pas me contaminer. Il en faut au moins un de nous deux qui soit opérationnel pour demain.

Martin : Merci, Jess. Passe me prendre le plus tôt possible. Si ma mère s'aperçoit de mon état, je suis bon pour rester ici une semaine...

Jessica : Je n'ai pas encore dit oui. Une semaine sans toi ? C'est tentant... :-P

Jessica s'en voulut un tout petit peu de plaisanter comme ça avec son collègue. Mais elle n'avait pas envie d'arrêter leur conversation. En réalité, elle s'inquiétait pour lui. Pourtant, elle se réjouissait aussi de l'avoir pour elle toute seule pendant plus de trois heures.

Martin : LOL. Bon, je vais me reposer en attendant que tu arrives.

— Avec qui es-tu en train de textoter ?

Jessica sursauta et se tourna vers Tiffany qui la fixait d'un air inquisiteur.

— Avec Martin, avoua-t-elle tout de même. Mais ne dis rien à maman. Il est malade et il veut que je le ramène chez lui.

Jessica afficha une expression joyeuse et Tiffany lui rendit son sourire.

— Tu vas jouer les infirmières alors, la taquina Tiffany avec bonne humeur.

— On verra, conclut Jessica en se levant pour aller se préparer.

Elle s'apprêtait à partir en trombe ranger ses affaires lorsque sa mère l'interpela.

— Où est-ce que tu vas comme ça ? demanda-t-elle, suspicieuse.

Jessica se figea et pinça les lèvres, alors que sa sœur Tiffany pouffait de rire, prête à vendre la mèche.

— J'ai... une urgence, bredouilla Jessica en implorant Tiffany du regard.

Le reste de ses sœurs, ainsi que son père, s'arrêtèrent soudain dans leur discussion et les observèrent avec attention, tandis qu'Adaline étudiait sa fille avec un agréable pressentiment.

— Dis-moi que c'est à cause de ce garçon : Martin.

— Maman ! râla Jessica, j'ai promis de ne rien dire.

— Il a supplié Jessica de le ramener chez lui aussi vite que possible, lâcha Tiffany qui n'avait pas pu se retenir.

Jessica la toisa avec indignation, tandis que sa mère la couvait d'un regard attendrissant.

— C'est vrai, ça ? s'enquit Adaline tout sourire.

— Enfin, chérie, laisse Jessica un peu tranquille, intervint son père.

Sa mère capitula, non sans afficher un immense sourire, et tout le monde reprit son repas ainsi que sa conversation. Jessica soupira de soulagement et fila à l'étage faire ses bagages. Elle entassa toutes ses affaires dans un grand sac avec empressement.

Lorsqu'elle descendit sa grosse valise à bout de bras, Tiffany courut l'aider. Le reste de ses sœurs ainsi que certains de ses beaux-frères l'embrassèrent chaleureusement. Jessica ressentit un petit pincement au cœur en quittant sa famille. Ces derniers mois, la solitude l'avait un peu déprimée et passer un petit week-end avec tout le monde lui avait vraiment fait du bien, même s'ils n'étaient pas du tout faits pour vivre ensemble. À se voir trop souvent, sa mère finissait par lui taper sur les nerfs et ses sœurs par lui sortir par les yeux. Néanmoins, ils allaient tous lui manquer jusqu'à la prochaine réunion de famille. Bien sûr, elle avait sa cousine Charline qu'elle voyait un peu plus souvent, mais celle-ci était toujours très prise par son travail.

Après une énième embrassade avec sa mère et son père, Jessica finit par quitter la maison familiale.

Elle chargea son gros sac dans le coffre de sa voiture, sous le regard attentif d'Adaline. Aujourd'hui, il faisait nettement meilleur que la veille et Jessica avait opté pour une petite robe en coton blanc fleuri qui lui allait à merveille. Ses cheveux blonds étaient lâchés sur ses épaules et ses lunettes de soleil étaient perchées sur sa tête, en guise de serre-tête. Elle monta enfin dans sa voiture et glissa ses lunettes de soleil sur son nez.

— Surtout, sois prudente sur la route, ma chérie.

— Mais oui, Maman, soupira Jessica en démarrant le moteur.

Elle envoya un message à Martin pour lui signaler qu'elle était fin prête à partir et il lui donna l'adresse de ses parents.

Comme à chaque fois, Adaline attendit que Jessica s'éloigne et ne put s'empêcher de faire un petit signe de la main à sa fille jusqu'à ce qu'elle disparaisse au coin de la rue. Jessica esquissa un sourire malgré elle. Si cette habitude l'avait toujours agacée, aujourd'hui, elle la trouvait touchante.

Elle se gara devant chez les parents de Martin et attendit quelques minutes, profitant de la chaleur du soleil et du vent dans ses cheveux.

Martin sortit bientôt en titubant. Il avait troqué ses lentilles contre ses lunettes noires, portait un T-shirt blanc, un jean usé et ses cheveux étaient en bataille. Jessica se pencha pour lui ouvrir la portière du côté passager et l'observa avec inquiétude lorsqu'il se laissa tomber sur son siège. Son sac lui était tombé des mains et gisait sur le trottoir près de lui.

— Tu es sûr que ça va ? s'alarma Jessica. Tu as vraiment une sale tête, ta mère ne t'a rien dit ?

Martin n'eut même pas la force de tourner la tête vers elle pour la regarder. Il se sentait trop mal en point. Il ressentait un froid glacial malgré la chaleur et son corps tremblait sans s'arrêter.

— Ça ne va pas très fort, avoua-t-il d'une voix presque inaudible. J'ai dit à ma mère que j'avais simplement la gueule de bois. Je l'ai baratinée en lui disant que j'avais pas mal bu hier soir.

Heureusement, la mère de Martin lui avait fait avaler un Doliprane contre son mal de tête. Il espérait que ce dernier agirait vite.

Jessica ne savait pas trop quoi dire. Pourtant, elle descendit de sa voiture pour aller ramasser le sac de Martin. Elle le rangea dans son coffre avant de remonter derrière le volant, non sans observer de nouveau son collègue.

— Merci..., lâcha-t-il faiblement.
— Tu ne vas pas vomir, au moins ?

Martin appuya sa tête contre l'appui-tête et ferma les yeux.

— Je ne crois pas...
— Bon... préviens-moi si tu veux que je m'arrête, continua-t-elle, anxieuse.

Martin n'eut même pas la force de lui répondre et Jessica démarra. Sur la route, elle ne cessa de surveiller son passager qui semblait aller de mal en pis. Pourtant, elle ne dit rien. Durant les quatre heures de trajet, ils n'échangèrent pratiquement aucun mot. Trop inquiète pour Martin, Jessica ne s'arrêta même pas et se dépêcha de le ramener chez lui. Heureusement, il avait réussi à lui donner son adresse, à mi-voix, et elle l'avait rentrée dans son GPS.

Ils arrivèrent enfin. Jessica était exténuée par cette longue route et son corps était tout endolori. Quand elle tourna une énième fois la tête vers son collègue, son état semblait avoir empiré. Son teint était pâle et ses yeux arboraient de gros cernes sombres. Il tremblait toujours et avait l'air encore plus mal en point.

— On est arrivé, tenta Jessica en le regardant avec inquiétude.

Les yeux de Martin papillotèrent une seconde, avant qu'il ne les ouvre enfin.

— OK..., balbutia-t-il en tentant de se redresser.

Jessica attendit et continua de l'observer avec une angoisse grandissante.

— Tu es sûr que ça va aller ? demanda-t-elle.
— Je vais y arriver, s'obstina Martin qui avait perdu toutes ses forces.

C'en fut trop pour Jessica. Elle ne pouvait pas le laisser rentrer dans cet état sans l'accompagner et, au moins, porter son sac. Elle finit par couper le contact et sortit de son véhicule pour ouvrir le coffre et récupérer le bagage de Martin. Elle ouvrit ensuite la portière du côté passager.

— Bon, je vais t'aider, commença Jessica en lui tendant la main.

En temps normal, Martin aurait tout fait pour y arriver seul, mais il ne pouvait même pas bouger le petit doigt, bien trop apathique pour que son corps lui obéisse. Martin se sentait vraiment diminué. Toutefois, il ne protesta pas et saisit la petite main fraîche de sa collègue. Lorsque leur peau se toucha, ils ressentirent tous les deux une décharge électrique qui les transperça. Leurs yeux s'accrochèrent de nouveau et ils restèrent tous deux figés quelques secondes avant de se reprendre. Martin détourna le regard en premier et fit un énorme effort pour s'extraire de la voiture. Jessica passa instinctivement un bras autour de sa taille pour le soutenir. Son collègue ne tenta même pas de lutter. Il s'appuya sur elle.

— Tu n'es pas obligée de faire ça..., dit Martin, un peu embarrassé tout de même.

Jessica leva la tête pour croiser ses yeux cernés et fatigués.

— Tu plaisantes ? Tu ne tiens même pas debout tout seul. Je n'ai pas envie que tu m'attaques en justice pour non-assistance à personne en danger, répliqua-t-elle pour cacher les sentiments qu'elle éprouvait.

Rien de tel que de passer à l'offensive pour ça. Martin acquiesça puis lui indiqua le chemin de son appartement. Ils firent quelques pas maladroits jusqu'à l'entrée de l'immeuble, puis titubèrent jusqu'à l'ascenseur. Une fois sur le palier, Martin sortit difficilement les clés de sa poche et s'appuya contre le mur pour ouvrir.

— C'est bon, merci, Jess, marmonna-t-il en essayant d'attraper son sac.

Jessica plissa les yeux.

— Laisse-moi entrer quelques minutes. Je veux être sûre que ça va aller.

Martin soupira, mais ne put empêcher sa collègue de franchir le seuil de la porte avec son sac de voyage. Il la suivit difficilement et s'affala sur son canapé, tandis qu'elle furetait dans tout son appartement. Les yeux fermés, la tête adossée contre le dossier de son canapé, Martin ne comprit pas très bien ce que fabriquait Jessica.

— Qu'est-ce que tu cherches au juste ? murmura-t-il.

— Rien du tout, répliqua Jessica sur un ton faussement coupable.

En réalité, elle avait fouillé tous les tiroirs de la salle de bains à la recherche d'un thermomètre. Heureusement, elle en avait trouvé un. Bien sûr, elle aurait préféré en trouver un qui utilise la technologie récente. Un de ceux qui permettent de prendre la température à distance. Mais non, c'en était un à l'ancienne... Elle revint vers Martin et se planta devant lui de façon autoritaire en le lui tendant.

— Prends ta température ! Je suis presque sûre que tu as de la fièvre.

Martin serra les dents et s'empara du thermomètre.

— OK, je le ferai. Maintenant, laisse-moi tranquille.

— Écoute-moi bien, il est hors de question que je parte avant de savoir si tu as de la fièvre ou non.

— Pourquoi tu t'obstines comme ça ? Je n'ai pas envie que tu me voies plus longtemps dans cet état, implora Martin.

— Et moi, je n'ai pas envie de m'inquiéter toute la soirée sans savoir comment tu vas.

Les mots lui avaient échappé et Jessica regretta aussitôt de lui avoir dévoilé ses pensées. Encore une fois, ils se fixèrent un moment. Le cœur de Jessica s'accéléra subitement. Elle ne savait pas comment Martin allait prendre cette révélation et cela la terrifia.

— Pourquoi est-ce que tu t'inquiéterais ?

Le souffle de Martin s'arrêta, comme si le temps s'était suspendu pendant le silence qui régna un instant dans la pièce.

— Laisse tomber, éluda-t-elle en espérant que ça suffirait.

Heureusement pour elle, Martin n'était pas en état de lutter contre elle. Pas aujourd'hui en tout cas.

— OK...

Martin glissa le thermomètre sous son bras et Jessica attendit avec impatience à côté de lui. Ce dernier ferma les yeux, le corps frissonnant et transpirant.

— Alors ? demanda-t-elle, hésitante, lorsque le bip retentit.

Martin n'ouvrit même pas les yeux et Jessica récupéra le thermomètre sous son bras.

— 39... Merde, j'en étais sûre ! Tu as besoin de quelque chose ? proposa-t-elle avec inquiétude.

— Va-t'en et laisse-moi tranquille, rouspéta faiblement Martin qui se laissa tomber sur le canapé pour s'allonger.

— Un verre d'eau ? Il faut beaucoup boire quand on a de la fièvre, s'obstina Jessica.

Elle n'attendit même pas la réponse de Martin et se précipita dans la cuisine à la recherche d'un verre propre qu'elle remplit avec l'eau du robinet. Elle retourna ensuite auprès de son collègue.

— Tiens, bois ça, lui ordonna-t-elle.

Martin serra les dents et se redressa juste assez pour boire quelques gorgées. En aucun cas, il ne voulait montrer à Jessica que sa présence le réconfortait et le touchait au plus haut point.

— Pourquoi tu fais tout ça ? demanda-t-il faiblement en reposant sa tête sur le coussin.

Ses paupières se refermèrent d'elles-mêmes, ce qui soulagea aussitôt Jessica. Au moins, il ne pourrait pas déchiffrer son expression. Elle aurait pu la trahir...

— Parce que j'avais un peu pitié de te laisser seul comme ça...

Les paupières de Martin se rouvrirent d'un coup, alors que la colère le submergeait.

— Pitié ? cracha-t-il avec animosité. Alors, va-t'en ! Je suis assez grand pour me débrouiller tout seul et je n'ai pas besoin de toi et de ta pitié !

Cette simple tirade lui prit toute son énergie. Il s'affaissa de nouveau dans le canapé et referma les yeux. Il avait l'impression que sa tête allait exploser.

— Ce n'est pas ce que je voulais dire, tenta maladroitement Jessica.

Ses joues étaient tellement rouges qu'elle ne savait plus où se mettre. Mais, heureusement, Martin ne pouvait pas le voir.

— Alors quoi ? insista Martin, épuisé et sur les nerfs.
— Ne me pose pas de questions et tout ira bien...
— Pourquoi ? Je ne vois pas où est le problème.
— Je n'ai pas envie de répondre, c'est tout. J'ai quand même le droit de rester sans te rendre des comptes !

Martin était trop fatigué pour continuer cette conversation, alors il préféra capituler.

— On en reparlera plus tard..., lâcha-t-il dans un souffle avant de sombrer dans une sorte de semi-conscience.

Pendant ce temps, Jessica retourna chercher ses affaires dans sa voiture. Elle ne comptait pas partir avant que Martin aille mieux, et elle avait besoin de quelques vêtements de rechange ainsi que de son nécessaire de toilette. Il était presque 20h et si elle devait passer la nuit ici, il valait mieux qu'elle prévoit le coup. Une fois sa petite valise remontée, elle en profita pour commander quelque chose à manger sur son site favori.

Elle s'activa ensuite à préparer une tisane de thym/menthe à Martin. Rien de tel contre les virus ! Elle en avait toujours quelques sachets dans son sac. En plus d'être très efficace, cette tisane avait un goût délicieux. Jessica chercha aussi un peu de cannelle pour compléter son remède de grand-mère. Elle en trouva dans l'étagère à épices et esquissa un petit sourire satisfait.

Ce qui l'avait frappée, en entrant tout à l'heure, c'était l'ordre qui régnait dans cet appartement. Tout était propre, rangé, et il y avait une agréable odeur. Mais peut-être était-ce tout simplement l'odeur de Martin... Cette odeur qui la rendait tellement accro.

Jessica jeta un regard mélancolique vers son collègue et s'en voulut de s'imaginer lui sauter dessus alors qu'il avait à peine la force d'ouvrir les yeux.

Le livreur arriva quelques minutes plus tard et la sortit de ses pensées. Elle réceptionna son poulet tikka masala avec impatience. Elle s'installa au bar pour manger, tandis que Martin semblait s'être assoupi. Les épices de son plat lui donnèrent des bouffées de chaleur, mais elle adorait leur goût.

Son repas terminé, Jessica s'assit dans le fauteuil à côté du canapé et observa Martin avec inquiétude. Elle était à deux doigts de le réveiller lorsqu'il grogna faiblement et changea de position pour se tourner vers elle. Il ouvrit doucement les yeux et les posa sur Jessica. Ils se fixèrent un instant et le temps sembla, encore une fois, s'arrêter.

— Tu es encore là ? s'étonna Martin d'une voix rauque. Qu'est-ce que ça sent ?

— J'ai commandé un truc à manger... mais je suppose que tu n'as pas faim, si ?

— Non...

Jessica se leva puis s'empara de la tisane qui avait refroidi sur le plan de travail, avant de revenir vers Martin.

— Je t'ai préparé ça, dit-elle en lui tendant la tasse tiède.

Martin fronça les sourcils en observant le liquide suspect.

— C'est quoi ce truc, ça pue !

— C'est une tisane. Je t'assure que ça va te faire du bien.

— Je ne bois pas de tisane. Y' a quoi là-dedans ?

— Du thym... et de la menthe, un peu de cannelle. Je t'ai même ajouté une petite cuillère de miel que j'ai trouvé dans ton placard.

— J'aimerais que tu arrêtes de fouiller dans tout mon appartement comme si c'était chez toi, rouspéta Martin en s'asseyant difficilement.

— Désolée...

— Tu n'as pas l'intention de m'empoisonner, au moins ?

— Tu veux que je prenne une gorgée devant toi ? proposa Jessica en levant les yeux au ciel.

— Ouais...

— Tu plaisantes ? C'est un remède de grand-mère pour te soigner...

Toutefois, Jessica but une gorgée de la tisane avant de la rendre à Martin.

— Satisfait ? demanda-t-elle.

— Tu n'as même pas fait la grimace..., s'étonna Martin.

— J'adore cette tisane, surtout avec un peu de miel, répondit Jessica avec un petit sourire de défi. Alors maintenant, arrête de faire l'enfant et bois-la !

Martin trempa à peine ses lèvres sous le regard sévère de Jessica.

— C'est dégueulasse ton truc ! dit-il en éloignant la tasse avec dégoût.

— Bois ! insista Jessica d'un ton autoritaire.

Martin soupira, mais se résigna tout de même. Il vida sa tisane d'une traite pour ne pas sentir le goût répugnant qui lui donna des frissons. Puis il posa sa tasse sur la table basse.

— Comment tu te sens ? s'enquit Jessica en l'observant.

— J'ai mal partout, mais je crois que la fièvre est tombée.

— C'est déjà ça..

Ils se fixèrent encore, gardant chacun leurs sentiments pour eux. Martin ne savait pas trop comment interpréter le comportement de sa collègue et Jessica n'osait pas avouer son attirance démesurée pour Martin. Pourtant, elle ne put s'empêcher de poser sa main sur celle de Martin et de presser ses doigts brûlants. Leurs cœurs battirent à l'unisson, d'un rythme de plus en plus fort et soutenu, alors qu'ils se dévisageaient. Martin se sentit défaillir. Pourtant, il était incapable de réagir à ce geste qui l'électrisait de la tête aux pieds.

Jessica pinça les lèvres et riva ses yeux au sol, avant de continuer.

— Pourquoi tu n'as pas dansé avec moi hier soir ? demanda-t-elle d'une voix hésitante.

Le cœur de Martin eut quelques ratés et son souffle s'accéléra subitement. Il pressa à son tour les doigts de Jessica et la détailla avec insistance comme pour déceler une quelconque moquerie de sa part. Mais il ne vit que son embarras.

— Je croyais que je te mettais mal à l'aise…, balbutia Martin qui n'était toujours pas en état d'avoir ce genre de conversation.

Ses mots sortaient tout seuls, sans qu'il puisse réfléchir avant de parler.

— C'est vrai…, se rétracta Jessica en retirant sa main. Désolée, je ne sais pas ce qui m'a pris.

Elle afficha de nouveau un masque indéchiffrable, ce qui déstabilisa Martin. Pourtant, il attrapa ses doigts et chercha de nouveau son regard.

— Si je n'ai pas dansé avec toi, c'était pour ménager Stessie…

Le cœur de Jessica s'emballa de nouveau. Le contact des doigts de Martin lui procurait un sentiment qu'elle n'avait encore jamais ressenti avant lui.

— Pourquoi ? Elle a des raisons d'être jalouse ? questionna Jessica en arrêtant de respirer.

Ils se dévisagèrent encore quelques secondes et Martin avala difficilement sa salive. Durant ce court instant, il ne ressentit plus aucun symptôme de sa maladie.

— Il vaut mieux que tu ne le saches pas, dit-il enfin.

Jessica sentit naître un espoir irrationnel au creux de son ventre, ainsi qu'une impatience grandissante. Elle n'était pas du genre à attendre que les hommes fassent le premier pas... Pourtant, elle se contraignit à rester raisonnable. Elle resta immobile, profitant encore de la chaleur que dégageaient les doigts de Martin dans les siens. Ce simple contact la rendait aussi accro qu'heureuse. Et cela commençait un peu à lui faire peur. Toutefois, elle fit comme si tout cela était normal.

Martin n'avait même pas fait attention à ce qu'il faisait. Quand il remarqua qu'il tenait les doigts de Jessica entre les siens, il se sentit très mal à l'aise. Il avait fallu qu'il soit souffrant pour agir selon ses envies. Un véritable comble ! Sentant une bouffée de chaleur l'envahir, il libéra Jessica avec angoisse. Il eut peur de sa réaction mais, à son grand soulagement, elle ne dit rien, ce qui le déstabilisa encore plus. En réalité, elle ressentait un vide immense depuis que Martin l'avait lâchée...

Elle se leva et prit la tasse vide sur la petite table pour la ramener à la cuisine. Martin la suivit des yeux, ne sachant pas comment réagir. Encore une fois...

Elle revint vers lui et s'installa de nouveau dans le fauteuil.

— Tu devrais rentrer chez toi, Jess... Je pense pouvoir gérer, maintenant.

Les mots lui avaient échappé, et Martin les regretta aussitôt. Jessica se pinça les lèvres, sans oser le regarder.

— Et si j'ai envie de rester ? demanda-t-elle timidement, alors que l'angoisse l'étreignait encore.

Cette réplique surprit vraiment Martin qui la dévisagea de longues secondes avant de répondre.

— Pourquoi ? J'ai du mal à suivre...

— Je n'ai pas envie de rentrer pour me retrouver seule.

— Écoute Jess, je dois avoir la grippe et c'est très contagieux. Crois-moi, j'aimerais vraiment que tu restes, mais ce n'est pas sérieux. Je ne veux pas que tu tombes malade à cause de moi.

Jessica fit la moue. Elle savait pertinemment qu'il avait raison.

— Tu as raison, soupira-t-elle. Mais à une seule condition.

— Laquelle ? demanda Martin avec méfiance.

— Promets-moi de boire au moins une tisane de thym trois fois par jour.

Martin se renfrogna et croisa les bras sur sa poitrine.

— Trois fois par jour ? ça va me tuer ! râla-t-il.

Jessica ne put s'empêcher de lâcher un petit rire moqueur.

— Je passerai ici trois fois par jour pour m'assurer que tu les prends bien ! le menaça-t-elle avec humour.

Martin leva les yeux au ciel mais, au fond de lui, cela le réjouissait. Après un rapide salut, Jessica reprit sa valise et rentra chez elle.

Martin se sentait toujours très faible lorsqu'elle franchit sa porte d'entrée. Pourtant, le fait de savoir que sa collègue se souciait de lui le comblait de joie. Il se traîna jusqu'à son lit, ne prit même pas la peine de se changer pour s'allonger, et s'endormit avec un demi-sourire aux lèvres.

12

Le lendemain matin, Jessica se sentait particulièrement triste de savoir que Martin ne passerait pas la journée avec elle. Ce fut précisément à ce moment-là qu'elle se rendit compte qu'elle tenait à lui plus que ce qu'elle devrait.

Et merde ! jura-t-elle intérieurement.

Elle n'était pas prête à entretenir une quelconque relation. Et surtout, elle n'était pas prête à s'attacher à un homme. Un homme qui pourrait bien lui briser le cœur. Un homme qui avait déjà quelqu'un dans sa vie, même s'ils ne se voyaient pas souvent...

Si son cerveau lui dictait de couper court à ses tergiversations et, surtout, à ses sentiments, son cœur, lui, ne l'entendait pas de cette manière. D'une main tremblante, elle attrapa son portable.

Jessica : Salut... Comment tu vas aujourd'hui ? Tu veux que je passe avant le boulot ? Je pourrais te ramener quelques trucs...

Son cœur ne cessait de battre la chamade, alors que Jessica se préparait. Elle était en train de terminer de se maquiller lorsque son téléphone vibra enfin. Elle se précipita dessus, soudainement essoufflée. C'était un appel de Charline...

Jessica décrocha en essayant de cacher sa déception.

— Tu appelles tôt, dit-elle.

— Ça fait plusieurs jours que j'attends de tes nouvelles, Jess. Je voulais savoir si Martin avait changé de comportement et aussi si tu avais survécu à ce week-end avec tes sœurs ? s'inquiéta Charline.

— Oui, c'était plutôt sympa. Et Martin a changé...

— Ne me dis pas que tu boudes à cause de cette histoire de vidéo ? répliqua Charline qui sentait qu'un truc n'allait pas.

— C'est pas ça..., mais puisque tu en parles, j'aimerais que tu laisses tomber. Martin est un mec bien, finalement.

— Tu plaisantes !!!! s'insurgea sa cousine. Qu'est-ce qui s'est passé ? Il t'a menacée de porter plainte ?

— Non... Il m'a consolée. Et depuis, tout est un peu confus pour moi.

— Je vois. Tu craques carrément pour lui en fait ! rigola Charline.

— Arrête de dire ça ! s'agaça Jessica qui n'était pas prête à en parler. Au fait, Tiffany aimerait vraiment que tu arrêtes de la vendre contre bons et loyaux services auprès de tes copains acteurs.

Charline ne put s'empêcher d'exploser de rire.

— Mais elle n'accepte jamais de sortir avec eux de toute façon, c'est juste une carotte que je leur agite sous le nez.

— Eh bien, arrête. Elle va bientôt se marier et son fiancé déteste ça. C'est pas très sympa pour elle, Chacha.

— Très bien... je ferai attention la prochaine fois.

— Merci. Et pour la vidéo ? insista Jessica.

— D'accord, j'abandonne aussi. Mais seulement si tu sors avec lui, répliqua Charline sur un ton malicieux.

— C'est d'accord, soupira Jessica.

— J'ai bien dit « sortir » pas juste coucher, précisa Charline. Une vraie relation de couple qui dure au moins six mois. Et là, j'abandonnerai l'idée d'utiliser cette vidéo.

— Putain, Chacha ! Tu veux ma mort, c'est ça ? paniqua Jessica qui se savait incapable de tenir un tel pari. En plus, Christian m'a formellement interdit de m'approcher de Martin sous peine de le virer... C'est Kevin qui doit être derrière tout ça.

— Mais quel salaud, celui-là ! Je vais m'occuper de lui ! Ton patron n'a aucun droit de faire ça.

— Charline, reste en dehors de ça, s'il te plaît. Laisse-moi gérer.

Charline émit un grognement contrarié, mais n'ajouta rien.

Le portable de Jessica bipa dans son oreille, annonçant l'arrivée d'un message. Elle regarda brièvement de qui il venait et son cœur s'emballa de nouveau lorsqu'elle vit le nom de Martin s'afficher.

— Je te laisse, Chacha, je dois me préparer.

Charline la salua et Jessica s'empressa de raccrocher. Elle n'avait aucune envie de parler de ses échanges de texto avec Martin à sa cousine.

Martin : Salut chère collègue :-) ça va, merci. Si je ne te connaissais pas mieux, je penserais que tu t'inquiètes pour moi. Tu peux passer si tu veux, je ne savais pas que tu voulais à ce point être malade, mais tu as peut-être envie d'être clouée au lit quelques jours pour te reposer, LOL.

Jessica : Ha ha, très drôle ! Je veux simplement voir ta tête quand tu boiras cette tisane que tu détestes tant ! J'arrive dans 10 min, à tout.

Martin : Je vais finir par croire que je te manque...

Jessica sentit son cœur se serrer en lisant ce dernier message.

Si seulement il savait...

Sortant de ses pensées, elle se précipita hors de chez elle, sauta dans sa voiture et conduisit comme une folle jusque chez son collègue. Elle se serait bien giflée de réagir comme ça... Elle détestait être à ce point à la merci de Martin.

Jessica se gara juste devant l'entrée de l'immeuble puis se précipita à l'intérieur. Plusieurs personnes la saluèrent en croisant son chemin et elle leur répondit à mi-voix. Elle marchait si vite qu'on avait l'impression qu'elle courait. Elle arriva enfin devant la porte de l'appartement de Martin et s'arrêta net en prenant une grande inspiration. Son cœur battait à cent à l'heure et elle ne savait pas encore ce qu'elle allait lui dire, mais elle toqua avec frénésie contre le battant de bois.

La porte s'ouvrit quelques instants plus tard, révélant Martin, la peau et les cheveux humides. L'odeur de savon lui indiqua qu'il venait de sortir de la douche et son boxer noir le rendait beaucoup trop sexy.

Elle avala difficilement sa salive en le dévorant des yeux. Ces insatiables flashs s'imposèrent encore une fois à son esprit et elle se vit faire l'amour avec Martin dans toutes les positions possibles et imaginables. Son corps réagit au quart de tour et cela la gêna horriblement.

— Tu n'as pas répondu à mon message, je te manque tant que ça ?

À ces mots, Jessica reprit immédiatement ses esprits.

— Pas du tout, bredouilla-t-elle, sur la défensive.

Elle sortit ensuite le paquet de tisane de son sac et le brandit devant elle.

— Je voulais t'apporter ça...

Puis elle vit enfin le visage de Martin, toujours aussi fatigué, ses cernes profonds et son corps qui tenait à peine debout. L'inquiétude l'envahit de nouveau et elle s'en voulut de réagir comme ça en sa présence alors qu'il était si mal en point.

— Merci, répondit Martin sans faire mine de la laisser entrer.

Jessica hésita un instant. Elle était tellement enivrée par le parfum de Martin qu'elle n'arrivait plus à réfléchir. Puis son cœur reprit le dessus, écrabouillant les réflexions de son cerveau qui lui intimait de se rendre au boulot dans les plus brefs délais. Le corps tremblant d'impatience, elle s'avança vers Martin, ferma les yeux une microseconde, le temps de savourer sa proximité, puis le repoussa doucement pour entrer de force chez lui.

— Je vais te préparer une tisane, dit-elle avec autorité.

Les jambes tremblantes, elle se dirigea vers la cuisine sans même se retourner pour le regarder. Elle suffoqua presque lorsque Martin referma la porte pour la rejoindre. Elle le sentait dans son dos, en train de l'observer.

— Tu devrais aller t'asseoir, proposa Jessica d'une voix qui, heureusement, ne trahissait rien de son état fébrile.

Martin ne savait pas trop quoi dire. Toutefois, il ne se fit pas prier et s'installa sur son canapé. Au départ, le fait qu'il n'ait pas eu le temps de s'habiller l'avait mis un peu mal à l'aise, mais le regard que Jessica avait posé sur lui lorsqu'il avait ouvert la porte continuait de le troubler. De plus, sa petite robe légère et fleurie lui donnait des sueurs froides. Il prit sa tête entre ses mains, sans oser la reluquer davantage.

Cette femme finirait par le rendre fou !

Jessica, toujours aussi sensible à la présence de Martin, le rejoignit finalement pour lui apporter sa tisane. Elle s'installa près de lui avec toutes les précautions du monde. Le cœur battant, elle posa sa main sur le bras de Martin qui avait toujours la tête cachée entre ses mains.

— Ça va ? s'inquiéta-t-elle.

Martin la regarda enfin et s'arracha à son contact dans un réflexe. Sa peau palpitait et le brûlait. Il s'efforça de se retenir de sauter sur Jessica. D'une part, son état ne lui permettait pas encore ce genre de folie ; de l'autre, il était incapable de se laisser aller comme ça. Il ne serait jamais assez sûr de lui pour prendre les devants face à une femme. Surtout une femme comme Jessica...

— Oui..., répondit Martin d'une voix un peu enrouée.

— Allez, bois ça..., proposa Jessica en s'efforçant de garder une voix autoritaire.

Elle échoua lamentablement. Pourtant, Martin lui prit doucement la tasse des mains et la but par petites gorgées sans la quitter des yeux. Jessica était à deux doigts de péter les plombs. Elle était prisonnière du regard noisette de

Martin. Son cœur battait toujours aussi vite et sa respiration se fit un peu plus rapide. Son ventre était noué à l'extrême.

— C'est un peu moins mauvais…, commenta Martin en reposant la tasse sur la table basse.

Il était très loin de se douter que sa collègue était complètement hypnotisée par lui. Elle buvait ses paroles, pendue à ses lèvres qu'elle fixait d'ailleurs avec gourmandise.

— Tu ne dis rien ? demanda Martin en fronçant les sourcils face au stoïcisme de Jessica.

— Heu… si, si…, bégaya-t-elle en reprenant ses esprits. Tu… heum… enfin, comment tu te sens ?

— Un peu mieux, sourit Martin avec chaleur.

— Très bien, alors il vaut mieux que j'y aille…, bredouilla Jessica en se levant.

Martin se leva également pour lui faire face.

— Merci, Jess… C'est vraiment sympa de ta part ce que tu fais pour moi. Ça me touche. Beaucoup.

— C'est rien… C'est normal, dit-elle sur un ton qu'elle aurait aimé plus détaché. Il y avait quelques compotes dans ton placard, je t'en ai laissé une avec un peu de cannelle dedans, sur le comptoir… C'est… enfin, mange-la, ça t'aidera aussi, normalement.

Puis elle se précipita dehors, les jambes toujours tremblantes et le corps en ébullition. Bon sang ! Pourquoi était-elle venue le voir ? Elle aurait dû se douter que cela la mettrait dans un état pareil. Il ne manquerait plus qu'elle tombe malade, elle aussi…

Jessica retourna au boulot, conduisant sa voiture tel un automate. Ses pensées étaient toutes tournées vers Martin et cela l'énerva. Elle n'avait plus que lui en tête alors qu'elle aurait dû se concentrer sur son travail. Et c'était exactement pour ça qu'elle redoutait de tomber amoureuse. Elle ne voulait pas dépendre d'un homme et oublier jusqu'à sa propre personne ! Elle avait assisté à la transformation de ses copines, au lycée, et aussi de ses sœurs, lorsqu'elles avaient commencé à sortir avec des garçons. Ce n'était pas normal de réagir comme ça...

Même si au fond elle rêvait de vivre le grand amour, comme dans les films romantiques qu'elle regardait, elle avait aussi peur d'avoir le cœur brisé. Alors, depuis des années, elle se contentait de relations basées sur le sexe. Son histoire avec Kevin n'avait pas dérogé à la règle mais, avec lui, c'était un peu différent, car ils étaient amis avant tout et elle se sentait bien avec lui. Dommage qu'il l'ait demandée en mariage et qu'elle se soit rendu compte que les sentiments de Kevin étaient beaucoup plus profonds que les siens...

Lorsqu'elle arriva à son bureau, elle croisa Christian qui lui proposa un café. Le simple fait de se retrouver dans la salle de pause lui rappela ce qu'elle avait fait subir à Martin. Elle s'en voulait tellement de lui avoir fait ça...

Qu'est-ce qui m'arrive ? pensa-t-elle, complètement perdue.

— Tu m'écoutes ? l'interpela Christian, l'air contrarié.

— Non... désolée.

Christian soupira et jeta son gobelet de café à la poubelle. Il avait eu le temps de finir sa boisson durant les longues minutes où Jessica était perdue dans ses pensées.

— Pourquoi es-tu en retard ? Tu n'as pas oublié ce que je t'ai dit la dernière fois ?

— Christian..., râla Jessica.

— Je suis ton supérieur, tu pourrais au moins me témoigner un peu plus de respect. En plus, Kevin m'a appelé pour me dire qu'il t'avait vue près de chez lui, ce matin. Qu'est-ce que tu fabriquais là-bas ?

Jessica sentit la colère l'envahir.

— C'est pas vrai ! s'énerva-t-elle. Combien de fois, je vais devoir te le répéter ?! Si Kevin a des questions à me poser qu'il m'appelle ! Merde à la fin...

— Martin habite dans son quartier, annonça Christian d'un air réprobateur.

Jessica serra les dents et toisa son supérieur.

— Et tu crois Kevin sur parole ? Il inventerait n'importe quoi pour faire virer Martin... Il l'a dans le collimateur depuis le soir où il l'a vu me consoler...

Christian la jaugea quelques instants avant de répliquer.

— Kevin est beaucoup de choses, mais certainement pas un menteur.

— Quoi qu'il en soit, tu n'as aucune preuve ! Et virer quelqu'un parce qu'il entretient des relations avec sa collègue, c'est plutôt abusif... Il te traînerait au prud'homme !

— Ne joue pas à ce jeu-là, Jess. Martin a fait pas mal d'erreurs ces derniers mois, il serait facile de le faire licencier pour faute grave.

Jessica le fixa avec incrédulité en comprenant que Christian était sérieux. Elle ne savait pas quoi dire...

— C'est noté, concéda-t-elle en ravalant sa colère. Et si cela peut te rassurer, il n'y a absolument rien entre Martin et moi. Il se trouve que nos familles sont amies depuis peu et nous nous sommes vus ce week-end... Je lui rapportais juste quelque chose qu'il avait oublié... Il a la grippe, au fait.

Jessica ne savait pas vraiment pourquoi elle venait de dire tout ça, mais Christian plissa les yeux comme pour évaluer ses propos.

— Vos familles sont amies ? répéta-t-il, suspicieux. Je vais vérifier ça. Tu peux y aller, maintenant.

Jessica hocha la tête avec inquiétude. Elle ne voulait, en aucun cas, être responsable du licenciement de Martin. Elle se dirigea vers son bureau en réfléchissant à ce qu'elle pourrait faire pour apaiser Kevin. Elle voulait qu'il lui foute la paix une bonne fois pour toutes !

Mais quel emmerdeur, celui-là ! s'agaça-t-elle pendant que son ordinateur s'allumait.

Elle froissa son gobelet vide et le jeta dans la poubelle avec rage.

Après toute une matinée à ruminer les paroles de son chef, Jessica décida de prendre le taureau par les cornes. Cela faisait longtemps qu'elle n'avait plus les coordonnées de Kevin, mais elle connaissait quelqu'un qui les avait. Elle envoya un message à Lisandro pour l'inviter à déjeuner avec elle. Il accepta dans la foulée.

Ils se retrouvèrent dans le petit restaurant vegan où ils avaient mangé quelques jours plus tôt. Lorsque Jessica entra dans la salle, elle trouva aussitôt Lisandro qui avait pris la même place que la dernière fois. Elle nota les agréables odeurs de nourriture qui flottaient dans la pièce. Des odeurs qu'elle n'avait pas l'habitude de sentir, mais qui donnaient terriblement faim.

Lisandro se leva lorsqu'elle arriva à sa hauteur. Elle nota son T-shirt moulant gris qui révélait un tatouage sur son biceps gauche, ainsi que son bermuda beige qui mettait sa silhouette en valeur. Ce type était vraiment beau et sexy, dommage qu'elle n'éprouve absolument rien pour lui, ça aurait été tellement plus simple...

— Salut, commença-t-il avec un grand sourire, comme si elle était la huitième merveille du monde.

Jessica lui rendit son sourire, mais il n'était pas aussi lumineux que le sien. Lisandro s'approcha d'elle pour déposer un baiser sur sa joue.

— Tu attends depuis longtemps ? demanda-t-elle en prenant place en face de lui.

— Pas tant que ça, dit-il en souriant toujours.

— Pourquoi tu me regardes comme ça ? se méfia Jessica.

La béatitude de Lisandro la mettait vraiment mal à l'aise.

— Parce que c'est toi qui m'as invité, répliqua-t-il avec cette arrogance qui l'horripilait tant. Et je pense que c'est parce que je te manque un peu.

Jessica faillit exploser de rire, mais elle se retint de lui faire subir cette humiliation. À la place, elle enchaîna :

— Pas exactement... Je voulais te parler de Kevin, en fait...

Le visage de Lisandro se rembrunit aussitôt. Il affichait désormais une mine sombre qui contrastait beaucoup trop avec sa jovialité du début. Il soupira et se perdit dans la contemplation du menu qu'il connaissait par cœur.

— Je t'écoute, lâcha-t-il d'une voix contrariée.

— Il faut que tu m'aides à lui coller une nana dans les pattes. Je n'en peux plus... Il est constamment sur mon dos, il a même menacé de faire virer Martin si jamais nous avions une aventure ensemble...

Lisandro ne put s'empêcher de rire en entendant cette dernière phrase.

— Pour ça, il faudrait que Martin ait des couilles, s'esclaffa Lisandro. Il est incapable de faire le premier pas quand une nana lui plaît...

Jessica fronça les sourcils en assimilant cette révélation. C'était plutôt bon à savoir...

— Peu importe ! s'agaça-t-elle. En admettant que ça arrive, je ne veux pas qu'il se fasse virer pour ça. Je n'ai pas envie d'avoir ça sur la conscience... Surtout si c'est juste une histoire d'un soir.

Lisandro étudia Jessica quelques secondes avant de répondre.

— Tu es consciente que Martin n'est pas le genre de type à avoir des histoires d'un soir ? Tu comptes donc lui briser le cœur ? Je pense que Kevin pourrait apprécier, je vais lui en parler.

— Je n'ai jamais dit ça ! se défendit Jessica. Ne lui dis surtout pas ça...

Jessica implora Lisandro du regard. Elle avait un réel problème avec l'engagement et même si elle doutait que son attirance incontrôlable pour Martin ne soit assouvie en une nuit, elle ne préférait pas envisager les choses à long terme. Surtout qu'ils étaient collègues...

— Tu sais, si tu envisages réellement de n'accorder qu'une nuit à Martin, il vaut peut-être mieux qu'il se fasse virer ensuite. Je ne crois pas que l'ambiance serait facile entre vous, après ça... Kevin te rend sûrement service, continua Lisandro d'un air très sérieux.

Jessica ouvrit la bouche en grand puis la referma, à plusieurs reprises, comme un poisson hors de l'eau. Elle ne savait pas quoi répondre à ça. Heureusement, la serveuse les interrompit à ce moment-là pour prendre leurs commandes. Cela lui permit de reprendre ses esprits.

Lorsque la serveuse repartit, Jessica observa Lisandro.

— Tu n'es pas aussi bête que tu en as l'air, finalement...

Lisandro appuya une main sur son cœur, faisant mine d'être offensé.

— Tu me brises le cœur, là. À quel moment je t'ai laissé penser que j'étais bête ?

— S'il n'y en avait eu qu'un..., lâcha Jessica sans réfléchir.

Lisandro lui fit les gros yeux.

— Pardon, c'était trop facile, rigola-t-elle.

Et, à sa grande surprise, Lisandro se joignit à son rire.

Leurs plats arrivèrent enfin et, comme la première fois, ils étaient absolument succulents. En fait, Jessica se rendit compte qu'elle éprouvait de l'affection pour Lisandro. Elle l'aimait beaucoup et elle espérait qu'ils pourraient rester amis pendant longtemps.

— Je t'aime bien, tu sais, avoua-t-elle en finissant son assiette.

— Toutes les nanas m'aiment, ma belle.

— C'est ça, se moqua-t-elle.

Ils commandèrent tous deux un dessert lorsque la serveuse les interrompit une nouvelle fois pour les débarrasser. À présent, le restaurant était plein à craquer et il devenait difficile de s'entendre.

— Alors, qu'est-ce que tu me conseilles ? reprit Jessica.

— Wooo, lâcha Lisandro en levant les mains face à elle. Je n'ai jamais proposé de te donner des conseils. En te rejoignant ici, je pensais qu'on allait flirter ensemble... pas qu'on parlerait de tes problèmes de cœur. Franchement,

Jess... Est-ce que tu crois vraiment que je suis ce genre de mec ?

Jessica toisa Lisandro avec agacement.

— Est-ce que tu connais la *friendzone* ? demanda-t-elle.

— Bien sûr ! Quand je pense qu'il y a de pauvres types qui ne voient pas qu'ils y sont, se moqua Lisandro.

— Eh bien, désolée de te l'annoncer, mais tu fais partie de la mienne, répliqua Jessica en jaugeant sa réaction.

Cette réplique eut le mérite de lui couper le sifflet et elle s'en voulut presque de lui faire de la peine. Puis un sourire carnassier fendit le visage de Lisandro.

— C'est une blague pour m'induire en erreur ? suspecta-t-il.

— Heu... non, désolée... Donc si tu veux que je continue à te « fréquenter », on parlera de mes problèmes de cœur. Et des tiens, si tu en as besoin.

Jessica afficha, à son tour, un sourire espiègle, lui faisant bien comprendre qu'elle l'avait eu. Le visage de Lisandro s'affaissa une seconde fois.

— Non... impossible ! Je t'ai offert des cadeaux...

— Et je t'ai proposé de te les rendre. Allez, ne me dis pas que tu te faisais encore des films après notre conversation de la dernière fois ? S'il te plaît, sois sympa... Je n'ai pas besoin d'un autre « Kevin » sur le dos.

Lisandro soupira avec mauvaise grâce. Bien sûr qu'il n'était pas amoureux de Jessica. Il la trouvait juste très attirante et en aurait bien fait son quatre-heures. Dommage qu'elle le rembarre aussi vivement. Dans le fond, il l'appréciait et cela l'amusait de lui faire croire qu'elle lui faisait de la peine. Lisandro adorait jouer la comédie, c'était d'ailleurs pour ça qu'il remportait un franc succès auprès de la gent féminine. Il s'adaptait à tous les caractères pour arriver à ses fins.

— Bon... très bien !

— Alors, qu'est-ce que tu me conseilles pour que Kevin arrête d'être sur mon dos ?

Lisandro haussa les épaules.

— J'ai déjà essayé de lui présenter des nanas, mais il n'y a rien à faire... Il ne s'y intéresse pas. Il ne fait que les comparer à toi, c'est tellement soûlant ! dit Lisandro en levant les yeux au ciel.

— Alors, raconte-lui des bobards. Dis-lui qu'on a couché ensemble et que... j'en sais rien, que j'ai fait des trucs inavouables et dégoûtants, proposa Jessica.

Elle ne savait même pas ce qu'elle racontait.

— Je suis sûr qu'il me truciderait s'il croyait qu'on a couché ensemble... Il fait comme si cela lui était égal que je te drague, mais ça l'emmerde beaucoup en réalité.

— Ça ne m'étonne pas...

L'heure du déjeuner se termina et Jessica n'avait pas avancé d'un millimètre. Elle était complètement démoralisée.

— Allez, Miss cinglée, je t'invite, conclut Lisandro en lui adressant un clin d'œil.

— Merci, répliqua-t-elle en souriant.

Elle se retint de lui dire qu'il n'était pas obligé de faire ça. Une fois l'addition payée, Lisandro raccompagna Jessica à sa voiture.

— Même si je suis dans la *friendzone*, je n'ai pas l'intention de laisser tomber, tu sais ?

— L'espoir fait vivre... mais bon, si tu continues à m'inviter, je continuerai à accepter tes rendez-vous, répliqua Jessica avec un sourire bienveillant.

Puis elle entra dans sa voiture et adressa un signe de la main à Lisandro qui affichait une moue boudeuse.

Lorsqu'elle retourna au boulot, elle décida d'envoyer un mail à son supérieur dans lequel elle lui annonçait qu'elle sortait avec Lisandro et qu'ils déjeunaient très souvent ensemble. Le meilleur moyen de brouiller les pistes, n'était-il pas de donner de fausses informations tout en se basant sur une part de vérité ? Christian ne répondit pas tout de suite. Pourtant, elle savait qu'elle aurait très vite de ses nouvelles.

L'après-midi passa à une lenteur folle et Jessica ne pensait qu'au moment où elle allait quitter son bureau. Le moment où elle allait rejoindre Martin... Son absence était un peu trop pesante à son goût, ce qui la démoralisait encore plus.

Mais pourquoi je me suis entichée de cet intello qui m'a tapé sur les nerfs pendant six longs mois ?

C'était tout simplement incompréhensible ! Jessica essaya néanmoins de se concentrer sur son travail pour avancer dans son projet. Ses pensées ne faisaient que dévier vers Martin et son inquiétude prit le dessus. Est-ce qu'il allait bien ? Est-ce qu'il avait besoin d'elle ? Elle se serait bien giflée d'être à ce point accro à lui...

Il était à peine 15h lorsqu'elle décida de partir le rejoindre. C'était tout bonnement plus fort qu'elle. Et puis, elle n'avait jamais « séché » le travail avant aujourd'hui, elle pouvait bien s'octroyer quelques heures de répit, non ? Elle rangea ses affaires, éteignit son PC et sortit avec discrétion, vérifiant que personne ne la voyait. Ensuite, elle se précipita jusqu'à sa voiture comme une voleuse. Elle savait parfaitement que cette réaction était débile, surtout avec les caméras de surveillance... mais, encore une fois, c'était plus fort qu'elle.

Une fois derrière son volant, elle hésita. Elle ne savait pas comment réagirait Martin en la découvrant sur son palier. Pourtant, cette crispation dans son ventre, cette espèce de manque insidieux qui ne la quittait plus décida pour elle. Il fallait absolument qu'elle le voie. Elle démarra sans réfléchir et suivit la route qui menait jusque chez son collègue. La même route que pour aller chez Kevin... Était-ce un coup du destin ? La situation se répéterait-elle de façon inversée de sorte qu'elle ressente exactement ce que Kevin avait ressenti lorsqu'elle l'avait abandonné ? Jessica espérait que non. Pourtant, le doute et l'angoisse l'étreignirent...

Elle arriva enfin sur le petit parking de la résidence et se gara sur la place la plus proche. Malgré la chaleur, sa peau était parcourue de chair de poule face à l'angoisse. Elle resta quelques minutes dans sa voiture, hésitant entre se pointer directement chez Martin ou lui envoyer un message d'abord. Au bout d'un moment, elle finit par lui envoyer quelque chose de très succinct.

Jessica : Salut… Juste pour te prévenir que j'arrive. Je suis en bas de chez toi.

13

Martin émergea difficilement lorsqu'il entendit son téléphone sonner. Il était toujours dans son lit. Un médecin était passé le matin même pour lui confirmer qu'il avait la grippe et qu'il avait besoin de repos. Il devait d'ailleurs envoyer son arrêt de travail.

Lorsqu'il lut le message de Jessica, son cœur s'accéléra et la panique l'envahit. Sa tête menaça d'exploser. À coup sûr, il avait encore de la fièvre... La grippe le fatiguait énormément et il avait du mal à se lever pour au moins s'habiller avant que sa collègue ne frappe à la porte. Ses muscles étaient tout endoloris et il tenait à peine sur ses jambes. Il enfila un bas de jogging gris et un T-shirt noir à la va-vite puis se traîna jusqu'à l'entrée. Juste à temps pour entendre trois petits coups et la voix de Jessica.

— Martin ? C'est moi...

Martin ouvrit la porte et s'appuya contre le chambranle.

— Qu'est-ce que tu fais là ? Il est à peine 15h30...

Sa voix était faible et ses yeux toujours cernés par la fatigue et la maladie.

— Je n'arrivais pas à travailler. Du coup, je me suis dit que j'allais prendre de tes nouvelles, répondit Jessica avec un sourire timide.

Martin soupira.

— Je ne suis pas au mieux de ma forme... Je préfère être un peu tranquille, Jess. En six mois, j'ai déjà loupé un ou deux jours de boulot et jamais tu n'as réagi comme ça... J'ai du mal à te suivre.

Jessica pinça les lèvres, mais posa la main sur la porte pour empêcher Martin de la lui claquer au nez.

— Je sais... Laisse-moi entrer, s'il te plaît. Je vais t'expliquer.

Martin plissa les yeux. Il fit de son mieux pour paraître sûr de lui et en forme. Cela lui demanda une énergie considérable.

— Je croyais que je te mettais mal à l'aise..., lâcha-t-il sans comprendre.

Néanmoins, il ouvrit un peu plus la porte pour la laisser entrer puis se dirigea vers le canapé où il s'allongea avec faiblesse. Jessica referma la porte derrière elle avant de le suivre et de s'asseoir sur le fauteuil près de lui. Un bras sur le front, les yeux fermés, Martin lutta pour parler.

— Alors, explique-moi, bredouilla-t-il, d'une voix presque inaudible.

Jessica observa son collègue, en se triturant les mains, avant de se lancer.

— En fait, tu ne me mets pas mal à l'aise, commença-t-elle avec hésitation.

Il y eut un silence de quelques secondes et Martin ouvrit les yeux pour la fixer.

— Alors quoi ? demanda-t-il sans comprendre.

Jessica détourna le regard en se tordant un peu plus les doigts.

— Depuis le soir où...
— Où je t'ai consolée ? compléta Martin.
— Oui... depuis ce soir-là, je n'arrête pas de penser à toi, lâcha-t-elle dans un souffle, sans oser croiser le regard de Martin. C'est juste de l'attirance physique... Je dois être un peu en manque.

Jessica se sentait si vulnérable qu'elle ne savait plus quoi dire ou quoi faire. Son cœur battait tellement fort à ses tempes qu'elle avait l'impression de devenir sourde.

Martin, quant à lui, était un peu sous le choc. Il ne savait pas trop quoi penser de cette révélation.

— Est-ce que tu profites de ma faiblesse pour te moquer de moi ? demanda-t-il avec prudence.

Jessica haussa simplement les épaules en fixant le sol.

— Prends-le comme tu veux..., dit-elle tout de même.

— C'est pour ça que tu me regardes bizarrement ?

Jessica pinça encore une fois les lèvres, un tic nerveux qu'elle faisait très souvent ces derniers temps.

— Oui. Je suis sûre que si on couchait ensemble, ça passerait...

Martin manqua de s'étouffer face à cette proposition, alors que Jessica n'en pensait pas un mot. Elle doutait qu'une seule partie de jambes en l'air avec Martin suffise à assouvir cette passion dévastatrice qui la consumait dès qu'il était près d'elle. Mais son problème avec l'engagement l'obligeait à rester évasive.

— Tu me proposes... un *plan cul* ?! s'étrangla Martin en devenant tout rouge.

— J'ai dit ça comme ça...

Les paupières de Martin se refermèrent sous la fatigue. Pourtant son corps était crispé à l'extrême. Il n'avait jamais pensé qu'il susciterait de tels sentiments chez sa collègue. Cela le perturbait et le réjouissait tout autant.

— Tu es au courant que j'ai la grippe, au moins ? murmura-t-il pour donner le change.

— Oui... Justement, je m'inquiétais pour toi.

Martin sentit une douce chaleur enfler dans sa poitrine. Pourtant, il continua à se montrer distant. Après tout, Jessica lui avait déjà prouvé qu'elle ne reculait devant rien pour se venger. Et, à vrai dire, son comportement soudain attentionné lui faisait un peu peur. Qui savait ce qu'elle mijotait vraiment...

— Et tu crois qu'une fois remis sur pieds, je vais te sauter dessus ?

Jessica haussa une nouvelle fois les épaules.

— C'est ce que font la plupart des mecs quand je leur dis qu'ils m'intéressent...

Martin leva ses sourcils brun foncé et secoua la tête avec exaspération.

— Je ne suis pas la plupart des mecs... et je n'ai pas confiance en toi.

Jessica sentit son ventre se comprimer et une peur insidieuse la consumer peu à peu.

— Je ne me suis *jamais* pris de râteau ! s'emporta-t-elle.

Martin avait toujours un peu de mal à se concentrer sur la conversation. Pourtant, un léger sourire étira le coin de ses lèvres.

— Ne dit-on pas que l'exception confirme la règle ? Si tu veux me séduire, il va falloir y mettre un peu du tien et me prouver que je peux avoir confiance en toi ; que ce n'est pas une autre petite vengeance de ta part pour je ne sais quelle raison.

En d'autres circonstances, Martin n'aurait jamais osé lui parler de cette façon. Néanmoins, il n'arrivait pas à s'empêcher de provoquer Jessica.

— Très drôle ! se moqua cette dernière.

Toutefois, cette réplique l'énerva au plus haut point. Jessica ne supportait pas qu'on lui dise non. C'était le genre de femme prête à taper un scandale pour avoir ce qu'elle voulait. Et ce qu'elle voulait maintenant, c'était Martin !

— Bon... On sait tous les deux que tu es plutôt du genre à attendre que les femmes fassent le premier pas. Et, à mon avis, il ne doit pas y en avoir des masses... En plus, je suis jolie, donc je ne vois pas où est le problème...

— Tu oublies Stessie, répliqua Martin. Et, franchement, ce n'est pas avec ce genre de « compliments » que tu arriveras à me convaincre...

Jessica soupira et leva les yeux au ciel.

— OK, désolée. Mais je ne sais vraiment pas draguer, se plaignit-elle en faisant une moue charmeuse.

— Tu vas devoir apprendre si je t'intéresse tant que ça.

Jessica croisa les bras sur sa poitrine, contrariée, alors que Martin faisait tout son possible pour cacher le tumulte d'émotions qui le parcourait.

— Je sais comment faire craquer n'importe quel mec ! Et je n'ai pas l'habitude d'avoir des relations sérieuses, donc...
— Tu es une traînée, j'ai compris.
Cette remarque cloua la bouche de Jessica quelques secondes.
— Je ne suis pas une traînée ! se défendit-elle vivement. C'est toujours pareil avec vous, les mecs ! Dès qu'une nana a une vie sexuelle débridée, c'est une pute, mais quand c'est un homme tout est différent !
— Ça me tue de te dire ça, mais tu devrais plutôt coucher avec Lisandro. Je pense que c'est plus ton genre...
Jessica se calma immédiatement.
— C'est vrai mais, malheureusement pour lui, il ne me fait aucun effet, contrairement à toi...
Martin se redressa, le cœur battant et la tête en vrac à cause de la fièvre.
— Si jamais on couche ensemble, ce ne sera pas juste du sexe, Jessica. Ce n'est pas dans mon caractère et, surtout, ce genre de relation ne m'intéresse pas.
Son regard insistant provoqua des bouffées de chaleur à Jessica. Elle le fixa, la bouche entrouverte et la respiration saccadée. Malgré sa pâleur, Martin lui faisait un effet dévastateur et sa promesse qu'il n'y aurait pas que du sexe entre eux la rendait toute chose. Cela aurait dû la faire paniquer mais, contre toute attente, ce n'était pas le cas.
Elle prit une grande inspiration et se leva brusquement.
— OK... bon... Je crois qu'on devrait parler d'autre chose...
Elle se tourna dans tous les sens à la recherche d'un truc à faire.
— Qu'est-ce que tu cherches ? demanda Martin.
— Le thermomètre. Tu surveilles bien ta température ?
Martin leva les yeux au ciel, à son tour.
— Arrête avec ça...
Puis Jessica se précipita vers la cuisine pour préparer une tisane de thym ainsi qu'une compote avec une pincée de

cannelle. Elle revint ensuite vers Martin et lui ordonna de tout avaler. Ce dernier fit la grimace, mais ne se fit pas prier. Il adorait que sa collègue soit aux petits soins pour lui, même si cela le mettait aussi mal à l'aise. Après tout, ils ne se connaissaient pas si bien que ça...

— Tu devrais retourner au boulot, commença Martin.

Il était toujours assis dans le canapé et se sentait un peu mieux.

— Et si j'ai envie de dormir ici ? le provoqua Jessica.

Elle ne savait même pas pourquoi elle avait dit ça...

Martin haussa les épaules et cacha du mieux possible son trouble. Ses joues rougirent malgré lui et une bouffée de chaleur l'envahit.

— Tu sais que je pourrais porter plainte pour harcèlement ? lança Martin pour remettre sa collègue à sa place.

Jessica marqua un temps d'arrêt avant de s'enfoncer dans le fauteuil et de croiser les bras sur sa poitrine. Elle fixa Martin avec colère.

— Tu n'oserais pas...

— Écoute, Jess, je suis malade et j'ai beaucoup de mal à réfléchir. Rentre chez toi. On parlera de tout ça plus tard...

Cela le tuait de lui dire ça, mais il savait que c'était la meilleure chose à faire.

— Je voulais seulement t'aider un peu, se plaignit-elle.

— Merci, ça me touche. J'aimerais être un peu tranquille maintenant.

Jessica se leva à contrecœur pour se diriger vers la porte. Au moment de sortir, elle se tourna vers Martin.

— Tu m'enverras quelques messages ? demanda-t-elle timidement.

Martin la fixa avec méfiance.

— Arrête de faire comme si j'allais te manquer !

Jessica pinça les lèvres. Elle n'était pas encore tout à fait prête à avouer ce genre de chose. Tout simplement parce que jusqu'à présent aucun homme ne lui avait jamais manqué. De plus, le fait que Martin la prenne de haut l'énervait. Pourquoi ne la croyait-il pas sur parole ? C'est vrai qu'elle l'avait drogué pour lui faire subir un accouchement, il y avait moins d'un mois, mais tout de même... À part ce petit incident, il n'avait aucune raison de la traiter comme ça.

Contrariée, elle claqua la porte derrière elle et retourna à sa voiture.

Martin resta un moment à fixer la porte, sans comprendre ce qui venait de se passer. Il se demanda même s'il n'avait pas rêvé. Peut-être que la fièvre le faisait délirer ? Il espérait vraiment que cette vilaine grippe allait passer mais, pour l'heure, il se reposa sur son canapé et regarda une nouvelle saison de sa série préférée. Il se surprit encore une fois à s'imaginer à la place de Arrow, alors que Jessica jouerait le rôle de Felicity...

14

Le lendemain, Jessica fit de son mieux pour se concentrer sur son travail. Elle avait complètement oublié le mail qu'elle avait envoyé à son patron concernant sa fausse relation avec Lisandro. Elle sursauta lorsqu'elle entendit la porte du bureau s'ouvrir. Le cœur battant, elle s'attendit à voir Martin. Mais ce fut Lisandro qui entra. Il se tint devant elle, les bras croisés et le regard furibond. L'enthousiasme de Jessica redescendit immédiatement.

— Qu'est-ce que tu as fait ?! commença-t-il avec colère.

Jessica prit une grande inspiration puis l'observa avec un sourire contrit.

— Je suppose que tu as vu Kevin..., lâcha-t-elle maladroitement.

Ce n'est qu'à ce moment-là qu'elle remarqua sa lèvre fendue et l'esquisse d'un œil au beurre noir.

— Ouais...

— Bon sang ! Vous vous êtes battus ? s'alarma-t-elle en se précipitant vers lui pour examiner ses blessures.

— Disons plutôt qu'il m'a sauté à la gorge dès que je me suis pointé à notre répét'...

Jessica sentit la culpabilité l'envahir. Elle attrapa le menton de Lisandro pour avoir un meilleur angle sur sa lèvre et son œil gonflés. Au début, Lisandro fut un peu surpris par ce geste, mais il se laissa faire sans broncher.

— Je ne pensais pas qu'il réagirait si violemment..., je voulais juste qu'il me foute la paix avec Martin. Christian me surveille de près pour voir s'il se passe quelque chose entre nous...

Elle relâcha enfin Lisandro sans toutefois le quitter des yeux.

— Qu'est-ce que Christian a à voir dans cette histoire ? s'emporta Lisandro, les bras toujours croisés sur son torse.

— C'est... mon patron. Je pensais que tu le savais.

Lisandro fixa Jessica un instant.

— Tu plaisantes ? demanda-t-il, septique.

— Non. C'est grâce à Kevin que j'ai obtenu ce poste... Du coup, Christian me surveille et ça m'énerve tellement !

— Je vois.

— Alors... tu ne m'en veux pas trop ? continua Jessica en faisant une petite moue charmeuse.

Lisandro lui adressa une grimace avant de répondre.

— Tu vas devoir te faire pardonner, dit-il avec un air malicieux.

Jessica plissa les yeux.

— C'est ça, je te vois venir. Ne crois pas que ce petit incident va m'obliger à faire quoi que ce soit.

— Tu pourrais juste venir avec moi pour lui parler... Arrête de croire que je suis un mec irrespectueux et calculateur.

— Je n'ai jamais dit ça...

— Mais tu le penses tellement fort que je t'ai entendue.

Jessica leva les yeux au ciel.

— Bon, très bien.

Des pas dans le couloir leur indiquèrent que quelqu'un d'autre arrivait. De nouveau, le cœur de Jessica s'emballa en espérant voir Martin. Malheureusement pour elle, ce fut Christian qui fit son apparition. Il marqua un temps d'arrêt lorsqu'il remarqua Lisandro, puis se tourna vers Jessica, les sourcils froncés par l'incompréhension. Et avant qu'il ne puisse dire quoi que ce soit, Jessica prit les devants.

— Tu es content de toi ? explosa Jessica en désignant Lisandro.

— De quoi est-ce que tu parles ? répliqua Christian, un peu décontenancé par le ton de son employée.

— Je suis sûre que tu as transféré mon mail à Kevin et il a pété les plombs ! Regarde ce qu'il a fait...

Christian crispa les mâchoires en fixant Jessica, puis Lisandro.

— Je vais lui en toucher deux mots, capitula ce dernier.

Il savait que Jessica était le genre de femme qui ne lâchait pas l'affaire une fois qu'elle avait une idée en tête. Inutile de s'opposer à elle. Christian attendit quelques secondes pour que Jessica retrouve son calme avant d'enchaîner :

— Je venais te voir pour autre chose. Martin est encore absent aujourd'hui et son travail ne fait que s'accumuler. Donc c'est à toi de le remplacer pendant ses jours d'absence.

Jessica croisa les bras sur sa poitrine.

— Donc, s'il se fait virer, ce sera aussi à moi de faire son travail en plus du mien ? s'agaça-t-elle.

— Exactement. Dans un premier temps du moins...

— C'est non ! Tu sais, il existe des agences d'intérim pour ce genre de problème, le provoqua Jessica, tandis que Lisandro l'observait avec un petit rictus amusé.

Jessica avait un caractère qui le fascinait.

Christian soutint les yeux gris acier de Jessica sans ciller. Il était même un peu blasé.

— Je suis ton supérieur, alors montre-moi un peu de respect quand même.

Jessica se crispa de plus belle, affichant son plus bel air buté.

— Si tu m'obliges à faire ça, je me ferai arrêter aussi, annonça-t-elle.

Et Lisandro ne put s'empêcher d'exploser de rire. Christian et Jessica se tournèrent vers lui d'un même mouvement et le toisèrent avec humeur. Lisandro se calma immédiatement. Pourtant, ses yeux brillaient encore d'hilarité. Jessica se sentait un peu ridicule. Néanmoins, elle se devait de défendre ses droits.

— Christian, sois sérieux... Tu crois que j'ai le temps de faire mon travail et celui de Martin ? Si c'était le cas, il n'y aurait pas deux postes ici... Et, si par magie, j'arrive à m'en sortir, tu ne prendras personne d'autre. Je ne suis pas née de la dernière pluie, je sais comment ça fonctionne...

Christian la dévisagea quelques secondes. Jessica avait été son amie à une époque et il ne voulait pas se disputer avec elle. Même s'il savait que la situation délicate dans laquelle le mettait Kevin risquait d'empirer les choses. Il avait voulu le soutenir, mais il réalisait que ses menaces étaient un peu excessives.

— Fais de ton mieux, trancha-t-il, finalement, d'un ton autoritaire propre à son statut.

Christian afficha un visage impassible, il ne pouvait se permettre d'être plus sympa avec Jessica. Cela lui aurait enlevé toute crédibilité auprès des autres employés. Peu importait que Jessica soit plus proche de lui que les autres, d'une certaine manière. S'il faisait du favoritisme, plus personne ne le prendrait au sérieux.

Jessica soupira et laissa retomber ses bras le long de son buste. Elle afficha une moue contrariée, alors que Christian passait la porte sans même la regarder. Lisandro fit quelques pas vers elle, ce qui attira son attention. Il paraissait toujours aussi amusé par la situation et cela agaçait Jessica au plus haut point.

— Qu'est-ce qu'il y a de si drôle ? lâcha-t-elle enfin.

— Toi. Tu me fais rire. Je n'ai jamais vu quelqu'un avec autant de caractère face à son patron.

— Je croyais que tu rencontrais souvent des « dragons », comme tu dis. C'est le terme dont tu m'as qualifiée la première fois qu'on s'est vus..., non ? répliqua Jessica avec condescendance.

Lisandro continua de l'observer. Étant donné l'humeur exécrable de Jessica, il choisit de faire profil bas et n'en rajouta pas.

— C'est vrai, dit-il simplement.

Martin resta encore plusieurs jours chez lui à reprendre petit à petit des forces. Durant la fin de la semaine, il ne reçut aucune nouvelle de Jessica. Aucun SMS ni aucune visite... Au moment où il pensait enfin avoir attiré l'attention de sa collègue, il avait fallu qu'il tombe malade !

Quelle poisse !

Le lundi suivant, il se sentait beaucoup mieux. Pourtant, l'angoisse lui vrillait les entrailles alors qu'il était sur le chemin du travail. Revoir Jessica après ces quelques jours un peu bizarres et son aveu déstabilisant le stressait beaucoup plus qu'avant.

Lorsque Martin se gara devant son entreprise, il secoua la tête pour essayer de faire le vide. Il savait de quoi était capable sa collègue et le doute persistait toujours au fond de lui. Elle lui avait sûrement avoué son attirance pour le perturber et peut-être même se moquer de lui.

Martin sentit son ventre se comprimer. Il prit une profonde inspiration avant de sortir de sa voiture et d'entrer dans l'entreprise. Il ne savait pas vraiment à quoi s'attendre en marchant dans le couloir jusqu'à la salle de pause. Il se servit un café et resta quelques minutes à réfléchir aux différents scénarios qui s'offraient à lui.

Des bruits de talons aiguilles le sortirent de ses pensées et il se crispa lorsque Jessica entra dans la salle de pause. Elle paraissait normale, peut-être juste un peu plus joyeuse que d'habitude.

— Tu vas mieux ? demanda-t-elle sans même le regarder.

Elle se servit également un café, en tentant de cacher son trouble de revoir enfin Martin. Elle se gifla intérieurement. Elle détestait se sentir si fébrile en sa présence. Ses jambes tremblaient, son cœur battait trop vite et trop fort. Elle espérait que Martin ne remarquerait pas qu'elle était subitement essoufflée et probablement rougissante.

— Beaucoup mieux, répondit Martin en observant Jessica avec méfiance.

Encore une fois, il trouva son attitude étrange. Leurs regards se croisèrent et ce contact, aussi intime que distant, les scotcha tous les deux comme si le temps s'était arrêté. La respiration de Martin s'accéléra subitement, mais il faisait tout son possible pour se maîtriser.

— Qu'est-ce que tu mijotes ? demanda-t-il finalement. Me faire subir un accouchement n'était pas suffisant ?

Jessica ouvrit la bouche puis la referma comme un poisson hors de l'eau. Elle se détestait de paraître si stupide devant Martin, alors que d'ordinaire ses réparties étaient acérées.

— De quoi est-ce que tu parles ? balbutia-t-elle sans comprendre.

— De tes visites à domicile et des révélations plus que douteuses que tu m'as servies..., lâcha Martin.

Autant crever l'abcès dès maintenant..., se dit-il.

— Q... quoi ? Quelles révélations ? s'étouffa Jessica.

Elle savait pertinemment de quoi il parlait mais, pour une raison qu'elle ignorait, elle perdit tous ses moyens. Pendant les jours où son collègue était absent, Jessica avait attendu un message de sa part. Nuit et jour, elle était restée accrochée à son téléphone, en vain... Elle s'était efforcée de ne pas l'embêter après la façon dont il l'avait mise dehors lors de sa dernière visite chez lui.

Martin posa son café sur la table sans la quitter des yeux. Il parcourut les quelques pas qui les séparaient avec détermination.

— Ne te moque pas de moi, Jess. Tu as forcément une idée derrière la tête pour m'avoir servi tes salades sur les plans cul !

Leurs corps étaient à quelques centimètres l'un de l'autre. Jessica respira l'odeur de Martin malgré elle, complètement hypnotisée par son regard noisette, tandis que ce dernier subissait les mêmes effets.

Ils étaient tous les deux dans un état de transe inhabituel qui les perturbait beaucoup. Alors Jessica fit la seule chose dont elle avait envie. Elle passa ses bras autour du cou de Martin et se colla contre lui pour savourer la proximité de cet homme qui la rendait folle.

Martin retint son souffle, sans cesser de la fixer. Il avala difficilement sa salive, le cœur battant au rythme de sa respiration fébrile. Jessica l'attira doucement vers elle et Martin se laissa faire. Elle posa sa bouche sur la sienne et, avec douceur, elle l'embrassa lentement puis chercha la langue de Martin. Un gémissement échappa à Jessica lorsqu'elle la trouva. Martin n'osait toujours pas bouger, mais ce son résonna en lui comme un appel désespéré. Néanmoins, il lui rendit timidement son baiser. Il n'avait jamais été du genre à sauter sur les nanas.

Cependant, les sensations qu'il ressentait étaient tellement intenses qu'il enlaça sa collègue avec force et passion. Une de ses mains se crispa sur la taille de Jessica, tandis que l'autre vint trouver sa nuque pour approfondir ce baiser dévastateur ; ce baiser qui le faisait vibrer bien plus que lorsqu'il était avec Stessie. Il ressentit soudain une espèce de bouffée de chaleur et son sexe durcit instantanément. Un besoin irrépressible de lui faire l'amour l'envahit. Même s'il n'avait encore jamais fait ce genre de chose, il était à deux doigts de l'allonger sur la table...

Jessica était littéralement trempée ! Sa peau était parsemée de chair de poule et des frissons bien trop agréables la parcouraient. Ses mains glissaient sur les bras musclés de Martin, accentuant son état d'excitation. Cet homme avait sur elle l'effet d'une drogue et la rendait complètement inconsciente ! Mais ce baiser était tellement bon qu'elle s'en moquait. Elle se délecta de la bouche de Martin, tandis que son corps se crispait toujours plus.

Bientôt, elle ne tiendrait plus et devrait passer à la vitesse supérieure.

Elle tira sur la chemise de Martin pour la sortir de son pantalon. Elle glissa ensuite ses mains sur la peau chaude de son ventre. Martin eut un léger mouvement de recul, mais ne rompit pas le contact de leurs bouches. Après quelques secondes sans bouger, elle explora ses abdominaux durs comme de la pierre. Cela l'excita encore plus et elle fit tout pour se maîtriser bien qu'elle soit déjà allée un peu trop loin.

Jessica n'avait jamais eu besoin de se retenir de sauter sur un homme. Pourtant, elle avait conscience que l'endroit était inapproprié et si Christian les voyait, Martin serait viré...

Cette dernière pensée lui arracha un semblant de lucidité et elle repoussa doucement Martin. Le souffle court, elle le dévisagea, plongeant dans son regard noisette bien plus sombre que d'habitude. Les mots mirent plusieurs secondes à franchir ses lèvres, tandis que Martin soutenait ses yeux gris acier sans rien dire. Il était exactement dans le même état que Jessica et il avait du mal à reprendre ses esprits.

— On ne devrait pas faire ça... ici, balbutia-t-elle.

Martin hocha faiblement la tête. Pourtant, ils restèrent un moment enlacés à s'observer mutuellement, le souffle court et le cœur battant. Ils n'arrivaient pas à se détacher l'un de l'autre et n'entendirent pas les pas de Christian lorsqu'il entra dans la pièce. Ce dernier se racla la gorge et Jessica repoussa brusquement Martin lorsqu'elle découvrit son supérieur qui les observait avec réprobation. Une peur indescriptible l'envahit.

— Est-ce qu'il est au courant de ce qu'il risque au moins ? commença Christian d'une voix calme, en fixant Jessica.

Cette dernière pinça les lèvres, la peur au ventre.

— Ce n'est pas ce que tu crois ! paniqua-t-elle. Tu n'as pas le droit de le virer ! Christian, sois sérieux...

Martin les observa tous les deux sans vraiment comprendre.

— Heu... Vous parlez de moi ? demanda-t-il avec un très mauvais pressentiment.

— Martin, vous êtes convoqué dans mon bureau dans cinq minutes, ajouta Christian en tournant les talons. Je te laisse lui expliquer les vraies raisons, Jessica...

— Putain Christian ! hurla-t-elle. Je vais te mettre les prud'hommes au cul, bordel !!

La rage consuma Jessica lorsqu'elle vit Christian disparaître, puis elle se tourna vers Martin qui la dévisageait avec méfiance et la peur remplaça la colère.

— Explique-moi ce qui vient de se passer ! lui ordonna-t-il.

Jessica ferma brièvement les paupières. Elle tremblait comme une feuille lorsqu'elle répondit.

— Il vaut mieux t'asseoir..., murmura-t-elle, mal à l'aise.

— Putain, réponds-moi ! Je n'ai pas besoin de m'asseoir !

La panique la fit presque suffoquer lorsqu'elle commença à parler.

— Très bien... Depuis le soir où tu m'as consolée... Kevin a pété les plombs et... Christian est son meilleur ami. C'est grâce à Kevin que j'ai obtenu ce poste ici... Enfin, le fait est que Kevin a ordonné à Christian de te virer s'il se passait quoi que ce soit entre nous..., murmura Jessica en scrutant le sol avec angoisse.

— Je comprends mieux..., lâcha Martin avec amertume.

Il secoua la tête avec dégoût en se dirigeant vers la porte.

— Qu'est-ce que tu comprends ? s'inquiéta Jessica en se précipitant à sa suite.

Martin s'arrêta net et lui fit face. Son expression était désormais coléreuse et il se retint de frapper dans un mur.

— Tu es maligne, tu voulais juste te débarrasser de moi, dit-il calmement en contenant sa colère. Tout ça faisait partie de ton plan... Les visites à domicile et ta soudaine gentillesse... Tu es une bonne actrice, félicitations !

— Mais non ! gémit Jessica. Tu n'y es pas du tout...

Mais Martin ne l'écoutait plus, il avait déjà atteint l'ascenseur pour rejoindre leur supérieur. C'est à cet instant précis que Jessica ressentit une douleur tellement vive que les larmes lui montèrent aux yeux. Elle ne savait pas très bien ce que cela signifiait, mais la tristesse qui lui comprimait le cœur l'anéantit. Incapable de bouger, elle observa Martin monter dans l'ascenseur. Lorsque leurs regards se croisèrent de nouveau, la haine qui transparaissait dans celui de Martin l'affligea un peu plus.

Puis une idée lui traversa soudain l'esprit.

Martin se sentait tellement trahi qu'il ne vit pas les trois étages défiler. La sonnerie de l'ascenseur le fit sursauter lorsqu'il arriva à l'étage de son supérieur. Il fit tout son possible pour contenir sa rage et afficher une expression neutre en avançant jusqu'à la réception. La secrétaire, Babeth, qui accueillait les rendez-vous tenta de l'interpeler, mais il ne lui prêta aucune attention. Il marcha d'un pas déterminé vers le bureau de Christian. Les poings serrés, il toqua à la porte ouverte. Christian, qui était assis à son bureau et imprimait des papiers, releva les yeux vers lui.

— Refermez la porte et asseyez-vous, lui indiqua Christian.

Martin s'exécuta, les muscles et la mâchoire crispés. Il n'arrivait pas à cacher son énervement et fixait Christian sans cesser de pianoter sur l'accoudoir de sa chaise.

— Bien. Je suppose que Jessica vous a expliqué la raison de cette convocation mais, officiellement, vous êtes mis à pied pour absences non justifiées. Voici votre lettre de convocation à l'entretien préalable qui aura lieu dans six jours. Signez ici.

Martin avala difficilement sa salive en signant la décharge puis en prenant la lettre que Christian lui tendit.

— Pour absences non justifiées..., répéta-t-il avec amertume. Donc, je suis licencié ?

— Pas encore, déclara Christian en se levant.

Martin l'imita et ce fut à cet instant que Jessica entra dans le bureau comme une furie.

— Christian, ne fais pas ça ! s'écria-t-elle à bout de souffle, comme si elle avait pris l'escalier au lieu de l'ascenseur.

Et c'était précisément le cas.

À présent, Martin avait du mal à se trouver dans la même pièce que cette garce sans cœur. Il s'en voulait d'avoir autant aimé ce baiser torride qu'ils avaient échangé. Mais le seul but de Jessica était de se débarrasser de lui, il en avait la certitude ! Avec fatalité, Martin s'en alla. La rage qu'il ressentait quelques minutes plus tôt se transformant en tristesse. Il venait de perdre son job à cause d'une garce sans cœur... Il aurait dû écouter son instinct et l'ignorer au lieu d'essayer de la séduire. Ses tentatives maladroites l'avaient tellement énervée qu'elle avait réussi à le faire virer. Cela le dégoûtait... Cette fille ne méritait pas qu'il pense à elle. Pourtant, si son cerveau avait déjà tranché, son cœur, lui, avait du mal à relativiser...

15

Jessica regarda Martin partir avec un pincement au cœur, puis se tourna de nouveau vers Christian.

— Est-ce que tout va bien, Monsieur ? intervint la secrétaire qui avait suivi Jessica jusque sur le seuil de la porte.

Elle n'avait pas pu s'en empêcher et son travail consistait quand même à gérer les rendez-vous...

Jessica détailla Babeth avec condescendance, comme elle avait l'habitude de le faire avec les autres femmes. Et Babeth soutint son regard jusqu'à ce que Christian lui réponde.

— Ça ira, merci, Babeth.

Cette dernière plissa les yeux en reportant son attention sur Jessica, puis se décida à retourner vers son bureau. Elle était proche de la cinquantaine et elle détestait les jeunes femmes comme Jessica qui se croyaient tout permis parce qu'elles étaient jolies et intelligentes ! Babeth soignait toujours son apparence et était plutôt coquette, mais elle ne s'était jamais permis de traiter les autres avec autant de mépris que cette garce sans cœur, comme la surnommait tout le personnel.

Jessica soupira avant de refermer la porte derrière Babeth pour éviter tout commérage. Puis elle se tourna vers Christian et croisa les bras sur sa poitrine.

— Je démissionne ! annonça-t-elle avec détermination.

Christian la dévisagea d'un air blasé. Il en avait plus que marre de ces enfantillages. Il n'aurait jamais dû accepter les caprices de Kevin. Il voulait juste lui remonter le moral mais, quand il voyait comment tout ça était en train de dégénérer, ça l'agaçait. Surtout qu'il ne voulait pas perdre ses deux éléments essentiels... Malheureusement, pour sa crédibilité, il ne pouvait pas revenir en arrière.

— Retourne à ton poste, la congédia-t-il avec calme avant de reprendre le dossier sur lequel il travaillait quelques minutes plus tôt.

— Tu ne me prends pas au sérieux ? s'insurgea Jessica en sentant la colère l'envahir.

Christian ne prit même pas la peine de la regarder. Il tourna les pages de son dossier comme si elle n'était pas dans la pièce.

— Je t'ai offert un poste pour faire plaisir à Kevin, mais tu n'es pas indispensable, même si je t'aime bien. Donc libre à toi, répondit Christian avec un détachement feint.

— Tu n'es qu'un...

Christian leva une main pour la dissuader de continuer et reporta enfin son attention sur elle.

— Ne t'avise pas de m'insulter !

— Connard arrogant, lâcha-t-elle tout de même, en sortant en trombe du bureau de son supérieur.

Elle n'entendit pas ce qu'il lui répondit et passa devant Babeth, sans même un regard. Elle perçut, tout de même, les portes des bureaux voisins s'ouvrir pour savoir ce qu'il se passait.

Jessica appuya sur le bouton d'appel de l'ascenseur en trépignant d'impatience. Elle voulait absolument retrouver Martin avant qu'il ne s'en aille. Pourtant, Christian la rattrapa avant que les portes ne s'ouvrent.

— Signe ici, lui ordonna-t-il en lui tendant un stylo et un papier.

— Qu'est-ce que c'est ? demanda Jessica, prise au dépourvu.

Christian lui jeta un regard blasé sans prendre la peine de lui répondre. Son expression parlait pour lui, en fait. Alors Jessica signa le papier et Christian lui remit une enveloppe.

— La prochaine fois que tu m'insulteras, tu y réfléchiras à deux fois. C'est une sanction disciplinaire !

— Quoi ? Mais...

— Si tu croyais être au-dessus des autres salariés parce qu'on se connaît, tu te trompes. J'ai toujours quelques modèles de lettre type à disposition pour ce genre d'incident.

Jessica serra les dents. Surtout lorsqu'elle s'aperçut que tout le service les observait. Heureusement, les portes de l'ascenseur s'ouvrirent à cet instant et lui offrirent une fuite plutôt digne. Elle s'engouffra à l'intérieur et appuya frénétiquement sur le bouton du rez-de-chaussée. Elle se sentait tellement humiliée !

Les portes se refermèrent enfin et l'ascenseur commença sa descente.

Arrivée à son étage, elle courut dans le couloir, espérant retrouver Martin. Elle atteignit enfin leur bureau, mais son collègue n'était déjà plus là. Ses jambes se mirent soudain à trembler devant cette réalité et un vide immense envahit son cœur.

Bon sang ! Mais qu'est-ce qui m'arrive ? se demanda-t-elle.

Alors Jessica décida de se rendre chez lui. Elle savait que, après ce qui s'était passé, ce n'était pas la meilleure chose à faire, mais elle n'arrivait pas à se raisonner. Elle avait besoin de voir Martin, surtout après ce baiser torride qu'ils venaient d'échanger. Ce baiser qui restait gravé dans son cœur l'avait touchée au plus profond de son être...

Jessica attrapa son sac à main, glissa la lettre que lui avait remise Christian dedans et se précipita vers sa voiture.

Lorsque Martin arriva devant son immeuble, il se sentit encore plus mal qu'au moment où son supérieur lui avait expliqué qu'il serait viré... La sonnerie de son portable le fit presque sursauter et il regarda machinalement le texto qui s'afficha sur son écran d'accueil.

Stessie : Coucou, j'espère que tu aimes les surprises :-)

Il n'était vraiment pas d'humeur à répondre à Stessie et rangea son téléphone dans sa poche, avançant d'un pas traînant dans le hall. Il monta les escaliers tout aussi lentement. Martin était complètement démoralisé. Sa vie était en train de partir en live.

Alors qu'il croyait qu'il ne pouvait rien lui arriver de pire, il découvrit Stessie sur le seuil de son appartement, avec deux énormes de valises et un gros sac de voyage, le sourire aux lèvres. Martin se figea pour la détailler de haut en bas. Puis il fronça les sourcils.

— Surprise ! cria-t-elle joyeusement en se jetant à son cou.

Martin lui rendit mollement son étreinte.

— Qu'est-ce que tu fais là ? demanda-t-il d'un ton légèrement contrarié.

Il vit tout de suite la peine se refléter sur le visage de Stessie et cela le fit immédiatement culpabiliser.

— Je…, bégaya Stessie. J'ai décidé de venir vivre avec toi…

Martin continua de l'observer sans comprendre.

— Tu aurais pu me prévenir, lâcha-t-il finalement en se détachant d'elle.

Il poussa une des valises pour atteindre sa porte.

— Je pensais que ça te ferait plaisir…, murmura Stessie en le suivant.

Martin s'empara de la plus grosse valise et ils entrèrent dans son appartement. Il fit de son mieux pour rester calme et patient.

— On en a déjà parlé, Stess.

— Mais tu as dit que c'était la distance qui nous avait séparés, s'effondra-t-elle en larmes.

Martin n'eut pas d'autre choix que de la prendre dans ses bras pour la consoler.

— C'est vrai. Ne pleure pas, s'il te plaît. D'accord, on va essayer. On va trouver une solution, l'apaisa Martin.

Même si son cœur n'appartenait plus à Stessie, il ne supportait pas de la voir aussi triste à cause de lui. Elle hocha faiblement la tête, sans cesser de s'accrocher à lui.

— Pourquoi est-ce que tu sens le parfum d'une autre femme ? demanda-t-elle soudain en s'écartant un peu pour le dévisager.

Martin ferma les yeux et pinça les lèvres.

— Tu as déjà trouvé quelqu'un pour me remplacer ? gémit-elle.

— Non, c'est juste Jessica qui m'a joué un mauvais tour... Elle m'a sauté dessus et notre patron nous a surpris. Je me suis fait virer par sa faute...

— Mais quelle salope, celle-là !

— Ouais, quelle salope, continua Martin en ressentant toujours ce pincement au cœur.

Puis, trois petits coups à la porte attirèrent leur attention. Martin relâcha Stessie et jeta un œil dans le judas pour vérifier l'identité de leur visiteur.

— Quand on parle du loup..., soupira Martin en entrouvrant la porte, de sorte à cacher Stessie.

— Qu'est-ce que tu veux ? grogna-t-il ensuite.

— J'ai reçu une lettre disciplinaire moi aussi..., répondit Jessica avec aplomb, le corps tremblant à l'extrême.

Elle sortit la lettre de son sac. Elle pensait sincèrement que cela serait une preuve de sa bonne foi. Jessica n'avait jamais ressenti la peur de perdre un homme jusqu'à présent, mais cela la terrifiait.

— Et alors ? répliqua Martin sur le même ton hargneux.

— Je n'ai jamais voulu me débarrasser de toi... Tout ce que je t'ai dit est vrai. Ce baiser était sincère. Vraiment... Tu dois me croire..., supplia-t-elle.

Jessica ne savait absolument pas quoi faire pour se rattraper ; pour que Martin ait confiance en elle.

Ils se fixèrent un instant pendant lequel Martin réfléchit. Il serra les dents et hésita. Mais il savait qu'il ne pouvait rien dire à Jessica, car Stessie était juste à côté de lui. Martin se sentit coupable, autant vis-à-vis de Jessica que de Stessie. Ce n'était pas dans ses habitudes de jouer sur plusieurs tableaux à la fois, mais les circonstances l'avaient mis dans une situation délicate.

D'ailleurs, Stessie, qui faisait son possible pour rester discrète jusqu'à présent, tira la porte pour se montrer. Jessica sentit son cœur se briser en mille morceaux lorsqu'elle la reconnut.

— Martin n'est plus libre, désolée. Il n'aime pas les garces dans ton genre, annonça-t-elle avec un sourire triomphant.

Martin se retint d'ajouter quoi que ce soit, mais ses yeux noisette continuèrent de soutenir le regard de Jessica, comme s'il l'implorait de le laisser tranquille. Son expression ne reflétait plus la haine dont il la gratifiait quelques minutes plus tôt, juste de la culpabilité.

— Très bien..., capitula Jessica d'une voix mal assurée en remballant sa lettre disciplinaire dans son sac.

Elle pinça les lèvres, comme à chaque fois qu'elle était stressée, puis secoua la tête et fit demi-tour.

Martin la regarda partir en se retenant de la rattraper. Puis il referma doucement la porte et se tourna vers Stessie, sans trop savoir comment gérer cette situation. Il aurait vraiment aimé croire Jessica, mais son comportement était tellement impardonnable que lui laisser le bénéfice du doute était inenvisageable. Le pincement au cœur et le sentiment de trahison qu'il avait ressentis plus tôt dans la journée, lorsqu'il avait compris ce qu'elle manigançait, ne le quittaient plus.

— Pauvre fille, lâcha Stessie en prenant la main de Martin pour l'entraîner vers le canapé.

Encore une fois, Martin se retint de la défendre et il suivit Stessie comme un automate. Ils s'installèrent l'un à côté de l'autre, tandis que Stessie le dévisageait avec insistance.

— Elle avait l'air sincère..., dit Stessie pour sonder un peu Martin.

Elle s'efforça de faire comme si tout cela lui était égal mais, en réalité, elle bouillait de jalousie depuis qu'elle avait appris que Martin avait embrassé sa collègue !

Martin baissa la tête pour observer leurs doigts joints.

— C'est une bonne actrice, répliqua Martin en adressant un sourire rassurant à Stessie malgré le malaise qu'il ressentait.

Il espérait que Stessie n'insisterait pas et ne lui poserait plus de questions sur sa collègue. Il ne voulait pas qu'elle apprenne que Jessica était passée le voir plusieurs fois chez lui lorsqu'il était malade. Et elle n'avait pas besoin de savoir non plus qu'il lui avait rendu son baiser avec passion. Le pire, c'était que ce baiser le hantait à chaque instant. Pire encore, Jessica lui manquait à un point inimaginable. Mais il ne pouvait se permettre d'aller à l'encontre de ses convictions. Peu importait l'effet que lui faisait cette femme, il ne se laisserait pas avoir !

— Je vois, rigola Stessie en essayant de cacher son hostilité.

— Tu as vraiment décidé de venir t'installer ici après toutes ces années, alors ? Pourquoi maintenant ? Je suis surpris..., continua Martin en préférant changer de sujet.

— Tu n'es pas content ? s'inquiéta soudain Stessie. En fait, quand j'ai réalisé que j'étais en train de te perdre... enfin, je croyais que cela te ferait plaisir. Je t'aime, Martin. Vraiment. Même si j'ai déconné ces derniers temps...

Martin ne put s'empêcher de serrer Stessie contre lui. Il déposa un léger baiser sur ses cheveux pour la rassurer. Il avait toujours ressenti quelque chose de fort pour cette femme, même si ses sentiments avaient changé depuis qu'il avait rencontré Jessica. Il avait un immense respect envers Stessie et il l'aimait beaucoup. Plus de la même façon qu'autrefois, mais bon...

— Allez, viens, je vais faire de la place pour ranger tes affaires, annonça finalement Martin en se levant.

Et Stessie lui adressa un grand sourire plein d'espoir.

Jessica repartit d'un pas chancelant. Elle n'en revenait pas qu'une petite brune bien en chair lui ait volé l'homme qu'elle voulait. Elle ne s'était encore jamais pris de râteau avant aujourd'hui ! Et, comme si cela ne suffisait pas, lorsqu'elle sortit de l'immeuble, une pluie diluvienne tomba du ciel.

Il ne manquait plus que ça ! rouspéta Jessica en courant jusqu'à sa voiture.

Les gouttes la trempèrent jusqu'aux os et son moral descendit en flèche. Et cette douleur qui ne la quittait plus ! Si c'était cela que ressentait Kevin à longueur de journée, elle comprenait mieux pourquoi il était si obsessionnel envers elle.

Le pauvre...

Pour la première fois depuis leur rupture, elle eut de la compassion pour son ex.

Elle rentra chez elle, la mort dans l'âme, se changea, commanda une pizza et s'installa devant sa série préférée, en fantasmant devant le bel Oliver Queen, avec un bon verre de Bordeaux et Spéculoos sur les genoux.

Jessica noya son chagrin dans l'alcool et, bientôt, sa bouteille de Bordeaux ne contint plus une seule goutte de liquide. À partir de là, elle ne se souvint plus très bien de sa soirée...

Le lendemain matin, elle se réveilla avec une sensation étrange. Et, avant même d'ouvrir les yeux, elle sut qu'il y avait quelqu'un avec elle dans le lit. Puis, elle remarqua le poids du bras qui reposait en travers de sa taille. Elle retint son souffle quelques secondes, plissa les paupières, puis les ouvrit l'une après l'autre avec appréhension. Elle inspecta la main bronzée qui la serrait contre l'inconnu, sans savoir à qui elle appartenait.

Jessica essaya de se dégager pour filer, mais le bras ne voulait pas la lâcher. Elle regarda autour d'elle et se rendit compte qu'elle était dans sa chambre. Impossible de fuir, donc...

— Déjà réveillée, Miss cinglée, murmura la voix de l'inconnu à son oreille.

Jessica se figea en reconnaissant Lisandro.

Oh non, pas lui ! pensa-t-elle en se sentant soudain humiliée. Encore une fois...

Elle se tourna vers Lisandro, qui arborait un de ses sourires triomphants qui lui donnait toujours envie de le gifler, et sonda son regard avec inquiétude.

— Est-ce qu'on a... ? balbutia Jessica, en sentant la honte la submerger.

Lisandro partit d'un grand fou rire, ce qui crispa encore plus Jessica.

— Tu étais bourrée à ce point ? répliqua-t-il.

— Ferme-la ! se vexa Jessica en tirant le drap sur sa poitrine pour protéger sa nudité lorsqu'elle se leva.

— Allez, le prends pas mal. C'est vrai que tu n'as pas été très active hier soir, mais c'était bien quand même, continua Lisandro sans se départir de son air de connard.

— Dégage ! Barre-toi d'ici avant que je te foute un coup de pied au cul ! s'énerva Jessica.

— OK, ça va... Mais pas besoin de te couvrir, j'ai déjà tout vu, la provoqua-t-il en passant près d'elle.

— Arrête !!! hurla Jessica qui ne supportait pas l'idée d'avoir couché avec cet imbécile qu'elle croyait être son ami.

Les hommes sont tous pareils...

Rien que cette pensée la fit immédiatement repenser à Martin et sa tristesse refit surface. Lui ne semblait pas comme les autres. C'était peut-être pour ça qu'elle tenait tellement à lui, finalement.

Lisandro, qui n'était vêtu que d'un boxer vert, ramassa ses affaires avec une lenteur qui agaça encore plus Jessica.

— Au moins, maintenant, Kevin m'a frappé pour quelque chose...

Et sur ces bonnes paroles, Lisandro sortit enfin de la chambre de Jessica. Elle soupira bruyamment, se laissa tomber sur son lit, les yeux dans le vague, et resta là à réfléchir pendant quinze bonnes minutes. Puis elle se résolut enfin à prendre une douche pour se débarrasser de cette impression d'être une traînée... Elle n'avait jamais ressenti ce sentiment humiliant auparavant...

Une fois lavée et habillée, elle décida de se rendre chez Kevin. Tant pis pour son travail. Peut-être que Christian la prendrait au sérieux si elle ne se présentait pas, même si perdre son emploi était la pire chose qui puisse lui arriver. Jessica avait vraiment la tête en vrac en ce moment. Enfin, cela se situait plutôt au niveau du cœur, en fait...

Elle attrapa ses clés, son sac et s'engouffra dans sa voiture. La journée s'annonçait plutôt chaude et agréable, contrairement à la veille. Sa voisine était dans sa petite parcelle de jardin devant chez elle. Elle observait Jessica avec réprobation. Puis elle s'approcha de la voiture pour lui faire une réflexion agaçante dont elle avait le secret.

— Qui était cet homme que j'ai vu sortir tout à l'heure ? Ce n'est pas très prudent pour une jeune fille de votre âge d'inviter des inconnus chez vous.

— Madame Tinardo, foutez-moi la paix ! répliqua Jessica avec humeur.

— J'espère que vous vous êtes protégés, au moins ? insista sa voisine.

Jessica enclencha la marche arrière pour sortir de son allée avant de répliquer :

— Non, on a baisé comme des bêtes et c'était tellement grandiose qu'on a oublié la capote !

Les yeux de sa voisine s'agrandirent de stupeur et Jessica se retint d'exploser de rire.

— À plus ! conclut-elle en démarrant en trombe, tandis que sa voisine restait figée telle une statue.

Elle avait vraiment l'air choqué, cette fois, et c'était tant mieux ! Peut-être qu'à l'avenir, elle s'occuperait de ses affaires, mais Jessica en doutait. Ce n'était pas dans sa nature. Cette femme devait vraiment s'ennuyer dans sa vie...

Durant le trajet jusque chez son ex, Jessica mit la musique à fond pour se donner du courage. Elle ne savait pas encore ce qu'elle allait bien pouvoir dire à Kevin ni la façon dont il allait réagir en la voyant, et cela la stressait beaucoup trop à son goût.

Une fois devant chez lui, elle se gara et coupa le moteur en scrutant la porte avec angoisse.

Bon... On y est, pensa-t-elle avant de sortir de son véhicule.

Elle prit de grandes inspirations en marchant jusqu'à l'entrée. Une fois devant, elle toqua trois petits coups et attendit fébrilement que quelque chose se passe.

La porte s'ouvrit enfin. Kevin marqua un temps d'arrêt avant de plisser les yeux et de la détailler de la tête aux pieds. Il était torse nu avec un bas de jogging qui tombait sur ses hanches. Ses cheveux en bataille lui donnaient l'air de sortir du lit.

— Qu'est-ce que tu veux ? Il est à peine huit heures, grogna-t-il avec hostilité.

— Désolée..., je voulais juste discuter.

Kevin serra la mâchoire de façon compulsive avant de se décider à répondre.

— C'est à cause de ce que j'ai demandé à Christian ? À propos de Martin ? demanda-t-il avec haine.

— Entre autres..., murmura Jessica.

— Je ne changerai pas d'avis ! trancha Kevin avec colère en s'apprêtant à lui claquer la porte au nez.

— Attends ! s'exclama Jessica en mettant son pied dans l'ouverture et une main sur le battant. J'aimerais m'excuser aussi.

Kevin la jaugea en fronçant les sourcils.

— T'excuser ? répéta-t-il sans comprendre.

— Oui... m'excuser pour tout ce que je t'ai fait. Je ne savais pas que tu souffrais autant..., continua Jessica en se sentant soudain fragile. Je ne me rendais pas compte.

Kevin ouvrit un peu plus la porte.

— Continue...

— Est-ce qu'on pourrait s'asseoir pour en discuter ? demanda Jessica toujours aussi mal à l'aise.

Kevin réfléchit quelques secondes avant d'afficher une moue contrariée, mais il finit par lui faire signe d'entrer.

— Ne fais pas attention au désordre..., dit-il en l'emmenant jusque dans sa salle à manger.

Comme toujours, Jessica nota les diverses affaires qui traînaient par terre et sur les meubles : des vêtements, des instruments de musique, des partitions, de la vaisselle sale...

Mais elle ne dit rien. Kevin avait toujours été bordélique et c'était à croire que cela le stimulait pour composer ses musiques. Il fit de la place sur la table et enleva quelques vêtements d'une chaise pour que Jessica puisse s'asseoir. Puis il la regarda et passa une main nerveuse dans ses longs cheveux bouclés.

— Tu veux boire quelque chose ? Un café ? proposa-t-il maladroitement.

— Si tu veux, mais c'est pas obligé, Kevin. Assieds-toi, s'il te plaît.

Kevin la dévisagea une seconde, soudain pris d'anxiété. Il sentait que cette discussion allait changer quelque chose et cela l'angoissait énormément. Il passa encore une fois la main dans ses longs cheveux bruns et tira une chaise pour faire face à Jessica.

— OK... je t'écoute.

— Alors voilà... je tenais à m'excuser pour tout le mal que je t'ai fait. Je ne me rendais pas compte de ce que tu ressentais. En fait, je crois que je n'ai jamais ressenti ce que tu ressens...

Et au lieu d'apaiser Kevin, cela le détruit un peu plus.

— Je vois..., lâcha-t-il en cachant le mal que cette conversation lui faisait.

Mais Jessica le connaissait suffisamment pour s'en rendre compte. Elle attrapa sa main pour le réconforter et Kevin eut un léger mouvement de recul. Pourtant, il se laissa faire.

— Je ne dis pas ça pour te faire souffrir. Pardon, je n'aurais pas dû présenter les choses de cette façon. En fait, aucun homme ne m'a jamais fait souffrir jusqu'à hier. C'est ça que je voulais dire. Depuis hier, je me sens tellement mal... et c'est là que j'ai tout compris.

Kevin retira vivement sa main de l'étreinte de Jessica.

— Tu es venue jusqu'ici pour me dire que tu aimes un autre type ?! hurla Kevin en se levant brusquement.

— Non... enfin si... désolée. Je suis tellement maladroite.

— Est-ce que c'est Lisandro ? demanda Kevin d'une voix dure.

— Non, on ne sort pas ensemble. Tu l'as frappé pour rien.

Enfin, jusqu'à ce matin... compléta-t-elle intérieurement.

— C'est cet intello de Martin ?! lâcha Kevin avec amertume. Pourquoi lui et pas moi ? Qu'est-ce qu'il a de plus que moi ?

Jessica haussa les épaules, sans savoir comment apaiser Kevin. Elle ne supportait pas de voir autant de détresse dans son regard.

— J'en sais rien... Écoute, je ne suis pas venue ici pour t'accabler davantage. Je voulais juste que tu me pardonnes et que tu tournes la page. Ça fait deux ans qu'on est séparés, Kevin, tu ne peux pas gâcher ta vie comme ça... J'aurais tellement aimé qu'on reste amis...

Kevin ferma brièvement les yeux et serra encore une fois les mâchoires.

— Si c'était si simple, je l'aurais déjà fait ! Maintenant, va-t'en. Je n'ai pas envie de m'effondrer devant toi. Tu aurais mieux fait de t'abstenir de venir !

Jessica ressentit une énorme boule dans la gorge et ne put s'empêcher de prendre Kevin dans ses bras.

— Tu trouveras quelqu'un de mieux que moi, murmura-t-elle en posant la tête contre son torse.

— Putain, Jess. Tais-toi...

Kevin se laissa aller et enlaça Jessica en retour. Une étreinte désespérée dont il avait éperdument besoin. Ils restèrent plusieurs minutes dans cette position. Ce fut Kevin qui s'écarta le premier. Il dévisagea Jessica comme s'il venait de prendre une décision. Et c'était précisément le cas.

— Tu as raison, Jess. Je vais te laisser tranquille, dit-il malgré ses yeux humides et rouges. Je vais parler à Christian.

Jessica se retint de lui sauter au cou. Elle posa simplement une main sur son épaule.

— Merci Kevin. T'es un mec bien.

— Ouais..., marmonna-t-il avec un soupir. Désolé de t'avoir fait pleurer la dernière fois... Je ne pensais pas tout ce que je t'ai dit.

— C'est pas grave, répondit Jessica avec un certain soulagement.

Kevin se dirigea vers la porte d'entrée et Jessica le suivit sans rien ajouter. Même si cette conversation avait été éprouvante, elle se sentait un peu mieux. Elle espérait vraiment que Kevin allait enfin tourner la page de leur histoire.

— Merci d'être passée. Tu peux revenir quand tu veux..., lâcha-t-il d'une voix hésitante.

— Tu es sûr ?

— Ouais, continua Kevin en faisant son possible pour être sympa.

— D'accord, merci. À plus tard, alors.

Jessica ne savait pas très bien comment lui dire au revoir et Kevin non plus. Il hocha simplement la tête avant de refermer la porte derrière lui. Puis, Jessica retourna à sa voiture en prenant une grande inspiration, comme si elle avait arrêté de respirer durant toute leur conversation.

16

Martin se réveilla presque en sursaut sous les bips assourdissants de son alarme. Il attrapa son téléphone pour la couper et sentit du mouvement derrière lui. Il se souvint soudain que Stessie était avec lui, puis de tout ce qui s'était passé la veille. Une certaine frustration l'étreignit. Surtout lorsque Stessie glissa ses mains sur son ventre dans une caresse suggestive. Elle enroula ses jambes autour des siennes et se frotta à lui comme un gros chat.

— Bonjour, mon cœur, murmura-t-elle en lui adressant un grand sourire.

— Salut, répondit Martin en faisant semblant d'être aussi enthousiaste qu'elle. Désolé, j'aurais dû couper mon réveil. J'avais presque oublié que j'étais mis à pied…

— Tu trouveras un autre boulot, t'en fais pas, dit-elle en se levant. Je reviens.

Elle lui fit un clin d'œil coquin, tandis que Martin la regardait sortir de sa chambre. Il se posait mille et une questions. Puis son téléphone vibra. Le nom de Lisandro apparut en gros sur l'écran ainsi qu'une pièce jointe.

Lisandro : Je t'avais dit qu'elle n'était pas pour toi ;-)

Martin s'assit brusquement sur le lit pour observer la photo de plus près.

Il s'agissait de Lisandro et Jessica, nus dans un lit. Elle était endormie contre Lisandro et ce dernier avait posé un bras sur la poitrine de Jessica pour la dissimuler.

— Putain, quel enfoiré !! hurla Martin en perdant tout son sang-froid.

Martin : Je vais te tuer !!!!!!!

La réponse ne se fit pas attendre longtemps.

Lisandro : Je suis mort de peur... LOL. D'ailleurs, Jessica m'a dit que tu avais une nana, alors de quoi tu te plains ?

Il ne savait pas quoi répondre à ça. Une boule se forma dans sa gorge et il eut envie de tout casser autour de lui. S'il en voulait à Jessica pour ce qu'elle lui avait fait, la savoir avec un autre homme, surtout Lisandro, lui foutait les boules ! Il n'arrivait pas à comprendre pourquoi il était aussi accro à cette fille...

Malheureusement, Stessie choisit ce moment pour revenir dans la chambre. Alors, Martin se leva pour essayer de l'éviter.

— Est-ce que tout va bien ? Je t'ai entendu crier.
— Non, j'ai reçu une mauvaise nouvelle. Je dois y aller. Désolé, Stess. J'essaie de revenir vite.
— Ah... C'est grave ?
— Oui, en quelque sorte.

Martin serra les dents. Il s'en voulait de lui cacher la vérité. Pourtant, il se força à déposer un léger baiser sur le front de Stessie. Il lui frotta tendrement les bras avant d'attraper quelques vêtements pour s'habiller.

— Je ne t'ai jamais vu si énervé... On dirait que tu es à deux doigts d'exploser. Dis-moi ce qu'il y a, insista-t-elle.

Martin ferma les yeux en attrapant son sac de sport.

— Je sais... et je ne peux rien te dire. Je suis désolé.

Il lui jeta un dernier regard avant de s'en aller. Stessie le fixa avec incertitude. Lorsque la porte se referma sur Martin, elle eut un très mauvais pressentiment. Néanmoins, elle se jura de tout faire pour que Martin reste avec elle.

Martin dévala les escaliers à toute allure, son sac sur l'épaule. Pour la première fois de sa vie, il était prêt à casser la gueule d'un type. Il n'avait jamais été violent mais, depuis qu'il avait rencontré Jessica, il devenait complètement incontrôlable. Il se fit violence pour chasser ses sombres pensées. Martin ne savait pas où habitait Lisandro, mais s'il l'avait su, il aurait certainement débarqué chez lui pour lui fracasser la tête.

Bon sang ! Mais à quoi est-ce que je pense ?! se raisonna Martin.

Il ne se reconnaissait plus lui-même. Il était tellement aveuglé par la rage et la jalousie qu'il était à deux doigts de faire n'importe quoi. Il monta dans sa voiture dans un état second et prit la route de la salle de sport.

Une fois arrivé, il se changea en vitesse et demanda à Lionel de lui trouver un adversaire. Il n'avait jamais combattu avant aujourd'hui, mais s'il ne se mesurait pas à quelqu'un immédiatement, il savait qu'il allait faire une grosse bêtise. Son entraîneur le jaugea minutieusement et vit tout de suite que quelque chose n'allait pas.

— Tu ne peux pas te battre dans ces conditions, petit. Tu as l'air bouleversé.

— Lionel, si tu ne me trouves pas quelqu'un très vite, je vais frapper sur le premier mec qui me regardera de travers.

Lionel secoua la tête avec désapprobation.

— J'étais comme toi avant, je me battais avec la rage au ventre, mais ce n'est pas la solution.

— Putain, Lionel ! S'il te plaît ! supplia Martin, complètement désemparé. Je ne sais pas quoi faire, je vais péter les plombs...

Lionel soupira puis finit par hocher la tête.

— Très bien, laisse-moi deux minutes.

Martin sentit enfin son corps se détendre, même si c'était infime par rapport à son taux d'énervement. Lionel revint quelques minutes plus tard. Il avait enfilé des gants de boxe et lui fit signe de monter avec lui sur le ring.

— Avec toi ? demanda Martin incrédule. Je ne veux pas te blesser...

Lionel lui adressa un regard condescendant.

— Monte, petit. J'ai été champion de ma catégorie plusieurs fois d'affilée, alors ne crois pas que tu peux avoir le dessus sur moi. Tu es jeune et en forme, mais j'ai des années d'expérience.

Soudain, le regard de Lionel changea et il entra dans une concentration impressionnante. Martin ressentit un frisson et une poussée d'adrénaline en montant sur le ring pour le rejoindre. Il se mit en position et se prépara à affronter son entraîneur.

— Prêt ? demanda Lionel.

Martin hocha simplement la tête et Lionel lança l'offensive. Martin se défendait plutôt bien, mais cela ne l'empêcha pas de recevoir plusieurs uppercuts dans la mâchoire, ainsi que dans les côtes. Le combat n'était pas équilibré, mais Martin réussit à toucher Lionel plusieurs fois.

Au bout de vingt minutes, Martin rendit les armes. Il était exténué et avait mal à peu près partout.

— Ça va mieux, petit ? demanda Lionel avec inquiétude.

Lui aussi était épuisé. Vingt minutes, c'était une éternité lorsqu'on combattait. Martin hocha simplement la tête, car sa mâchoire le faisait beaucoup trop souffrir.

— T'es un bon gars, tu ferais un très bon combattant.

À présent, Martin se sentait mal. La rage étant passée, la tristesse prit le dessus.

— Merci Lionel. Tu avais raison, tu m'as bien amoché..., grimaça Martin en sentant son visage gonfler et son nez pisser le sang.

Il fit un point de pression pour arrêter l'hémorragie.

— À ton service, petit. Attends-moi là une seconde.

Lionel partit et revint avec deux poches de glace. Il en donna une à Martin et appliqua la seconde sur son visage. Il détailla ensuite Martin avec inquiétude.

— C'est à cause d'une fille, hein ?

Martin grimaça et cela le fit souffrir le martyr. Il finit par acquiescer avec fatalité. Il posa la glace sur ses différentes blessures et cela le soulagea un peu. Heureusement, son nez avait arrêté de saigner.

— Ça va s'arranger, t'en fais pas, petit, reprit Lionel.

Martin n'eut même pas la force de répondre, il hocha encore une fois la tête. Puis il fit un signe à Lionel pour lui dire au revoir avant de partir vers les vestiaires. Il avisa ses multiples contusions. Ses côtes étaient violacées et son visage faisait peur à voir : un œil qui gonflait et dont la paupière virait au noir, une lèvre fendue...

Martin prit une douche fraîche pour se détendre, et surtout pour ne pas aggraver le gonflement de ses ecchymoses, puis il posa une nouvelle fois de la glace dessus avant d'appliquer une crème à l'arnica.

Il savait qu'il n'aurait pas dû se battre, mais c'était la seule solution pour évacuer sa colère. Et il ne pensait pas que Lionel lui mettrait une telle raclée.

En sortant de la salle de sport, son téléphone sonna. Un numéro qui n'était pas enregistré. Martin décrocha dans un réflexe.

— Martin Verne ? demanda une voix masculine qu'il crut reconnaître.

— Oui..., bredouilla Martin.

Il avait du mal à articuler.

— Christian Peterson à l'appareil. Je vous appelle pour vous annoncer que votre mise à pied est annulée. Vous pouvez reprendre votre poste dès aujourd'hui.

Martin garda le silence quelques secondes. Il ne comprenait pas ce soudain revirement.

— Très bien, je serai là dans une heure.

— Parfait !

Et Christian lui raccrocha au nez.

Si cette nouvelle ne tombait pas vraiment au bon moment, elle avait le mérite de soulager Martin. Il aimait son travail. Même si sa collègue s'était comportée comme une vraie garce avec lui, il n'était pas prêt à abandonner son poste !

Martin aurait voulu rentrer chez lui pour se changer avant de se pointer au boulot mais, il savait que s'il faisait ça, Stessie le bombarderait de questions auxquelles il n'était pas encore prêt à répondre. Alors, il rangea son sac de sport dans son coffre et se rendit à son bureau.

Martin sentait son visage le tirailler un peu plus à chaque minute et ses contusions aux côtes devenir de plus en plus douloureuses. Il ne savait pas très bien comment réagiraient ses collègues lorsqu'ils le verraient, mais il s'en fichait.

Il trouva une place de parking juste devant l'entrée, se gara et attendit encore un instant dans sa voiture. Il avala un anti-inflammatoire, posa sa tête contre le dossier du siège et ferma les yeux un moment.

Il se décida enfin à sortir et adopta une attitude décontractée malgré son jogging large et son T-shirt moulant. Martin ne prêta aucune attention aux personnes qui le dévisageaient bizarrement lorsqu'il franchit la double porte battante. Il se dépêcha de regagner son bureau pour éviter toute question embarrassante. Une fois à l'intérieur, il s'installa derrière son ordinateur sans oser regarder Jessica qui l'observait avec incrédulité. Il avait vraiment la haine contre elle ! Pourtant, son cœur battait à cent à l'heure. Il détestait que son corps réagisse à la présence de Jessica alors qu'elle ne lui apporterait rien de bon.

Jessica venait tout juste d'arriver et pensait que sa conversation avec Kevin aurait changé quelque chose, pas qu'elle retrouverait Martin dans cet état. Son ventre se noua et elle se leva pour le rejoindre.

— Qu'est-ce qui s'est passé ? s'alarma-t-elle.

— Christian m'a rendu mon poste, répondit simplement Martin.

Jessica croisa les bras sur sa poitrine.

— Je parle de ta figure. C'est Kevin qui t'a fait ça ?! s'insurgea-t-elle. Je croyais qu'il avait compris…

Martin releva enfin les yeux vers sa collègue et y découvrit une panique mêlée de colère qui le déstabilisa.

— Ce n'est pas Kevin, répliqua-t-il calmement.

Ils échangèrent un long regard, comme si une conversation silencieuse se jouait entre eux.

— Alors c'est qui ?

— Personne ! Et ça ne te regarde pas, s'agaça Martin. Je n'ai aucun compte à te rendre, alors retourne travailler !

Jessica fit une moue contrariée, mais ne lâcha pas l'affaire.

— C'est juste que tu es dans un sale état et ça m'inquiète, reprit-elle d'une voix plus douce.

Martin la fusilla du regard.

— Vraiment ? Ça n'avait pourtant pas l'air de te déranger de m'humilier devant notre patron !

— C'était un malentendu...

— Et j'imagine qu'il y a aussi un malentendu avec Lisandro ? assena Martin. Tu lui diras merci pour sa photo de ce matin.

Jessica eut l'impression que son monde s'écroulait.

— Quelle photo ? demanda-t-elle avec angoisse.

Martin attrapa son téléphone et la lui montra. Jessica poussa un cri d'agonie en la découvrant. Elle secoua la tête avec désespoir.

— Il n'aurait jamais dû faire ça... J'étais complètement bourrée, je ne me rappelle même pas de ce qu'on a fait, tenta-t-elle de se justifier.

— Peu importe ! Ce sont tes affaires, pas les miennes. Maintenant, laisse-moi tranquille, je vais très bien.

Jessica accusa le coup et retourna à son bureau. Pourtant, elle était à deux doigts de fondre en larmes.

Lorsque Christian entra dans le bureau, il ressentit tout de suite l'ambiance électrique qui y régnait.

— Qu'est-ce qui se passe ici ? s'étonna-t-il en regardant alternativement ses deux employés.

Martin et Jessica se contentèrent d'observer leur patron dans le silence.

— Vous vous êtes fait agresser, Martin ? s'inquiéta Christian.

— Pas du tout, répondit poliment Martin.

— Vous devriez rentrer chez vous, insista Christian. Revenez quand votre visage aura retrouvé son aspect normal. Vous allez faire peur à quelqu'un dans votre état...

Martin hocha la tête et récupéra ses affaires. Puis Christian lui tendit un des deux billets qu'il tenait dans la main.

— Kevin voudrait vous offrir ça pour se faire pardonner, reprit Christian. Je ne sais pas si vous appréciez ce style de musique, mais il voulait se racheter.

Martin attrapa le billet et découvrit qu'il s'agissait d'une place pour la Qlimax qui avait lieu dans quelques jours. Il fronça les sourcils.

— Remerciez-le de ma part..., hésita Martin.

Christian se tourna ensuite vers Jessica.

— En voilà une pour toi aussi, Jess.

Elle ne put s'empêcher de lâcher un cri de joie en attrapant son billet. Elle avait toujours rêvé d'assister à cet événement.

— Tu y vas aussi ? demanda-t-elle avec inquiétude.

Elle n'avait pas oublié la façon dont son supérieur l'avait traitée.

— Tout le monde y va, sauf Kristen et Matéo répliqua ce dernier. Ils avaient déjà des trucs de prévus.

Kristen était la chanteuse du groupe de Kevin et Matéo leur batteur.

— Génial ! s'exclama Jessica sur un ton sarcastique.

Elle jeta le billet sur son bureau avec agacement et Christian se sentit coupable.

— Je vous ai aussi donné une prime de 5 000€ pour me faire pardonner. Je n'aurais jamais dû écouter Kevin..., lâcha Christian en observant Jessica.

Celle-ci releva les yeux vers son supérieur. Christian n'était pas du genre à s'excuser, alors qu'il leur offre une prime à tous les deux en disait long.

— Et, à l'avenir, ne me menace plus de démissionner, ajouta-t-il. Tu sais très bien que tu es un élément essentiel dans cette boîte, Jess.

Cette dernière sourit enfin.

— J'accepte tes excuses pour 10 000€, dit-elle enfin.

Christian lui adressa un regard réprobateur.

— 7 000 et c'est ma dernière offre.

— OK..., soupira Jessica.

Christian lui sourit avec bonne humeur. Et, à ce moment-là, il n'avait plus rien à voir avec son patron autoritaire. Il avait la même expression qu'un ami décontracté. Et cela fit plaisir à Jessica. Elle lui sourit en retour. Peut-être qu'enfin, elle pourrait retrouver l'ambiance amicale qui régnait entre eux lorsqu'elle sortait avec Kevin.

Martin observait leur échange avec un mauvais pressentiment.

— La négociation compte pour moi aussi ? demanda-t-il.

Christian se tourna alors vers lui.

— Oui, bien sûr.

Martin hocha faiblement la tête avant de poser son autre question.

— Quand vous dites que tout le monde y va, c'est-à-dire ?

Jessica reporta son attention sur Martin pour lui répondre.

— Le groupe de Kevin plus Christian.

Martin hocha la tête. Quand il réalisa que Lisandro serait de la partie, il comprit qu'il devait y aller.

— Est-ce que je peux inviter Stessie ? questionna-t-il encore.

Jessica grimaça.

— Si tu trouves une place pour elle, Stessie est la bienvenue, dit Christian. Mais les derniers billets sont aux enchères sur différents sites... et ils sont plutôt hors de prix.

Martin acquiesça, un peu mal à l'aise d'aller à un événement avec son patron.

— Donc, tout ce qui se passera là-bas ne sera pas utilisé pour notre évaluation annuelle ? s'inquiéta-t-il.

Christian rigola.

— Ne vous en faites pas, Martin. Je suis un patron plutôt cool, mais ne le dites à personne, ajouta Christian avec un clin d'œil en se dirigeant vers la porte. Maintenant, je vous laisse travailler. Et rentrez chez vous, Martin.

— Si je rentre, ce sera une absence non justifiée..., répliqua ce dernier.

Christian s'arrêta net et se tourna de nouveau vers son employé.

— Ce sera un jour de congé, trancha Christian.

Martin approuva sans grande conviction.

— Envoie-lui un mail pour confirmation, ajouta Jessica. Ça servira de preuve au cas où...

Martin fronça les sourcils puis regarda de nouveau son patron, toujours mal à l'aise.

— Faites donc, soupira Christian, blasé que son employé ne lui fasse pas confiance.

En même temps, il l'avait bien cherché puisqu'il avait accepté les caprices de Kevin...

Martin hocha de nouveau la tête et commença à rédiger son mail, tandis que Christian partait. Jessica reçut un message sur son téléphone.

Inconnu : J'espère que ton cadeau t'a plu à toi et à ton collègue... J'ai aussi réservé l'hôtel. C'est Christian qui paie pour se faire pardonner. Et puis, il a plus de moyens que moi. À plus, Kevin

Jessica enregistra de nouveau le numéro de son ex dans son portable avant de lui répondre.

Jessica : Merci Kevin, t'es un mec bien :-)

Kevin : Attends avant de dire ça, il n'y avait plus que 3 chambres de dispo pour tout le monde... On sera obligé de partager nos lits, donc prie pour que Martin ne vienne pas si tu veux avoir une chambre seule... Sinon, tu peux toujours dormir avec moi...

Jessica sentit la colère l'envahir. Tout ça sentait le coup monté à plein nez ! Mais ce qui étonnait Jessica, c'est que Kevin ne semblait pas énervé par l'éventualité qu'elle puisse également dormir avec Martin. Ou peut-être que Lisandro lui avait dit qu'il avait une copine désormais... Peut-être aussi que Kevin s'attendait réellement à ce qu'elle dorme avec lui comme avant.

Jessica : On verra sur place. Au pire, je dormirai avec Christian. Je suis sûre que c'est le seul de tes potes qui n'essaiera pas de me sauter dessus à la moindre occasion !

La réponse de Kevin ne tarda pas.

Kevin : C'est toi qui vois...

Jessica soupira et reposa son portable sur son bureau. Puis elle regarda Martin remballer ses affaires. Il ne lui prêta aucune attention lorsqu'il franchit la porte et cela l'attrista de nouveau.

Martin regagna sa voiture au plus vite. L'anti-inflammatoire qu'il avait pris un peu plus tôt avait atténué ses douleurs. Pourtant, son entraîneur l'avait tellement amoché qu'il souffrait encore beaucoup. Il s'en voulait de lui avoir demandé une chose pareille. Il était vraiment stupide quand il s'y mettait !

Martin prit place derrière le volant et posa ses affaires sur le siège passager. Il avisa le billet que lui avait offert son patron et son cerveau se mit à imaginer tout un tas de scénarios différents s'il y allait. Avec Stessie et sans elle...

En pensant à Stessie, il se demanda quelle explication il pourrait bien inventer pour son visage et son corps tuméfiés. Il démarra avec un pincement au cœur, car il ne voulait pas lui faire de mal.

Lorsqu'il entra enfin dans son appartement, il entendit Stessie dans sa chambre. Elle était en train de ranger ses affaires dans les tiroirs qu'il avait libérés pour elle. La culpabilité de Martin augmenta encore. Cette situation ne pouvait plus durer. Qu'il sorte avec Jessica ou non, il ne pouvait pas faire ça à Stessie. Elle méritait mieux. Il devait lui dire la vérité !

— Je suis rentré..., commença Martin. J'ai récupéré mon poste, finalement.

Stessie se tourna vers lui et se figea un instant en découvrant le visage blessé de Martin.

— Oh Mon Dieu ! hurla-t-elle en se précipitant vers lui. Qu'est-ce qui t'est arrivé ?

Bien sûr, Stessie s'était inquiétée de n'avoir aucune nouvelle de Martin depuis qu'il l'avait quitté ce matin, mais elle ne pensait pas que ses inquiétudes étaient fondées...

— Rien..., dit Martin en se détournant.

Stessie agrippa le bras de Martin pour l'empêcher de s'enfuir.

— Explique-moi, s'il te plaît, j'ai le droit de savoir. Si tu as des ennuis, je t'aiderai.

Martin croisa le regard marron de Stessie qui était plein de sollicitude. Et il capitula.

— Ce n'est pas ce que tu crois. Viens t'asseoir avec moi, j'aimerais qu'on discute...

Il l'entraîna avec lui vers le canapé et Stessie ne protesta pas, mais un mauvais pressentiment l'étreignit.

— Qu'est-ce qu'il y a ? demanda-t-elle avec angoisse en s'asseyant à côté de Martin.

Celui-ci la fixa un instant, essayant de trouver le courage de lui dire la vérité.

— On ne peut pas vivre ensemble, Stess. Ça ne fonctionnera pas...

— Mais on a même pas essayé..., s'effondra Stessie qui ne s'attendait pas à ça. Hier, tu étais d'accord... Je ne comprends pas...

Martin attrapa la main de Stessie pour la réconforter.

— Hier, je ne voulais pas te blesser, je voulais juste te faire plaisir. Je n'aime pas te voir triste et je t'apprécie beaucoup, mais...

— Tu ne m'aimes pas..., compléta Stessie, la voix pleine de sanglots. Tu préfères être avec elle...

Martin se tut quelques secondes pour trouver les bons mots.

— C'est à cause d'elle que je suis dans cet état. Ce matin, j'ai reçu un message qui m'a fait péter les plombs et j'avais tellement de rage en moi que j'ai demandé à mon entraîneur de boxe de monter sur le ring pour me défouler... Je n'étais plus moi-même, Stessie, et je ne veux pas que tu subisses cette situation. Ce n'est pas juste pour toi...

Stessie observa Martin pendant toute sa tirade. Elle mit du temps à comprendre réellement ce qu'il lui disait. Elle fit de son mieux pour rester rationnelle, mais elle s'effondra quand même...

— Mais... non..., ça ne peut pas être terminé... Tu avais dit que si je venais habiter avec toi, ce serait différent..., pleura Stessie.

Martin la prit dans ses bras pour la consoler. Il la berça tendrement et elle pleura encore plus en s'accrochant désespérément à lui.

— C'était le cas avant... quand j'ai déménagé de chez mes parents. Aujourd'hui, tout est différent. Mais tu peux rester ici tant que tu veux, Stess. Le temps que tu trouves un appart et un boulot dans le coin. Sauf si tu préfères retourner chez tes parents...

Stessie ne répondit pas et continua à profiter de l'étreinte de Martin. Elle n'arrivait pas à se calmer et elle n'arrivait pas non plus à croire que Martin ait trouvé quelqu'un d'autre. Elle avait toujours pensé qu'ils finiraient ensemble quoi qu'il arrive ; que Martin finirait par revenir dans sa ville natale et qu'ils formeraient de nouveau un vrai couple... Si Stessie avait eu quelques plans cul avec d'autres hommes, c'était uniquement pour être plus expérimentée quand elle reverrait Martin... Elle croyait que son plan se déroulerait sans encombre, mais elle s'était plantée lamentablement.

Martin caressa tendrement les cheveux de Stessie pour essayer de l'apaiser.

— Ça va aller...

— Non, ça ne va pas du tout, couina Stessie. J'ai fait tout ça pour rien...

Martin serra les dents, alors que la culpabilité lui comprimait la poitrine.

— Pas du tout. Ça m'a beaucoup touché que tu viennes jusqu'ici, l'apaisa Martin. Ce n'était simplement pas le bon timing.

Stessie releva la tête pour croiser les yeux de Martin. Les siens étaient rouges et humides de larmes.

— Est-ce qu'on pourra quand même dormir ensemble ? demanda-t-elle, pleine d'espoir.

Martin fut pris au dépourvu.

— Heu... oui, si tu veux...

Il se dégagea ensuite de l'emprise de Stessie. Il avait besoin de prendre un peu l'air et aussi de se reposer. Son corps était toujours douloureux et il voulait s'allonger. Malheureusement, il n'avait aucun autre endroit que son appartement pour se réfugier. Il jeta un dernier regard à Stessie sans trop savoir comment se comporter avec elle.

C'était la première fois qu'il larguait une fille et il se rendait compte que ce n'était pas aussi facile qu'il le pensait.

Stessie essuya ses larmes avec un mouchoir, mais de nouvelles coulaient aussitôt et Martin se sentit un peu étouffer face à sa tristesse.

— Tu devrais... appeler un peu ta mère et faire un tour pour réfléchir, proposa Martin avec espoir.

Stessie acquiesça et sortit maladroitement de chez Martin. Ce dernier lâcha un énorme soupir de soulagement et alla s'allonger dans son lit. Il dormit plusieurs heures d'affilée.

17

Jessica éprouvait une rage qu'elle n'avait encore jamais ressentie. Lisandro avait dépassé les bornes ! Martin venait tout juste de partir lorsqu'elle reprit son téléphone posé sur son bureau.

Jessica : Pourquoi t'as pris cette photo ?!!! Martin m'a tout dit, t'es qu'une ordure ! Ne m'adresse plus jamais la parole !

Ce jour-là, Jessica ne savait plus comment gérer ses émotions. Elle était prête à faire n'importe quoi par colère et par frustration. Elle était à deux doigts de balancer son portable à travers la pièce lorsqu'il vibra dans sa main.

Lisandro : Ne sois pas énervée, Miss cinglée. Tu me remercieras plus tard ;-)

Jessica : T'es un grand malade ! T'as intérêt à effacer cette photo immédiatement !!!

Cette fois, Lisandro ne répondit pas et cela énerva encore plus Jessica. Elle aurait aimé envoyer un message à Kevin pour lui expliquer la situation, mais elle ne le fit pas. Kevin avait déjà assez souffert comme ça, inutile de le mêler à cette histoire. Mais peut-être pourrait-elle en parler à Christian ?

Décidée, elle monta au troisième étage pour rejoindre son patron. Jessica était déterminée et marchait d'un pas ferme en sortant de l'ascenseur. Elle esquiva même la secrétaire qui aurait tout fait pour l'empêcher de frapper à la porte de son boss.

Elle toqua trois petits coups et entra discrètement. Christian releva la tête et haussa les sourcils quand il aperçut Jessica.

— Il y a un problème ? demanda-t-il, inquiet.

— En quelque sorte. Est-ce qu'on peut discuter ? proposa Jessica en refermant la porte.

Christian plissa les yeux, suspicieux.

— Assieds-toi, dit-il tout de même en lui montrant les deux fauteuils devant son bureau.

Jessica obtempéra sans se faire prier.

— Je t'écoute, continua Christian en tapotant sur son ordinateur.

— En fait, c'est un sujet un peu personnel... Enfin, il s'agit de Lisandro...

Christian lui fit signe de continuer et Jessica lui expliqua pour la photo qu'il avait prise à son insu et envoyée à Martin.

— Et qu'est-ce que tu attends de moi au juste ? questionna Christian.

Jessica haussa maladroitement les épaules.

— Tu pourrais lui remonter les bretelles... Je pensais en parler à Kevin, mais...

— Tu n'as pas intérêt ! la coupa Christian. Laisse-le en dehors de ta vie amoureuse, bon sang ! Il vient tout juste de décider qu'il était temps d'avancer pour lui.

— Et il vient tout juste de me proposer de dormir avec lui à la Qlimax, mais bon...

Christian lui fit les gros yeux comme si tout ça était de sa faute.

— Donc tu vas m'aider ou pas ? se lamenta-t-elle.

— Écoute, Jessica, je t'aime bien et tu le sais. Mais en deux ans, j'ai constaté plusieurs vidéos, disons... X, sur les caméras de surveillance... Je sais que tu as couché avec certains employés et je ne t'ai rien dit. De plus, tu savais parfaitement que tu étais filmée, donc, je pense que tu es assez grande pour régler ce problème avec Lisandro.

Jessica ouvrit la bouche en grand, interdite. Elle mit du temps à se ressaisir.

— Q...Quoi ??? cria-t-elle. Je n'ai jamais pensé aux caméras... Comment tu l'as su ? Tu regardes toutes les vidéos ? s'inquiéta Jessica qui se sentait humiliée.

— Non, le gardien les regarde et il m'a signalé tes divers écarts avec certaines personnes. Et j'aurais pu distribuer des sanctions disciplinaires à tous ces pauvres types à qui tu as dû briser le cœur, mais je ne l'ai pas fait.

— OK... Je te promets que je ne le ferai plus...

— Bien, acquiesça Christian en prenant un dossier sur sa droite.

— Et pour Lisandro ?

— Je lui parlerai, dit simplement Christian. Mais c'est uniquement pour que Kevin ne soit pas mêlé à ça !

Jessica hocha la tête avec la désagréable impression de se faire gronder comme une adolescente immature.

— Retourne à ton poste, maintenant. Et ne fais pas d'histoire avec Babeth. Je sais que tu es passée en douce, sinon, elle ne t'aurait jamais laissée entrer.

Jessica leva les yeux au ciel, remercia Christian et sortit de son bureau. Elle suivit son conseil et fit en sorte de ne pas titiller Babeth en passant devant elle. Cette dernière eut tout de même un reniflement méprisant à son égard, mais Jessica prit sur elle pour ne pas relever. Qui savait si d'autres personnes étaient au courant de ses ébats sauvages avec quelques-uns de ses collègues... Et qui savait qui les avait vus !

À cette simple pensée, la honte la submergea. Dans cette boîte, tout le monde était à l'affût de la moindre rumeur croustillante. Et, même si elle avait fait promettre à ces quelques hommes sexy de garder le silence, elle commençait à flipper. Que penserait Martin d'elle s'il venait à l'apprendre ?

La peur la paralysa soudain, alors que les portes de l'ascenseur s'ouvraient devant le couloir qui menait à son bureau. Si, en temps normal, Jessica assumait ses actes à

100%, depuis qu'elle éprouvait de l'attirance pour Martin, tout semblait être remis en cause.

Jessica reprit ses esprits quand les portes de l'ascenseur se refermèrent. Elle appuya sur le bouton d'ouverture et retourna à son poste. Pourtant, elle eut beaucoup de mal à se concentrer. Sans parler de la photo que Lisandro avait prise ou de cette conversation bizarre avec Christian, ses pensées retournaient inlassablement vers Martin. Son visage tuméfié lui faisait craindre le pire.

Pourvu que Kevin n'y soit pour rien...

Jessica ne put s'empêcher d'envoyer un message à Martin. Elle ne pouvait pas en rester là, c'était tout simplement plus fort qu'elle.

Jessica : Salut... Je voulais juste savoir comment tu allais. Je m'inquiète pour toi, même si je suppose que Stessie prend soin de toi...

Vingt minutes passèrent sans aucune réponse de la part de Martin, alors Jessica envoya un autre message.

Jessica : Je voulais aussi m'excuser pour Lisandro, j'avais trop bu... Je ne me rappelle même pas de ce qui s'est passé. Enfin, voilà... C'était une grosse erreur. Je suis nulle.

Tous les membres de Jessica tremblaient lorsqu'elle appuya sur la touche « envoyer ». Son cœur battait à tout rompre en attendant une réponse, mais elle ne reçut rien de tout l'après-midi et sa petite déprime se transforma en véritable détresse. Elle n'avait jamais éprouvé ce genre de sentiments et ne savait pas quoi faire pour que cette tristesse s'en aille. C'était un vrai cauchemar !

Lorsque Martin se réveilla de sa longue sieste, il avait encore plus mal partout qu'avant de s'endormir. Il se maudit encore une fois d'avoir été si stupide. Il consulta ensuite son téléphone et découvrit les messages de Jessica. Cela lui fit tellement plaisir qu'un sourire se dessina sur ses lèvres et resta un moment sur son visage. Même s'il savait que cette réaction était ridicule étant donné tout ce que sa collègue lui avait fait subir.

Puis il pensa à Stessie et se leva avec difficulté pour voir si elle était rentrée. Il parcourut son petit appartement, sans trouver la moindre trace d'elle. Cela l'inquiéta un peu, mais il s'assit confortablement sur son canapé pour répondre à Jessica. Lui non plus ne pouvait pas s'en empêcher.

Martin : Salut... J'ai mal partout et je ressemble à Quasimodo mais, à part ça, je vais bien. Merci de t'en inquiéter... Pour Lisandro, tu fais ce que tu veux, ce ne sont pas mes affaires...

Martin aurait voulu lui dire autre chose, mais il s'était déjà suffisamment ridiculisé devant Jessica jusqu'à maintenant.

Jessica : Ne m'en veux pas, s'il te plaît... Toute cette histoire avec Christian n'était qu'un malentendu. Je n'ai jamais voulu me débarrasser de toi. J'ai même menacé Christian de démissionner s'il ne changeait pas d'avis...

Martin eut un instant de doute, mais il avait du mal à croire sa collègue.

Martin : J'aimerais vraiment te croire, Jess. Mais les faits ne sont pas tellement en ta faveur... Surtout après ta blague au studio de ta cousine. Tu m'as quand même drogué ! Je crois que Lisandro a raison sur un point : tu es cinglée !

Jessica : C'est faux ! Laisse-moi te le prouver...

Martin : Je n'ai plus tellement confiance en toi... Et je ne comprends pas très bien pourquoi tu m'envoies tous ces messages... Je dois retrouver Stessie, à plus !

Jessica s'effondra en lisant les derniers mots de Martin. Cette fois, elle appela Charline pour lui expliquer la situation. Elle espérait que sa cousine lui trouverait une solution miracle pour arranger les choses, mais Charline se contenta de l'inviter chez elle pour passer une soirée entre filles. Si cela faisait plaisir à Jessica, d'un autre côté, cela l'attristait encore plus, car elle comprit qu'il n'y avait aucune solution à son problème...

Après cet échange, Martin ressentit une immense nostalgie. Ses émotions étaient totalement irrationnelles ! Le comportement de Jessica était vraiment trop bizarre pour qu'il se laisse avoir encore une fois mais, au fond de lui, il ne demandait qu'à être avec elle...

Alors, pour s'éviter d'envoyer un autre message qui le trahirait, il se concentra sur Stessie. Il s'apprêtait à l'appeler lorsque la porte d'entrée s'ouvrit discrètement. Il l'observa marcher vers lui avec un pincement au cœur. Stessie n'était plus que l'ombre d'elle-même et il s'en voulut de lui faire subir ça.

— Est-ce que ça va ? demanda maladroitement Martin.

Il ne savait tout simplement pas quoi faire d'autre. Stessie haussa simplement les épaules et vint s'asseoir à côté de lui. Elle attrapa la main de Martin dans la sienne, car elle ne pouvait pas s'en empêcher. Et ce dernier se laissa faire.

— J'ai appelé ma mère, commença Stessie d'une voix enrouée par la détresse. Elle était avec tes parents...

Martin se crispa instantanément. Il s'attendait au pire.

— Et qu'est-ce qu'elle t'a dit ? questionna-t-il.

— Que je devais faire des efforts pour te reconquérir, renifla Stessie.

Martin sentait que cette situation allait vite lui taper sur les nerfs. Ils savaient tous les deux que leurs parents respectifs avaient toujours rêvé de les voir finir leur vie ensemble. Martin devait trouver une solution. Présenter d'autres personnes à Stessie par exemple...

— Écoute Stessie, je ne peux pas revenir en arrière. Nos parents sont un peu fanatiques à propos de notre relation mais, si ça ne marche pas, ça ne veut pas dire qu'ils ne seront plus amis...

Stessie fondit de nouveau en larmes et son mascara coula de plus belle sur ses joues.

— Mon patron m'a invité à une espèce de soirée, lâcha Martin sans réfléchir. Tu devrais venir... Il paraît qu'il reste quelques places sur certains sites.

Stessie se calma aussitôt et dévisagea Martin avec un nouvel espoir au fond du cœur. Elle hocha la tête et Martin la prit dans ses bras pour la réconforter. Il ne supportait pas de la voir aussi triste, surtout à cause de lui.

— Je vais te trouver une place, t'en fais pas.

Il ne savait pas très bien s'il pourrait tenir son engagement ni s'il avait fait le bon choix en l'invitant, mais Stessie avait cessé de pleurer et c'était tout ce qui comptait. Du moins, pour l'instant. Au bout d'un moment, elle releva la tête vers lui.

— Ton visage a dégonflé, remarqua-t-elle.

Martin se sentit soudain soulagé. Car si ses hématomes s'atténuaient, il pourrait retourner travailler et prendre un peu l'air. Le fait que Stessie vive avec lui commençait à l'étouffer.

Le lendemain matin lorsque Martin arriva à son bureau, son visage faisait beaucoup moins peur. Même si ses hématomes étaient encore très visibles, il ne ressemblait plus à Quasimodo, ce qui était déjà une grosse amélioration.

Jessica était déjà à son poste et le cœur de Martin se mit à battre la chamade lorsqu'il l'aperçut. Elle était toujours aussi belle et habillée de façon très classe avec son tailleur jupe crayon et son chemisier blanc. Ses chaussures rouges étaient assorties à son rouge à lèvres. Et il trouvait cette couleur vraiment sexy. Jessica lui adressa un sourire éblouissant alors qu'il s'installait sur sa chaise. Puis elle s'avança vers lui et posa ses fesses sur le coin du bureau. Martin se sentit un peu acculé par cette soudaine proximité.

— Tu es disposé à parler aujourd'hui ? commença-t-elle avec aplomb.

Martin fronça les sourcils et l'ignora du mieux qu'il put. Mais Jessica ne comptait pas en rester là. Elle avait vraiment du mal à se retenir de toucher Martin. Alors, elle leva sa main pour la poser sur le visage de son collègue, là où il était blessé. Leurs regards se croisèrent et Martin se figea. Tout son corps fut parcouru de frissons délicieusement agréables. De plus, le décolleté de Jessica laissait entre-apercevoir la dentelle de son soutien-gorge et Martin sentit immédiatement son sexe gonfler dans son boxer. À tel point que ça commençait à lui faire mal.

— Dis-moi qui t'a fait ça, murmura-t-elle, en caressant doucement sa joue.

Ils étaient tous les deux dans un état qui les mettait au supplice ; à deux doigts de se jeter l'un sur l'autre. Cette attraction qui existait entre eux était d'une puissance qu'aucun des deux n'avait jamais connue. Cette fois, Martin ne réussit pas à mentir.

— Mon entraîneur...

— Pourquoi ? chuchota Jessica en glissant du bureau pour se rapprocher de Martin.

Elle s'assit sur ses genoux et ils se fixèrent un instant. Martin avait le cœur dans la gorge, il resta muet un instant avant de réussir à parler. Il lui dit enfin la vérité.

— Quand j'ai reçu la photo de Lisandro, j'ai pété les plombs... C'était ça ou lui casser la gueule, répliqua Martin d'une voix tendue.

Il baissa les yeux, se sentant un peu honteux face à Jessica et se retrouva à fixer son décolleté. La rondeur de sa poitrine lui donna des bouffées de chaleur.

Jessica avait le ventre noué par l'impatience et ne put s'empêcher de rapprocher ses lèvres de celles de Martin. Il venait de faire naître un nouvel espoir dans son cœur.

— Tu étais jaloux ? souffla-t-elle en se retenant de l'embrasser, ses doigts caressant toujours la joue de son collègue.

Martin serra les dents et ferma les yeux. Il n'avait aucune envie de répondre à cette question. Et il était à deux doigts de se jeter sur Jessica. Elle se tortilla imperceptiblement sur ses genoux et il se fit violence pour se maîtriser. Il ne pouvait pas tout lui pardonner. Cette fille s'était déjà trop foutue de sa gueule pour qu'il la laisse le manipuler encore.

Alors, il changea de sujet, même s'il aurait tout donné pour prolonger ce moment et l'embrasser sauvagement.

— J'ai invité Stessie à la Qlimax. Si tu veux te faire pardonner pour tout ce que tu m'as fait, tu pourrais lui trouver une place, dit-il de façon un peu brusque.

Surprise, Jessica s'écarta de Martin et descendit de ses genoux avec déception et colère.

— Et si je le fais, tu me feras de nouveau confiance ? Suffisamment pour quitter Stessie ? s'emporta Jessica qui se rendit compte qu'elle était en train de lui faire une scène.

Martin s'étouffa. Il ne s'était pas attendu à ça.

— Je croyais que tu voulais seulement coucher avec moi.

Jessica le dévisagea en essayant de canaliser son conflit intérieur. Elle luttait entre son égo et ses véritables sentiments.

— C'est ça... mais tu sembles être quelqu'un de fidèle donc...

— Contrairement à toi ! cracha Martin, dégoûté.

Cette réplique toucha Jessica en plein cœur et elle s'en voulut d'avoir agi comme une vraie conne.

— Je suis fidèle ! s'insurgea-t-elle. Mais j'ai été la maîtresse de pas mal d'hommes... Je sais comment ils fonctionnent.

— Pourquoi tu as quitté Kevin ? enchaîna Martin qui voulait à tout prit savoir depuis le soir où il l'avait rencontré.

Le corps de Martin tremblait du manque de Jessica. Il était dans un état d'excitation proche de la folie et ça le rendait agressif.

Jessica marqua un temps d'arrêt. Elle ne s'attendait pas à cette question et cela la prit au dépourvu. Néanmoins, elle y répondit avec honnêteté.

— Kevin m'aimait et ce n'était pas réciproque... Je l'ai compris lorsqu'il m'a demandée en mariage. Depuis, il broie du noir et me déteste. J'ai été lui parler quand Christian t'a mis à pied par sa faute. Je lui ai dit d'arrêter toutes ses conneries, que ça ne changerait rien.

— Et il a changé d'avis ? s'étonna Martin en retrouvant peu à peu son calme.

Il se rappelait la tristesse que Kevin dégageait lorsqu'il l'avait croisé.

— Oui. Je me suis excusée de l'avoir fait souffrir et voilà... est-ce que tu me crois, maintenant ?

Martin dévisagea Jessica. Il ne savait plus quoi penser d'elle.

— Pourquoi tu as couché avec Lisandro ? Je croyais qu'il te tapait sur les nerfs..., continua Martin qui voulait comprendre pourquoi Jessica avait agi comme ça.

— J'en sais rien... J'étais saoule, répondit cette dernière. Quand je suis bourrée, je fais souvent des trucs stupides. Je ne me rappelle pas de cette soirée...

Martin se leva, hocha la tête et la détailla des pieds à la tête. Son regard brûlant donna des vapeurs à Jessica et sa colère s'estompa. Elle se rapprocha encore une fois de Martin, car elle ne pouvait tout simplement pas s'en empêcher. Cette fois, elle l'attrapa par le col de sa chemise et l'embrassa sauvagement. Martin lâcha un grognement de douleur, à cause de sa lèvre abîmée, mais ne protesta pas. Jessica glissa ses doigts dans ses cheveux et dévora sa bouche avec passion. Dès qu'elle sentit sa langue glisser contre la sienne, elle lâcha un gémissement qui fit trembler le corps de Martin. Elle perdit tout son self-control et poussa Martin dans son fauteuil. Ses diverses contusions lui arrachèrent une grimace de douleur, tandis que Jessica se mettait à califourchon sur ses genoux, ce qui remonta sa jupe très haut sur ses cuisses.

Les mains de Jessica glissèrent ensuite sur les muscles de Martin à travers sa chemise et ses lèvres descendirent dans son cou. Elle déboutonna sa braguette.

Martin ferma les yeux, tandis que son cœur martelait sa poitrine et son sexe avec frénésie. Il attrapa les fesses de Jessica et l'attira plus près de lui. Un gémissement échappa encore une fois à sa collègue. Elle glissa la main dans son pantalon et attrapa son sexe dur et brûlant. Cela lui procura des sensations qu'il n'avait encore jamais connues. Martin était en transe et Jessica aussi.

Pourtant, il eut soudain un semblant de lucidité en réalisant qu'ils étaient dans leur bureau. Il attrapa le poignet de Jessica et ses doigts s'immobilisèrent sur son membre palpitant.

— On est au bureau..., lâcha-t-il d'une voix essoufflée.

Jessica se rappela alors l'histoire des caméras de surveillance et cela la fit immédiatement redescendre sur terre. Elle détacha ses doigts du sexe de Martin et il ferma une nouvelle fois les yeux, alors que son membre palpitait douloureusement. Puis, elle referma tant bien que mal la braguette.

— Désolée...

Martin la fixa avec sérieux pendant quelques secondes.

— Je ne veux pas être ton jouet, la prévint-il avec méfiance.

Tout son corps tremblait d'excitation et son sexe était encore à vif du contact de Jessica.

Cette dernière était exactement dans le même état et ses

sous-vêtements étaient tellement trempés qu'elle fut soulagée d'avoir mis une jupe et non un pantalon.

— Je n'ai pas l'intention de jouer avec toi si c'est ce qui t'inquiète.

Elle se releva à contrecœur puis dévisagea Martin qui grimaça en se redressant.

— Je t'ai fait mal ? s'inquiéta-t-elle soudain.

— Ça va..., je survivrai, répliqua Martin.

— Pardon, j'aurais dû être plus douce..., murmura Jessica qui se rendait compte qu'elle avait totalement perdu les pédales.

Martin se contenta de la fixer.

— Tu comptes toujours emmener Stessie à la Qlimax ? demanda finalement Jessica avec inquiétude.

Martin plissa les yeux.

— Tu as fait ça uniquement pour qu'elle ne vienne pas ? s'insurgea-t-il.

— Pas du tout. Quand tu es là, j'ai du mal à me contrôler. Je te l'ai déjà expliqué, continua Jessica qui ne savait plus comment faire comprendre à Martin qu'il lui plaisait. Quand tu avais la grippe, je t'ai dit que tu m'attirais...

— Je ne veux pas de plan cul ! s'énerva Martin. Trouve une place pour Stessie, si tu ne veux pas que je porte plainte pour harcèlement, trancha-t-il à contrecœur, parce qu'il avait besoin de remettre une certaine distance entre eux.

Jessica mit un peu de temps à répondre. Que Martin veuille absolument emmener sa copine à cette soirée l'attristait. Sa poitrine se comprima avec désespoir.

— D'accord, je vais voir ce que je peux faire, accepta-t-elle tout de même.

Soudain, Martin regretta d'avoir invité Stessie à passer cette soirée avec lui. Son attirance pour Jessica la rendrait sûrement malheureuse, mais il était un peu trop tard pour revenir en arrière.

Ils essayèrent tous deux de se remettre au travail, mais la

tension qui régnait dans la pièce rendait la chose difficile. À partir de ce moment-là, ils n'échangèrent plus un mot. Jessica ne préférait pas se faire plus de mal. Malgré la réaction de Martin lorsqu'elle s'était jetée sur lui, il ne comptait pas quitter sa copine... Et cela lui brisait le cœur. Elle se retenait du mieux qu'elle pouvait pour ne pas s'effondrer.

Quant à Martin, il ne voulait pas se comporter comme tous ces hommes qui se jetaient aux pieds de Jessica. Il n'avait toujours pas confiance en elle, encore moins en lui depuis qu'elle l'avait embrassé et touché. Cette scène hantait son esprit et lui faisait perdre la tête.

Bon sang ! Il devait se ressaisir. La soirée n'était que dans quelques jours. Il devait tenir au moins jusque-là. Mais il se doutait que si Jessica lui sautait de nouveau dessus, il n'aurait probablement pas la volonté de la repousser une seconde fois. Alors, il pria pour que cela n'arrive pas.

Le soir même, Jessica se rendit chez sa cousine. Elle ne savait plus comment gérer cette situation. Et savoir que Stessie serait présente lui mettait les nerfs à vif. Même si cela ne l'enchantait guère, elle devait lui trouver une place pour que Martin ne porte pas plainte contre elle. Même si, au fond d'elle, elle doutait qu'il le fasse, on n'était jamais trop prudent.

Il pleuvait à grosses gouttes lorsque Jessica sortit de sa voiture pour sonner chez Charline. Le portail s'ouvrit au bout de quelques secondes et elle courut jusqu'à l'entrée. Charline ouvrit la porte et lui fit de gros yeux.

— Tu aurais pu appeler, la réprimanda-t-elle. J'aurais pu avoir un rendez-vous.

— Dans ce cas, tu ne m'aurais pas ouvert, répliqua Jessica qui arborait une mine triste.

Charline la laissa entrer et l'invita à s'asseoir sur le canapé avant de lui préparer un chocolat chaud.

— Ton collègue te fait toujours des misères ? demanda Charline d'un ton moqueur en revenant vers le salon avec un plateau de deux tasses brûlantes.

— Il a une copine et il veut que je lui trouve une place pour la Qlimax... Kevin nous a offert des billets pour se faire pardonner, expliqua Jessica. Et Christian nous paie l'hôtel.

— QUOI ??? hurla Charline. Tu comptais y aller sans moi ?

Elle fit les gros yeux à Jessica d'un air totalement outré et cette dernière haussa les épaules.

— Je n'ai pas vraiment eu le temps de t'en parler.

Charline ne perdit pas une minute et alluma son ordinateur portable pour rechercher une place. Il ne lui fallut pas plus de dix minutes pour en trouver une.

— La vache, ils ont triplé le prix, les salauds ! Heureusement que j'ai les moyens, rigola-t-elle.

Elle regarda ensuite Jessica du coin de l'œil puis sortit sa carte de crédit. Quelques minutes plus tard, elle se dirigea vers son imprimante pour imprimer deux places.

— Tiens, c'est cadeau. Comme ça, je verrai à quoi ressemble ta rivale, dit Charline en tendant une feuille à Jessica.

Cette dernière hocha la tête sans grande conviction. Elle avait plus envie de pleurer qu'autre chose.

— Allez, Jess, ne fais pas cette tête. C'est pas la fin du monde.

— Il ne restait que trois chambres disponibles à l'hôtel et on est sept avec toi.

— Tant pis, de toute façon je doute qu'on dorme beaucoup.

Charline était surexcitée contrairement à Jessica qui broyait du noir. Elle marchait dans tous les sens.

— J'ai toujours rêvé d'aller à cet événement, mais j'avais la trouille d'y aller seule. C'est quand même aux Pays-Bas et partir à l'étranger seule, surtout pour une soirée, c'est pas super drôle. Mais y aller avec toi, c'est juste génial !!

Jessica ne répondit rien, elle avait juste envie d'oublier Martin et surtout Stessie. Néanmoins, elle rangea soigneusement la feuille dans son sac. Charline ne semblait pas comprendre son désarroi. Pourtant, elle arrêta enfin son monologue pour observer Jessica.

— Alors tu l'aimes vraiment, hein ? demanda soudain Charline, ce qui fit relever les yeux de Jessica.

Elles se fixèrent un instant. Le temps que Jessica analyse ses émotions.

— J'en sais rien... Il me manque et je ne supporte pas de le voir avec cette traînée brune.

— Eh bien, ça ressemble fortement à de l'amouuuur, Jess.

— N'importe quoi ! C'est juste une très forte attirance physique... Tout à l'heure, je lui ai sauté dessus et je l'ai presque violé sur son fauteuil, avoua Jessica embarrassée.

— Waouh ! Et il a fait quoi ? demanda Charline en sirotant son chocolat chaud.

Elle était avide de détails croustillants.

— Rien... Il s'est laissé faire quelques minutes et puis il m'a repoussée. Il sort avec Stessie et je pensais qu'il était fidèle, contrairement à d'autres... J'ai du mal à comprendre... Je suis un peu déçue, en fait.

Charline observa sa cousine un long moment en attendant la suite. Comme Jessica ne parlait plus, elle prit le relais.

— T'es gonflée quand même ! rigola Charline. Tu lui as sauté dessus, Jess. Je suis sûre que tu l'as fait flipper. Il a dû mettre du temps à reprendre ses esprits pour te repousser.

— Peut-être, acquiesça Jessica. J'ai les boules... aucun mec ne m'avait repoussée jusqu'à maintenant...

— Tu sais, tout ça, c'est ce qu'on ressent quand on est amoureuse, Jess, se moqua gentiment Charline. Le manque, l'impossibilité de se concentrer sur quoi que ce soit d'autre que ce mec, la jalousie quand il préfère une autre nana et l'envie constante d'être avec lui, de faire l'amour, enfin tout ça quoi.

Jessica croisa les bras sur sa poitrine comme une petite fille contrariée.

— Je ne peux pas être amoureuse de ce type ! Comment c'est arrivé..., se plaignit-elle.

Et Charline explosa de rire.

— Tu devrais être contente, ta mère va sauter au plafond quand elle l'apprendra et, en plus, tu n'auras plus à subir son baratin sur l'amour ou ses rencontres arrangées.

Jessica grogna de frustration en pensant à sa mère.

— Je ne savais pas que tomber amoureuse impliquait de perdre son cerveau... ça craint, franchement. Je ne veux pas devenir comme toutes ces nanas qui ne pensent qu'à leur mec H24 ! J'ai une vie à côté, merde !

De nouveau, Charline rigola.

— Bienvenue dans le monde de l'amouuuur, plaisanta-t-elle en entourant les épaules de sa cousine. Allez, on va regarder une belle comédie romantique pour te remonter le moral.

Jessica fit la moue, mais accepta tout de même.

Le lendemain, lorsque Jessica se rendit à son travail, elle serrait la place de Stessie dans sa main. Martin n'était pas encore arrivé, alors elle décida de la poser sur son bureau. Il valait mieux qu'elle ne lui adresse plus la parole pour éviter de se jeter une fois de plus sur lui. Puis elle essaya de se mettre au travail. Les dix minutes qu'elle passa à attendre son collègue lui parurent d'une longueur incroyable.

Lorsqu'il arriva enfin, Martin ne prêta pas attention à Jessica. Il ne voulait pas passer pour un petit toutou comme tous ces mecs à ses pieds. Il voulait qu'elle le respecte, pas être son jouet. Elle devait en avoir assez comme ça...

Il remarqua enfin la feuille de papier sur son bureau et fut obligé de regarder sa collègue. Quand il leva les yeux vers elle, son cœur se mit à battre plus fort à mesure qu'il détaillait sa jupe droite et son décolleté plongeant. Une bouffée de chaleur l'envahit et son membre gonfla instantanément.

— Qu'est-ce que c'est ? demanda-t-il d'une voix qui trahissait un peu son trouble.

Jessica observa la feuille et voulut se lever pour rejoindre Martin, mais il la stoppa d'un geste. Contrariée, elle pinça les lèvres et répondit d'un ton peu aimable malgré le trouble que provoquait Martin en elle.

— La place que tu voulais pour Stessie.

Martin regarda encore une fois la feuille et sentit son cœur se serrer. Cette soirée s'annonçait vraiment mal.

— Merci. Mais c'est aux Pays-Bas ? remarqua Martin.

Il n'avait même pas pris le temps de se renseigner sur cet événement.

— Oui, Kevin a réservé l'hôtel, il n'y a que trois chambres. On aurait pu en partager une... dommage...

Le visage de Martin vira au rouge et Jessica regretta aussitôt d'avoir dit ça.

— Tu vas dormir avec qui ? questionna-t-il en ressentant une soudaine jalousie.

Jessica haussa les épaules, mais ne put s'empêcher de le provoquer.

— Peut-être avec Lisandro ou avec Kevin, il m'a proposé de partager son lit. Et ça a toujours été un bon coup, alors pourquoi pas...

Martin sentit la colère l'envahir. Il plaqua la feuille avec rage sur son bureau puis sortit de la pièce avec humeur. Il prit un café et se réfugia dehors dans le coin fumeur. Jessica fut tellement surprise par sa réaction qu'elle ne tenta même pas de le rattraper.

Encore une fois, Martin avait envie de frapper quelqu'un. Mais il se contenta de discuter avec les quelques ouvriers qui fumaient leur cigarette. Et, heureusement, il y avait Nestor, un quadragénaire très drôle avec qui il s'entendait bien. Ce dernier lui proposa une cigarette comme à chaque fois qu'il croisait Martin à cet endroit. Et pour la première fois, Martin accepta.

— La garce sans cœur arrive, murmura Nestor en remarquant Jessica au loin. Tu savais qu'elle avait couché avec Ben et Charles aussi ?

Martin hocha négativement la tête et sa colère augmenta. À croire que cette fille couchait avec tous les mecs de trente ans ayant un physique athlétique. Martin la fixa jusqu'à ce qu'elle s'arrête devant lui.

Les trois autres ouvriers qui fumaient les regardaient avec curiosité.

— Je n'aurais pas dû dire ça, s'excusa Jessica, sans prêter attention aux trois personnes qui les écoutaient.

— Mais tu l'as fait. C'est un peu trop simple de venir t'excuser.

— Alors qu'est-ce que je dois faire ? Je t'ai donné la place comme tu le voulais...

Martin la toisa avec agacement tout en fumant sa cigarette.

— Je suis en pause, on en parlera tout à l'heure.

Des sifflements d'admiration retentirent derrière lui et Jessica lança un regard méprisant aux trois ouvriers qui les observaient.

— Très bien ! cracha-t-elle en faisant demi-tour.

Les quatre hommes ne purent s'empêcher de fixer ses fesses qui roulaient à chaque pas, jusqu'à ce qu'elle disparaisse par la porte.

— Putain ! Elle te mange dans la main, mon garçon, s'extasia Nestor.

— Elle se fout de ma gueule plutôt..., répliqua Martin.

Nestor leva un sourcil et Martin réfléchit un instant à la situation.

— Tu crois ? demanda-t-il avec hésitation

Les deux autres ouvriers venaient de retourner à leur poste et, à présent, il était seul avec Nestor. Ce dernier lui tapota l'épaule.

— Elle est accro, fais-moi confiance, lui dit-il avec un petit clin d'œil.

18

Le jour de la Climax était enfin arrivé. Martin n'avait presque plus aucune marque sur le visage et le corps. Son patron devait venir le chercher avec son Touran de sept places. Ils allaient voyager pendant 6 heures pour se rendre à Arnhem, aux Pays-Bas.

Stessie sortit de la chambre avec un énorme sac.

— Je suis presque prête, dit-elle en rejoignant Martin dans le salon.

Il avisa le bagage de Stessie et fronça les sourcils.

— On ne part que pour une nuit, Stess. Tu n'as pas besoin de toutes ces fringues.

— Mais j'ai prévu trois tenues et trois paires de chaussures en fonction du temps qu'il fera. C'est mieux de prévoir.

Martin soupira et la sonnette retentit. Il alla ouvrir la porte et découvrit Jessica sur son palier.

— Tout le monde est prêt ? se réjouit-elle en affichant un sourire radieux lorsqu'elle posa les yeux sur Martin.

Il avait mis un T-shirt moulant noir à manches longues et un jean ajusté. Il était ultra sexy et Jessica ouvrit la bouche malgré elle en le détaillant de la tête aux pieds.

— Ferme la bouche ! lui intima Martin en se retenant de la plaquer contre lui.

Elle aussi avait opté pour un jean moulant et un top rose à manches longues un peu décolleté, comme à son habitude. Ses talons aiguilles et ses lèvres étaient assortis et arboraient également un rose pâle très mignon. Une vraie Barbie sexy.

Stessie poussa Martin pour passer et cela lui remit les idées en place. Martin alla chercher son petit sac avant de rejoindre Stessie et Jessica qui l'attendaient sur le palier. Il sentait une certaine animosité entre les deux femmes et cela le mit mal à l'aise.

— C'est grâce à moi si tu as une place, attaqua Jessica en descendant les escaliers de l'immeuble.

Stessie ne pipa mot, mais son expression en disait déjà long sur ses émotions, tandis que Martin marchait en retrait juste derrière elles, ne sachant comment gérer cette situation. Aucune femme ne s'était battue pour l'avoir avant aujourd'hui.

Ils arrivèrent tous trois devant le Touran où se trouvaient déjà les autres. Christian était au volant, Kevin côté passager, Lisandro et Charline se trouvaient juste derrière eux. Il ne restait que les trois places du fond. Martin comprit alors qu'il passerait les six heures à venir entre Stessie et Jessica. Et cela s'annonçait extrêmement difficile.

— Allez Barbie, en voiture ! cria Christian.

— Ne m'appelle pas comme ça, se renfrogna Jessica.

Lisandro et Kevin explosèrent de rire, tandis que Christian en rajoutait une couche. Cela détourna l'attention de Jessica juste assez longtemps pour que Stessie se place au milieu de la banquette. Martin ne réussit pas à protester et lorsque Jessica s'en aperçut, il lui restait la place côté gauche. Elle étouffa un grognement de frustration, mais ne fit rien pour changer les choses. Après tout, il valait peut-être mieux qu'ils soient séparés sinon, elle risquait de faire des bêtises.

Le Touran démarra et le voyage commença. Charline se retourna régulièrement pour adresser des regards avec de gros sous-entendus à Jessica, tandis que Lisandro lui faisait son numéro de charme. Bien sûr, Charline l'envoyait balader. Elles n'étaient pas cousines pour rien. Et Jessica fit de son mieux pour ignorer ce type qu'elle croyait être son ami et qui l'avait trahie !

Quant à Stessie, elle fit tout son possible pour s'accaparer Martin. Elle essayait constamment de lui tenir la main ou de poser sa tête sur son épaule, mais ce dernier la repoussait gentiment à chaque fois, ce qui ne passa pas inaperçu auprès de Jessica. Cette dernière se demandait bien ce qui se passait entre eux...

Kevin se décida à mettre un peu de musique pour mettre tout le monde dans l'ambiance avant la grande soirée. Il mit le CD de la dernière Qlimax et l'habitacle fut bientôt empli de son électro et de basse rythmée qui mettaient presque tout le monde dans un état de béatitude.

Tout le monde, sauf Stessie qui se plaignit bien vite.

— C'est quoi cette musique de barbare ? demanda-t-elle à Martin.

— Il paraît que ça s'appelle du Hardstyle. J'aime bien, répliqua-t-il en lui adressant un sourire.

— C'est ce truc qu'on va écouter toute la soirée ? se plaignit-elle.

— Exactement, intervint Jessica. Et il y aura un super spectacle ! C'est grandiose d'y assister. En plus, les gens sont vraiment sympas là-bas. On se croirait sur une autre planète.

Le reste du chemin se passa dans la bonne humeur malgré une Stessie contrariée qui commençait à avoir mal au crâne.

Ils firent une halte pour changer de conducteur et Kevin prit le relais. Ils arrivèrent sur les coups de 18h et Kevin se gara devant un grand hôtel. Arrivé à la réception avec toutes leurs affaires, Christian récupéra les trois clés et Jessica se précipita sur lui en attrapant le bras de sa cousine.

— On dort avec Christian ! hurla-t-elle comme une gamine.

— Non ! *Je* dors avec Christian, protesta Kevin.

— Je vois que personne ne se soucie de mon avis, remarqua Christian.

— C'est clair, bougonna Lisandro en regardant Charline. Je peux dormir avec Charline, sinon...

Cette dernière explosa de rire.

— Tu vas un peu vite en besogne, mon gars, le rabroua-t-elle.

Martin n'y comprenait plus rien, mais il fut soulagé que Jessica préfère dormir avec leur patron au lieu de son ex ou de Lisandro. De plus, voir Christian habillé en jean et en T-shirt le déstabilisait un peu.Le blanc de son haut mettait sa peau sombre et ses yeux verts en valeur. C'était quand même son patron et il avait du mal à se détendre en sa présence. Sans parler de Stessie qui était accrochée à son bras comme à une bouée en pleine mer...

— Les chambres sont les unes à côté des autres, on va monter. On décidera là-haut, continua Christian.

Et tout le monde le suivit sans protester. Il donna une clé à Martin et Stessie qui allèrent s'installer dans leur chambre. Christian regarda ensuite ses trois amis ainsi que la cousine de Jessica.

— Désolé, les filles, mais je préfère dormir avec Kevin. Je vous laisse aux bons soins de Lisandro, sourit-il en donnant une clé à ce dernier. Et je vais demander deux lits d'appoint supplémentaires pour que vous soyez à votre aise.

Jessica rouspéta et Charline détailla Lisandro des pieds à la tête. Elle lui arracha la clé des mains et lui adressa un regard mutin en passant à côté de lui.

— Ne prends pas tes rêves pour des réalités, beau gosse, répliqua Charline à l'attention de Lisandro.

Ce dernier sourit jusqu'aux oreilles et regarda enfin Jessica qui était mortifiée de voir sa cousine faire autant de charme à Lisandro.

— J'aime bien ta cousine, Miss cinglée.

— Ouais, bah, évitez de vous peloter à côté de moi ! bougonna-t-elle.

— Oh ! Tu es jalouse ? répliqua Lisandro en la suivant dans la chambre.

Jessica leva les yeux au ciel. Elle n'avait juste aucune envie d'être la cinquième roue du carrosse. Encore moins d'assister à un film porno. Surtout avec sa cousine en actrice principale.

— Ne m'agace pas où tu pourrais te retrouver avec ma main dans ta figure ! Je t'en veux toujours pour ce que tu as fait ! grogna Jessica.

Après avoir mangé un sandwich, tout le monde se retrouva devant l'entrée de la Qlimax. Il y avait un monde fou et une ambiance de folie. Les gens chantaient en attendant l'ouverture avec impatience.

Au bout d'un moment, les portes s'ouvrirent enfin et le flot de la foule se déversa dans un immense stade de foot couvert. Des jeux de lumière illuminèrent la salle, accompagnés d'effets sonores divers pour annoncer l'ouverture. Le tout monta progressivement en intensité et la foule se mit à hurler. Ils avaient tous un Smartphone ou une caméra pour filmer. Puis, la lumière cessa et le DJ aux commandes se mit à parler d'une voix grave avant d'entamer son mix. Les gens commencèrent à se déchaîner autour d'eux, sautant, hurlant et dansant autant qu'ils le pouvaient.

Le thème de cette année était le temple de la lumière et rien que d'entendre les sons et de voir les jeux de lumière, Jessica, Martin, Kevin et les autres en eurent des frissons. Le spectacle qui se déroulait sur la scène était fascinant.

Jessica fut vite galvanisée par la musique. Elle commença à sauter en rythme et les autres en firent de même. Tout le monde arborait un sourire aux lèvres et même si beaucoup parlaient une langue différente autour d'eux, il y avait cette sorte de communion qui régnait entre eux grâce à la musique. Chaque personne réussissait à communiquer et à se faire comprendre.

La première heure passa à une vitesse folle et, bientôt, Stessie pria Martin pour qu'il vienne s'asseoir avec elle dans les gradins. Jessica en profita pour solliciter Christian et lui demanda d'accompagner Stessie au lieu de Martin. Christian fit la moue, mais il était suffisamment fatigué pour accepter. Il s'approcha d'eux alors qu'ils étaient en pleine discussion.

— Je vais chercher un truc à boire, tu viens, Stessie ? proposa Christian.

Stessie le regarda avec surprise, au même titre que Martin.

— Heu... Martin va m'accompagner, répondit-elle.

Bien sûr, la musique forte rendait la communication difficile, ce qui arrangeait Martin.

— Nan, vas-y avec lui, répliqua Martin en la poussant légèrement vers Christian. On se rejoint plus tard.

Stessie lança un regard incrédule vers Martin, mais ne réussit pas à protester, car Christian lui attrapa le poignet pour éviter de la perdre et l'entraîna avec lui. Ils fendirent la foule et disparurent rapidement.

Jessica poussa une exclamation de joie qui fut étouffée par la musique. Elle rejoint Martin en quelques pas, passant à côté de Kevin qui s'éclatait sur la musique, tandis que Charline et Lisandro dansaient en rythme.

La musique électro n'était pas faite pour danser à deux. Jessica se retint donc de se jeter sur Martin. Il y eut une sorte de coupure dans la musique et la scène s'alluma un peu plus, révélant une autre partie du spectacle. Ils observèrent la scène, absorbés par l'ambiance fascinante qui régnait. Et Jessica attrapa machinalement la main de Martin. Elle serra ses doigts entre les siens et cela lui fit un bien fou. Toutefois, elle n'osait pas le regarder.

Le cœur de Martin loupa un battement lorsqu'il sentit les doigts de Jessica dans sa main. Il répondit à son étreinte et un soupir de soulagement lui échappa. Il ne dit rien, profitant simplement de ce contact et du spectacle qui se jouait sur la scène. Il avait totalement oublié Stessie.

Puis la musique reprit et les gens recommencèrent à se déchaîner autour d'eux. Jessica aperçut Stessie qui revenait et lâcha Martin à contrecœur. Elle lui jeta un regard triste avant de repartir vers sa cousine qui sautillait toujours aux côtés de Lisandro.

Sur les coups de 5h du matin, ils décidèrent de rentrer. Christian et Kevin regagnèrent leur chambre, Martin et Stessie aussi, tandis que Jessica, Charline et Lisandro entraient dans la leur.

Jessica aurait bien voulu choisir le lit double, qui semblait beaucoup plus confortable que le lit d'appoint, mais elle ne voulait pas se retrouver dans une situation délicate. Alors, elle s'effondra sur le lit le plus proche de la porte.

— Pitié, Charline, ne dors pas avec lui, murmura Jessica qui commençait déjà à s'endormir.

Charline rigola et se précipita dans le second lit d'appoint.

— T'en fais pas, Jess. Je n'ai pas l'intention de coucher avec lui, dit-elle avec malice.

Lisandro bougonna, mais il était trop tard pour lui aussi, visiblement. Il s'affala sur le grand lit double et coupa la lumière.

— Bonne nuit, les filles. Et évitez de me sauter dessus pendant la nuit, plaisanta-t-il.

Il reçut un coussin en pleine face de la part de Charline.

— Aïe ! cria-t-il pour la forme et Charline pouffa de rire.

Lisandro aurait pu riposter, mais il préféra se servir du coussin pour caler son bras avant de s'endormir.

Le lendemain matin fut très dur pour tout le monde. Il était à peine 10h quand Christian toqua à chaque porte pour réveiller tout le monde. Ils devaient rendre les chambres à 12h pétantes.

Charline fut la première debout et tira les rideaux d'un coup sec pour faire entrer la lumière. Lisandro grogna et Jessica ouvrit enfin les yeux.

— La vache ! Ton patron est un tyran ! protesta Charline.

Pourtant sa mine était fraîche et elle n'avait pas l'air de souffrir du manque de sommeil. Jessica allait répondre quand Charline reçut un coussin en pleine tête.

— Ça, c'est pour hier soir, balança Lisandro à genoux sur le grand lit.

— Salaud ! hurla Charline en mode warrior, en se jetant sur lui.

— Hey ! Les enfants, calmez-vous, rouspéta Jessica en s'asseyant à son tour sur son lit.

Lisandro immobilisa Charline sous lui et elle rendit les armes après une lutte de quelques minutes.

— Au fait, commença Lisandro en regardant Jessica. On n'a pas couché ensemble.

— Merci, répliqua Jessica en levant les yeux au ciel.

— Non, je parle de nous deux, Miss cinglée. J'ai menti, rigola Lisandro en relâchant Charline.

— Quoi ??? hurla Jessica. Tu as dormi avec moi et tu m'as vue complètement nue, mais on n'a rien fait ? Pourquoi tu as pris cette photo alors ?!

Lisandro s'assit sur le lit, tandis que Charline les observait avec intérêt. Jessica croisa les bras sur sa poitrine.

— Écoute, ne le prends pas mal. Je voulais juste te rendre service, OK ? Tu as dit qu'on était amis et les amis servent à ça, non ?

— Développe ! s'impatienta Jessica en le toisant d'un œil noir.

— OK. Le soir où tu m'as appelé, tu pleurais et tu avais l'air vraiment bourrée. Tu m'as supplié de venir, alors je suis venu et tu m'as carrément sauté dessus. Je t'ai repoussée et tu m'as tout expliqué à propos de Martin et de Stessie. Alors, j'ai eu de la peine pour toi et j'ai voulu faire quelque chose pour arranger ça… Martin me bassine avec toi depuis six putains de mois ! Alors, crois-moi quand je te dis que cette photo lui a fait péter les plombs, rigola Lisandro.

— Comment ça ? balbutia Jessica en s'asseyant sur son lit.

— Allo, Miss cinglée ! Martin est amoureux de toi depuis un bail. Il ne parle que de toi quand je le vois et si je ne t'avais pas un peu draguée, il en serait toujours au même point à l'heure qu'il est.

— Waouh, lâcha Jessica dans un souffle. T'es sûr ?

Lisandro lui jeta un regard blasé.

— OK, on va faire un dernier truc et si jamais je m'en sors avec un nez cassé, tu me devras un resto.

Il regarda ensuite Charline.

— Et Charline couchera avec moi, ajouta-t-il avec malice.

— Hors de question ! protesta l'intéressée. Je ne veux pas être mêlée à vos affaires.

— Allez, Charline, c'est pour la bonne cause, insista Jessica. Et puis, c'est pas comme si tu n'en avais pas envie.

Charline lui fit les gros yeux pour qu'elle se taise. Jessica et Lisandro la regardèrent avec une telle insistance qu'elle finit par capituler.

— Bon d'accord, soupira-t-elle.

— J'ai toujours la photo, commença Lisandro en la montrant à Jessica. Et je la regarde souvent à vrai dire.

Jessica sentit la colère l'envahir.

— Donne-moi ça ! s'énerva-t-elle.

Il continua à la provoquer et fit signe à Charline d'ouvrir la porte. Jessica essaya d'attraper le téléphone de Lisandro, mais il la captura dans ses bras pour l'en empêcher.

— Lâche-moi ! Espèce d'imbécile ! se débattit Jessica, tandis que Lisandro rigolait.

Martin sursauta quand quelqu'un frappa avec insistance à sa porte. Stessie était agrippé à lui telle une sangsue et ses jambes étaient entremêlées aux siennes. Il la secoua doucement pour la réveiller et se dégagea avec difficulté de son étreinte envahissante.

— Il est quelle heure ? demanda-t-elle d'une voix enrouée.

— 10h15, on a moins de deux heures pour se préparer et rendre la chambre.

Martin se leva et prit une douche. Lorsqu'il sortit, Stessie avait déjà rangé leurs affaires. Elle prit sa place dans la salle de bains. Martin ouvrit la porte pour dire bonjour aux autres, car il avait besoin de s'éloigner un peu de Stessie. C'est là qu'il entendit Jessica. Sans réfléchir, il se rua dans la chambre voisine. Lorsqu'il vit Lisandro en train de serrer Jessica contre son gré, il ressentit une rage qu'il eut du mal à contrôler. Martin attrapa Lisandro par l'épaule et le tira violemment en arrière avant de lui envoyer un violent coup dans la mâchoire, puis un second qui le mit KO. Lisandro s'effondra sous les regards mortifiés de Jessica et de Charline. Tout s'était passé tellement vite qu'elles n'avaient pas eu le temps de réagir.

Il se tourna ensuite vers Jessica, le visage rongé par l'inquiétude, tandis que Charline se précipitait sur le corps inconscient de Lisandro.

— Est-ce que ça va ? Il t'a fait du mal ? s'affola Martin.

— Non, balbutia Jessica. On plaisantait, c'est tout...

Martin se figea un instant et regarda brièvement Lisandro. C'est à cet instant qu'il réalisa qu'il avait agi de façon vraiment excessive. Soudain, il se sentit mal.

— J'ai cru..., bégaya Martin.

Lisandro grogna et Charline eut un soupir de soulagement. Il se releva avec difficulté en se tenant la tête.

— Putain, mec ! T'es cinglé !

— C'est pas grave, répliqua Jessica. Il a eu ce qu'il méritait.

Elle regarda ensuite sa cousine avec un sous-entendu.

— Il n'a pas le nez cassé ! protesta cette dernière.

— Un œil au beurre noir, ça compte aussi, renchérit Lisandro en se relevant.

Martin fronça les sourcils sans comprendre.

— Allez, Miss cinglée, dis-lui maintenant, continua Lisandro. Sinon, c'est moi qui le fais. Je me suis fait frapper pour toi, je te signale !

Martin observa Jessica avec appréhension. Il ne

comprenait absolument rien à ce qui venait de se passer.

— Efface la photo d'abord, commanda Jessica.

Lisandro soupira, mais s'exécuta. Puis il prit Charline par la main et l'entraîna avec lui dans le couloir.

— Ils ont besoin d'un peu d'intimité, ajouta-t-il avec un clin d'œil en fermant la porte derrière eux.

Jessica s'assit sur le lit, sans oser regarder Martin.

— Je n'ai pas couché avec Lisandro, il a pris cette photo pour t'emmerder. Il voulait juste m'aider.

— Comment ça ? questionna Martin, toujours debout à côté de Jessica. Vous étiez à poil dans un lit...

Elle releva les yeux vers lui et au moment où leurs regards se croisèrent, un magnétisme puissant les paralysa tous les deux. Néanmoins, elle rompit le contact et fixa de nouveau le sol.

— Je n'ai jamais été amoureuse jusqu'à maintenant, dit-elle avec embarras. Et ça me convenait très bien !

Martin ne répondit pas et continua de l'écouter, sans trop savoir où sa collègue voulait en venir.

— Tout le monde dit que je suis amoureuse de toi, lâcha-t-elle. Enfin... d'après les symptômes...

— D'après « les symptômes » ? demanda Martin, en croyant à une plaisanterie. Tu te moques encore de moi ?

Jessica se leva de nouveau pour lui faire face.

— Pas du tout ! Je sais que tu sors avec Stessie, mais...

Jessica s'apprêtait à tout lui dire lorsque Christian la coupa en ouvrant brusquement la porte.

— On part dans quinze minutes, Barbie, t'as intérêt à être prête.

— OK, répondit Jessica qui tremblait des pieds à la tête.

— Où est-ce que tu veux en venir ? questionna Martin, le cœur dans la gorge, se gardant bien de préciser qu'il ne sortait plus avec Stessie.

Il avait un pressentiment qui lui intimait d'aller vers Jessica et c'est ce qu'il fit. Il s'approcha d'elle et lui attrapa la main. Ce contact les mit tous les deux hors d'haleine, mais Charline et Lisandro qui étaient à l'entrée, à l'affût de détails croustillants, entrèrent pour récupérer leurs affaires, tandis que Christian continuait son tour pour rassembler tous les autres.

— Alors, tu lui as dit ? demanda Lisandro en passant devant eux.

Jessica relâcha la main de Martin avec fatalité.

Si j'avais eu seulement quelques minutes de plus...

Mais, à présent, elle n'avait plus le temps d'avouer ses sentiments, elle s'affaira donc à rassembler ses affaires. Martin l'observa encore un instant. Il n'arrivait pas à partir, mais Stessie se posta sur le palier de la chambre et Martin se sentit obligé de la rejoindre dans le couloir.

— J'ai pris ton sac et rendu la clé à Christian, dit-elle avec anxiété, alors que ce dernier se tenait juste à côté d'eux en pleine discussion avec Kevin.

Stessie avait bien compris qu'il se passait quelque chose entre Martin et Jessica. Elle entendait les paroles de Christian qui raisonnait Kevin et qui lui disait de rencontrer d'autres personnes. Il s'engageait même à lui présenter sa cousine métisse qui chantait parfois dans des petits bars branchés. Stessie comprit alors que Kevin était l'ex de Jessica et que c'était à cause de ça qu'il regardait Martin d'une façon aussi curieuse. Elle avait même cru qu'il allait lui sauter à la gorge plus d'une fois. Alors, elle continua d'écouter leur conversation, car Martin était bien trop silencieux.

Jessica avait du mal à se concentrer sur sa tâche, alors que Lisandro et Charline parlaient entre eux, comme si elle n'était pas dans la pièce. Et comme si personne d'autre ne pouvait les entendre, alors que la porte était grande ouverte et que leurs amis étaient encore dans le couloir à les attendre.

— Elle ne lui dira jamais, conclut Charline. Jessica a un problème avec l'engagement. Tu sais, je voulais utiliser la vidéo, mais j'ai accepté de laisser tomber si Jessica sortait avec Martin au moins six mois et tu sais ce qu'elle m'a répondu ? « Tu veux ma mort ? »

Charline rigola et Jessica sentit la colère l'envahir.

— Charline ! hurla-t-elle.

Bien sûr, Martin avait entendu chacun de ces mots et il devint livide.

— Putain ! J'suis vraiment trop con ! grogna-t-il en s'enfuyant avec rage de l'hôtel.

Personne ne comprit son comportement, excepté Jessica qui regarda précipitamment par la porte pour savoir ce qu'il se passait.

— Il t'a entendu, Charline ! Merde, tu pouvais pas la fermer ?! s'agaça Jessica.

— Désolée, s'excusa Charline en haussant les épaules avec une mine contrite.

Jessica prit son sac avec colère et rejoignit les autres dans le couloir. Elle aurait voulu courir après Martin pour lui expliquer, mais le regard que Kevin posa sur elle l'en dissuada. Elle ne pouvait pas faire ça devant lui. Sa mine triste la faisait trop culpabiliser pour ça. De plus, Stessie était déjà partie à sa poursuite... Jessica se sentit encore plus garce que d'habitude de se conduire comme si Stessie n'existait pas.

Charline et Lisandro sortirent enfin, en continuant leur conversation.

— Tu es au courant que tu viens de tout faire foirer ? demanda Lisandro à Charline avec une moue contrariée. Je viens de me faire taper pour rien.

Charline lui sourit d'un air penaud en le suivant dans le couloir.

— Pas vraiment pour rien..., dit-elle avec malice. T'en fais pas, je vais arranger les choses.

— Ouais, tu l'as bien mérité, ajouta Kevin qui avait plus ou moins compris leur petite magouille. T'es vraiment un sale type Lisandro. Après avoir dragué mon ex et couché avec elle, tu la fourres dans les bras d'un autre type ! Et en plus, maintenant, elle est amoureuse de lui, putain !

— Je ne suis pas amoureuse de lui ! s'indigna Jessica qui ne pouvait s'empêcher de nier la vérité. Et je n'ai pas couché avec Lisandro, mais je l'aime bien. Parfois...

Lisandro lui adressa un regard réprobateur.

— Comment ça parfois ? Je suis ton meilleur ami, ma poule ! Mieux que Kevin, hein ? plaisanta-t-il avec un clin d'œil complice.

— Ferme-là, pauvre con ! l'insulta Kevin.

Jesssica sourit, mais ne répondit pas. C'est vrai qu'elle appréciait de plus en plus Lisandro, ces derniers temps. Il était lourd et énervant la plupart du temps, mais il était aussi drôle et sympathique. Et après sa confession, elle ne lui en voulait plus du tout.

Le petit groupe descendit jusqu'à la réception puis rejoignit Martin, qui faisait les cent pas devant le Touran, alors que Stessie l'observait, les bras croisés sur sa poitrine. L'ambiance n'était pas au beau fixe étant donné les petites tensions qui régnaient au sein du groupe.

Cette fois, Martin monta derrière le siège conducteur et ne prononça pas un seul mot. Il se sentait encore une fois pris pour un con. Stessie s'installa à côté de lui malgré l'ignorance dont il la gratifiait.

Comme à l'allée, Kevin et Christian étaient à l'avant. Les trois places arrière furent donc occupées par Lisandro, Charline et Jessica qui s'était placée derrière Martin.

Durant le voyage, l'ambiance devint plus agréable, la musique inondait l'habitacle et tout le monde, sauf Jessica et Martin, discutait joyeusement, semblant plutôt content de ce week-end. Même Stessie prit part aux conversations avec Christian et Kevin, tandis que Lisandro plaisantait avec

Charline. Seuls Jessica et Martin broyaient du noir.

Comme à son habitude, Jessica fit la seule chose donc elle avait envie. Discrètement, elle posa sa main sur le siège devant elle et atteignit la nuque de Martin. Il se raidit à son contact, mais ne dit rien lorsqu'elle commença à lui caresser tendrement le cou et la mâchoire. Martin ferma les yeux et sa colère s'envola progressivement. Sa peau était parcourue de délicieux frissons qui le mettaient au supplice. Son membre gonflait à mesure que les doigts de Jessica se promenaient sur sa peau. Bientôt, il se sentit à l'étroit dans son boxer et son érection lui fit un mal de chien. Alors, il attrapa la main de Jessica pour qu'elle arrête, car il était à deux doigts de péter les plombs.

Jessica sursauta lorsque Martin serra son poignet avec force. Elle lutta pour ne pas se coller contre le siège devant elle pour enlacer Martin de ses deux bras. Elle n'arrivait pas à rester si proche de lui sans le toucher. C'était plus fort qu'elle et ça ne lui était encore jamais arrivé. Elle savait qu'au fond, ce n'était qu'une garce, car Stessie se trouvait juste à côté et que Martin ne disait rien pour l'empêcher de le caresser. Une infime partie d'elle fut déçue de constater que Martin était comme tous les hommes qu'elle avait déjà connus : infidèle. Mais l'autre s'en réjouit. Cela voulait dire qu'elle pourrait avoir ce qu'elle voulait.

Heureusement pour Martin, Christian décida de faire une pause pour changer de conducteur. Lorsque le Touran s'arrêta, il fut le premier dehors et disparut, sans dire un mot, dans les toilettes de l'aire d'autoroute. Il devait se calmer de toute urgence. Jessica allait le rendre fou si elle continuait à jouer avec lui de cette façon !

Le petit groupe se dispersa entre les toilettes, les machines à café et l'épicerie. Jessica n'arrivait pas à trouver Martin. Elle voulait lui parler. Elle avait une boule au ventre et appréhendait sa réaction. Elle finit par suivre Kevin et

Christian pour boire un café avec eux. Puis elle aperçut Martin se diriger vers le Touran. Elle se précipita à sa suite, son café chaud à la main. Ses talons hauts ne lui offraient pas une grande liberté de mouvement, mais elle devait le rejoindre avant les autres.

Elle arriva enfin à sa hauteur, un peu essoufflée. Elle se sentait toujours maladroite avec lui.

— Martin..., bredouilla-t-elle.

Il se tourna vers elle pour la toiser. Il venait tout juste de réussir à se calmer.

— Je sais, tu veux juste coucher avec moi, mais je ne suis pas ce genre de type, Jessica. Alors, arrête de jouer avec moi, s'il te plaît.

Martin avait le cœur qui palpitait, alors que Jessica ressentait quelque chose se briser au fond d'elle. Elle ne supportait pas de voir Martin la regarder de cette façon, comme si elle n'était qu'une garce.

— Je suis désolée, murmura-t-elle. Je n'aurais pas dû faire ça, ce n'est pas correct pour Stessie...

— C'est vrai, approuva Martin. Même si on a rompu.

Jessica fixa Martin pendant un long moment, en comprenant qu'elle avait désormais une chance d'être avec lui. Elle allait répliquer quand les autres les rejoignirent. Elle avait tellement envie de prendre Martin dans ses bras qu'elle ressentit une affreuse mélancolie. Le manque de sa chaleur lui était insupportable. Surtout lorsqu'il se trouvait à seulement quelques mètres d'elle.

— Je vais changer de place avec Stessie, annonça Martin, sans oser regarder Jessica.

Il ne pouvait pas se permettre de passer trois autres heures dans cet état d'excitation. Jessica ne devait plus le toucher ! Cette dernière comprit le message et regagna sa place, la mort dans l'âme.

19

Christian déposa Martin et Stessie en premier. Ils saluèrent le groupe avant de monter dans l'appartement. Stessie déposa sa valise dans le salon, tandis que Martin refermait la porte derrière eux. Il était dans un état second et son corps fonctionnait au radar, tel un robot programmé à l'avance.

— Alors c'est vraiment fini ? commença Stessie lorsque Martin se tourna enfin vers elle.

Il la regarda sans la voir et se dirigea vers la cuisine pour boire un grand verre d'eau. Stessie le suivit, les bras croisés sur sa poitrine.

— Je te l'ai déjà dit, Stess. Pourquoi tu continues à faire comme si on était toujours ensemble ?

— Parce que... je t'aime..., lâcha-t-elle avec un profond désespoir.

Martin ferma les yeux. Il devait mettre un terme à tout ça. Il attrapa son téléphone et fit la seule chose qu'il pensait bonne pour Stessie : il appela sa mère.

— Allo, mon chéri ? Alors comment ça se passe avec Stessie ? s'enthousiasma-t-elle.

— Maman, écoute-moi bien. J'ai rompu avec Stessie et vos bourrages de crâne à propos de notre futur mariage imaginaire n'arrangent pas la situation. Alors, si tu veux rester en bon terme avec la famille de Stessie, tu vas devoir prendre en compte mon avis !

— Quoi... ? s'offusqua sa mère. Mais qu'est-ce qui t'arrive ?

— Il m'arrive que Stessie n'arrive pas à comprendre que c'est terminé à cause de vos histoires à la con ! Alors tu vas appeler ses parents et vous allez tous les deux nous foutre la paix et trouver d'autres sujets de conversation, parce qu'on ne se mariera JAMAIS !

Stessie s'effondra encore une fois devant la colère de Martin et ce dernier perdit patience.

— Je vais la ramener et vous prendrez soin d'elle, compris ?

Le silence à l'autre bout du fil fit hésiter Martin. Il ne s'était jamais énervé de cette façon sur sa mère, encore moins devant Stessie.

— Est-ce que tout va bien ? demanda-t-elle enfin.

— J'en sais rien. J'ai juste besoin d'un peu d'air, maman.

Un autre silence lui répondit et il se sentit obligé de préciser une chose en voyant Stessie pleurer en silence devant lui.

— Stessie n'y est pour rien. Depuis que j'ai rencontré Jessica, je... je ne comprends pas ce qu'il m'arrive.

— Très bien, je parlerai à ses parents. Ils étaient si contents qu'elle prenne enfin la bonne décision, se lamenta sa mère.

— C'est arrivé trop tard, maman...

— Je comprends, tu as rencontré quelqu'un d'autre...

— Oui..., souffla Martin en se gardant bien de préciser que cette autre personne allait probablement lui briser le cœur.

Stessie se calma enfin et décida d'agir en adulte. Martin avait raison, elle avait mis beaucoup trop de temps à réagir. Alors quand Martin raccrocha, elle prit sa décision.

— Je vais rentrer, dit-elle d'une voix tremblotante en essuyant ses joues humides de larmes. J'ai compris le message, c'est trop tard...

Elle attrapa sa valise et s'apprêta à partir quand Martin lui bloqua le passage.

— Je ne voulais pas être aussi brusque, Stess. C'est à cause de Jessica, elle me met complètement hors de moi, mais tu n'es pas obligée de partir tout de suite. Prends le temps de préparer tes affaires et d'acheter un billet de train. Je t'emmènerai à la gare.

Stessie hocha la tête avant de se précipiter dans la chambre pour récupérer toutes ses affaires. Elle les fourra dans ses deux grosses valises, fit le tour de la salle de bains, de la cuisine et du salon pour vérifier qu'il ne lui manquait rien, puis utilisa le PC de Martin pour acheter un billet. Elle en trouva un pour le soir même et n'hésita pas une seconde.

— Je vais prendre un taxi, ne t'en fais pas pour moi. Je ne veux pas être un boulet pour toi...

Martin sentit une dernière pointe de culpabilité l'envahir, mais il ne dit rien. Il se contenta de lui faire un dernier câlin pour lui dire au revoir. Dans cette étreinte, Martin dit adieu à leur relation passée. Il se sentait enfin libre de penser à Jessica. Et Stessie fit de son mieux pour aller de l'avant. Elle le serra affectueusement dans ses bras, s'imprégnant une dernière fois de son odeur et de ses muscles parfaits, dont elle n'avait pas assez profité. La vie était parfois cruelle...

Lorsque Stessie fut enfin partie, Martin regarda son portable, posé sur la table basse, avec une furieuse envie d'envoyer un message à Jessica. Il aurait voulu avoir quelques réponses, mais il se contraignit à attendre le lendemain. Ce genre de conversation nécessitait un face à face. De cette façon, il pourrait décrypter ses émotions. Enfin, c'est ce qu'il espérait.

Le lundi matin, Jessica était beaucoup trop anxieuse lorsqu'elle franchit les portes de son entreprise. Elle s'était mise sur son trente-et-un avec une petite robe rouge sexy et moulante, une veste noire et des talons aiguilles assortis, sans oublier son rouge à lèvres d'un profond vermillon. Sa queue de cheval haute donnait encore un peu plus de peps à sa tenue. Bien sûr, les ouvriers qui la saluèrent ne manquèrent pas de la reluquer, mais elle n'y fit presque pas attention. Ses pensées étaient tournées vers Martin depuis la veille. Elle n'arrivait plus à penser à autre chose.

Son cœur était en manque, au même titre que son corps,

alors qu'ils n'avaient pas encore fait l'amour. Lorsqu'elle franchit la porte de leur bureau, sa poitrine se serra en imaginant qu'il la repousserait encore une fois. Elle se fit violence pour garder une contenance lorsqu'elle remarqua son collègue, déjà installé à son poste et en plein travail. Il portait une chemise parme qui lui fit beaucoup d'effet. Son cœur se mit à battre plus vite et sa respiration devint un peu plus rapide.

— Salut, souffla timidement Jessica.

Martin fut obligé de lever les yeux vers sa collègue. Et lorsqu'il croisa son regard, il ressentit un délicieux frisson au creux de son ventre. Son corps se mit à trembler en remarquant la tenue qu'elle portait et une bouffée de chaleur l'envahit. Son membre durcit dans son pantalon et il se fustigea intérieurement de réagir de cette façon.

— Salut, répliqua-t-il sèchement.

Jessica s'approcha d'un pas mal assuré.

— J'aimerais qu'on discute, continua-t-elle.

Martin reporta son attention sur son ordinateur pour éviter de lui sauter dessus. Et aussi pour cacher ses émotions. Il ne répondit pas, parce qu'il en était tout simplement incapable.

— Charline a raison, reprit Jessica en prenant son courage à deux mains. J'ai un problème avec l'engagement...

Martin releva les yeux vers elle et croisa les bras sur sa poitrine.

— Je n'apprécie pas tellement que tu te serves de ton physique pour jouer avec mes sentiments, Jessica.

Martin luttait pour ne pas montrer le tumulte d'émotions qui se jouait en lui, mais il avait du mal. Beaucoup de mal à le cacher.

— Mais je ne joue pas..., se plaignit Jessica qui ne savait plus quoi faire pour le convaincre. Qu'est-ce que je dois faire pour que tu me croies ?

Martin la détailla des pieds à la tête, le cœur battant.

— J'en sais rien... Je veux juste que tu arrêtes de me rendre dingue, Jess. Je vais finir par péter les plombs ! J'ai crié sur ma mère, j'ai fait pleurer Stessie, j'ai démoli la tête de Lisandro... Je veux redevenir moi-même. Pas une espèce de fou qui fait n'importe quoi !

Le ventre de Jessica se noua, mais elle continua sur sa lancée. Elle avança un peu plus vers Martin qui ne put s'empêcher de se lever pour s'éloigner un peu. Il lui tourna le dos et passa nerveusement une main dans ses cheveux.

— On pourrait essayer..., dit-elle d'une voix fébrile, mais la fin de sa phrase mourut sur ses lèvres.

Martin se tourna brusquement vers elle et passa une main sur son visage.

— Tu vas me briser le cœur, c'est tout ce qui va arriver, lâcha-t-il avec amertume. Je ne veux pas ressembler à Kevin. On travaille ensemble, ce n'est pas comme si ça n'avait aucun impact. Et je n'ai pas oublié ce qu'a dit ta cousine. Tu n'envisages pas de sortir avec moi, tu veux juste qu'on couche ensemble ! Et de savoir ça, ça me rend dingue ! Alors, tant que tu seras incapable de me proposer plus que ça, ne m'adresse plus la parole.

Jessica aurait voulu protester, mais le courage lui manquait. Elle ne savait pas si elle serait capable de proposer plus à Martin...

Elle hocha machinalement la tête, sans réussir à prononcer un mot, et partit. Elle préférait s'enfuir et rentrer chez elle, plutôt que d'affronter Martin qui ne faisait que la confronter à ses véritables sentiments. Tout ça était encore trop confus dans son esprit et c'était bien la première fois qu'elle voyait un mec se prendre autant la tête.

Elle grogna de frustration en arrivant à sa voiture.

Bon sang ! Elle ne pouvait pas ressentir une chose pareille ! Elle voulait rester libre et indépendante, pas être accrochée à un mec toute la journée.

De plus, elle ne s'était jamais pris de râteau avant de

rencontrer Martin et cela la contrariait au plus haut point !

Martin passa donc la journée seul, à retourner la scène dans sa tête des milliers de fois. Ça faisait des mois qu'il rêvait de sortir avec Jessica, mais il était incapable de se contenter d'une partie de baise. Il voulait beaucoup plus que ça ! Tant pis, s'il passait à côté de quelque chose...

En réalité, son corps tremblait en imaginant la scène. Il en crevait d'envie. Soudain, il regretta de lui avoir dit ses quatre vérités. Cela le mettait dans un état de déprime qu'il n'avait encore jamais connu. Il n'avait plus envie de rien et son cerveau ne pensait qu'à cette femme sublime qu'il avait repoussée, même s'il se doutait bien que son état serait encore pire après avoir goûté à son corps.

Bon Dieu ! Cette fille allait le tuer à force de provoquer une telle tension et une telle contradiction en lui.

Le soir même, Jessica tripota son portable, assise sur son canapé, en se retenant d'envoyer un message à Martin. Son lapin sur les genoux, elle but une autre gorgée de son verre de vin.

— Et puis, merde ! lâcha-t-elle en se levant brusquement.

Elle attrapa ses clés et prit la décision de se rendre chez Martin. Au pire, il la repousserait encore. Au mieux, ils coucheraient enfin ensemble. Elle n'avait donc rien à perdre à tenter une fois de plus une approche. Si ce n'était un peu d'estime de soi. Elle avait toujours fait ce dont elle avait envie avec les mecs et jusqu'à maintenant, elle n'avait jamais eu de problème. Ils étaient plutôt ravis lorsqu'elle leur sautait dessus comme une lionne enragée.

Encore une fois, elle profita d'un voisin qui entrait pour se faufiler avec lui. Puis elle monta les escaliers au pas de course, le cœur battant à tout rompre. Elle arriva enfin devant l'appartement de Martin. Sa respiration était irrégulière. Elle leva la main pour toquer avec force. L'espace d'un instant, elle redouta de tomber sur Stessie, mais ce fut Martin qui ouvrit. Il avait gardé sa chemise parme et son pantalon de costume. Jessica ne put s'empêcher de le détailler des pieds à la tête. Cela lui donna quelques palpitations.

— Qu'est-ce que tu fais là ? demanda Martin.

Jessica sursauta en revenant à la réalité. Elle releva les yeux vers son visage et croisa son regard sombre et contrarié.

— J'avais besoin de te voir, dit-elle d'une voix déterminée.

Martin fronça les sourcils et fit de son mieux pour ne rien montrer du tumulte d'émotions qui faisait rage en lui. La petite robe rouge de Jessica n'arrangea rien.

Cette dernière avança d'un pas vers Martin et se retrouva à seulement quelques centimètres de son corps chaud et musclé. Puis elle posa ses mains fraîches sur son ventre et les fit glisser jusqu'à ses pectoraux par-dessus le tissu soyeux. Bon Dieu qu'il sentait bon !

— Est-ce qu'on peut quand même coucher ensemble ? supplia-t-elle d'une façon tellement pathétique que cela la dégoûta, mais Martin ne sembla pas s'en apercevoir.

Ce dernier était déjà dans un état d'excitation qui l'empêchait de réfléchir. Son attention était focalisée sur les doigts de Jessica qui glissaient sur son torse. Cela le fit bander comme un fou. Cette fois, il ne pourrait pas la repousser. Alors, tant pis pour son cœur fragile.

— Entre, souffla-t-il en tirant Jessica dans son appartement.

Il referma la porte derrière elle avant de l'observer de nouveau. Son cerveau recommençait à penser et il savait pertinemment que c'était une mauvaise idée, mais Jessica le toucha de nouveau. Elle posa ses mains sur ses abdominaux et il ferma les yeux une seconde sous le flot de sensations qui l'assaillaient. Jessica attrapa sa nuque et l'embrassa sauvagement en le plaquant contre la porte.

Il répondit à son baiser, trouva sa langue et la frôla avec

une lenteur et une frénésie qui lui fit tourner la tête. Puis il attrapa le visage de Jessica entre ses mains pour contrôler ce baiser. Malgré l'impatience qu'il ressentait, il aimait prendre son temps. Jessica émit de petits gémissements qui l'encouragèrent à continuer. Puis elle tira sur sa chemise pour pouvoir glisser ses doigts sur sa peau chaude et parcourut enfin ses muscles, ce qui arracha quelques frissons à Martin.

Ce dernier ne détacha pas ses mains du visage de Jessica et s'écarta légèrement pour la regarder dans les yeux.

— Promets-moi qu'il y aura plus que ça, souffla-t-il contre ses lèvres.

Jessica le fixa un instant sans réussir à répondre autre chose que :

— On verra...

Puis elle s'empara de nouveau de la bouche de Martin. Il aurait voulu protester, mais son corps avait d'autres projets et il ne pouvait plus lutter. Peu importe que cela ne dure qu'une nuit ou plusieurs jours, s'il ne cédait pas, il savait qu'il le regretterait amèrement.

Son baiser resta doux, mais enivrant. Comme à chaque fois, Jessica prit les devants et s'attaqua à la boucle de sa ceinture. Elle fit tomber le pantalon de Martin sur ses chevilles puis tira sur son boxer pour attraper son membre dur et gonflé entre ses doigts. Il était brûlant.

Martin lâcha un souffle tremblant contre ses lèvres alors qu'elle le touchait délicatement. Puis il attrapa doucement son poignet et l'entraîna avec lui vers le canapé. Son sourire lumineux fit vibrer quelque chose à l'intérieur de Jessica, mais elle n'arrivait pas à savoir ce que ça signifiait.

Pendant ces quelques pas, ils n'échangèrent pas un mot. Pour autant, l'ardeur de Jessica était toujours là, plus vive que jamais. Elle poussa Martin sur le canapé et s'assit sur ses genoux, ce qui fit remonter sa robe rouge jusqu'à sa taille. Elle prit les mains de Martin pour les plaquer sur ses fesses et plongea dans son cou. Elle lécha sa peau dans un baiser humide qui fit frissonner Martin.

Au comble de l'excitation, Martin pressa Jessica contre son membre et sentit sa chaude humidité à travers son string. Il avait tellement envie d'elle que son sexe lui faisait mal.

— Le préservatif, souffla-t-il d'une voix enfiévrée par le désir. J'en ai pas...

Jessica s'arrêta une seconde pour le regarder. Il était tellement beau et elle était tellement excitée, que son cerveau était un peu embrouillé. Elle attrapa tout de même son sac à main, qu'elle n'avait pas eu le temps de poser, et fouilla à l'intérieur pour en sortir un petit carré brillant.

— J'en avais pris, au cas où..., murmura-t-elle avec malice.

Elle retira son sac, fit passer sa robe par-dessus sa tête d'un mouvement fluide et se leva pour retirer son string et son soutien-gorge en dentelle rouge. Elle déchira ensuite l'emballage du préservatif pour recouvrir le membre de Martin. Enfin, elle revint sur ses genoux. Elle était trempée et son corps était tendu d'impatience à l'idée de faire l'amour avec Martin.

Ce dernier sentait son cœur battre à ses tempes et dans son sexe. Il avait du mal à se concentrer et se laissa guider par ses pulsions. Il plongea vers le sein gauche de Jessica et le prit dans sa bouche. Jessica perdit pied, alors que son intimité glissait sur le membre de Martin. Elle se redressa pour l'attraper et le guider à l'intérieur d'elle.

Martin agrippa les fesses de Jessica pour l'immobiliser et glissa en elle avec une lenteur démesurée, alors qu'il léchait toujours son téton. Jessica s'accrocha à ses épaules et planta ses ongles dans sa chair. Elle sentait que l'orgasme montait à une rapidité folle ainsi qu'une tout autre émotion qu'elle n'arrivait pas à déchiffrer.

Leur souffle devint de plus en plus irrégulier sous les sensations qui les submergeaient. Martin ferma les yeux et reporta son attention sur le cou de Jessica qu'il embrassa et lécha, tout en faisant de lents va-et-vient à l'intérieur d'elle. Cela la fit trembler.

— Oh, Mon Dieu, Martin, c'est tellement bon..., murmura-t-elle en extase.

Elle accompagnait le mouvement lorsque Martin se retirait presque entièrement pour replonger aussitôt, balayant toutes ses zones érogènes à la perfection.

Jessica ressentit un profond sentiment de bonheur en étant dans ses bras, tandis que l'orgasme montait. La vague enflait de plus en plus, mais Martin ne faiblissait pas, maintenant toujours la même cadence avec une amplitude exquise.

Puis les battements de cœur de Jessica redoublèrent d'intensité, son souffle se coupa et son ventre se contracta avec une violence inouïe. Ses ongles s'enfoncèrent un peu plus dans la peau de Martin, alors que l'orgasme la paralysait. Il dura de longues secondes pendant lesquelles Martin accéléra le rythme pour jouir à son tour dans de profonds coups de reins qui arrachèrent de longs gémissements à Jessica. Sa tête vacilla et elle plana pendant un instant tellement les sensations étaient intenses.

Puis ils s'écroulèrent l'un sur l'autre et s'enlacèrent étroitement. Une fois leurs esprits retrouvés, ils restèrent un moment dans cette position. Aucun d'eux ne voulait lâcher l'autre...

Martin caressait lentement le dos de Jessica, les yeux toujours fermés et le cœur battant. Faire l'amour avec Jessica l'avait littéralement retourné. La peur s'insinuait en lui à chaque nouvelle seconde qui passait. Il ne savait pas ce qui allait arriver, maintenant, mais il était accro à cette fille. Et cela durait depuis plus de six mois...

Il avait toujours la tête entre ses seins, sentant les battements forts dans sa poitrine et le parfum de sa peau qui l'enivrait au plus haut point. Pourtant, il devait rompre leur contact. Son sexe était en train de débander et bientôt le préservatif ne remplirait plus son action. Il devait l'enlever au plus vite. Alors, il repoussa doucement Jessica à contrecœur.

— Je reviens dans une minute, lui dit-il en déposant un doux baiser sur ses lèvres et en la faisant glisser à côté de lui sur le canapé avant de partir vers la salle de bains.

Un vide glacial étreignit Jessica et elle se mit à réfléchir. Elle se demanda ce qui arriverait maintenant. Elle paniqua et se rhabilla rapidement, ramassant ses vêtements éparpillés au sol.

Lorsque Martin revint, il s'arrêta net en la voyant déjà prête à repartir. Pourtant, il ne dit rien et se contenta de l'observer.

— Je... merci pour ça..., balbutia Jessica.

Martin croisa les bras sur sa poitrine, contrarié.

— C'est comme ça que tu fais d'habitude ? Tu baises puis tu te casses ? assena-t-il avec une colère, mêlée de tristesse.

Il était nu au milieu de la pièce et il eut soudain froid. Jusqu'à maintenant, il n'avait jamais eu l'impression d'être juste « utilisé » comme un vulgaire jouet sexuel. Malheureusement, le comportement de Jessica lui donnait cette impression.

Cette dernière réalisa soudain qu'il avait raison. Elle avait toujours pris la fuite après ses rapports. Sauf avec Kevin qui insistait toujours pour qu'elle reste et qu'elle dorme avec lui. Elle y avait même pris goût à force. Mais la plupart des hommes avec qui elle couchait ne lui procuraient pas cette affection dont elle avait besoin. Une fois l'acte accompli, elle voulait juste être tranquille.

C'était la première fois qu'elle regrettait d'agir comme ça. Pourtant, elle préféra prendre la fuite, car le regard de Martin pesait lourdement sur ses épaules. Sa colère était palpable et elle se sentait encore trop fragile pour l'affronter. Alors, elle partit sans dire un mot, laissant cet homme nu magnifique au milieu du salon...

Lorsqu'elle referma la porte derrière elle, elle ne put retenir quelques larmes. Elle se sentait vraiment nulle !

En retournant chez elle, Jessica aurait voulu appeler sa cousine, mais son instinct lui dicta plutôt de se tourner vers Lisandro. Alors, elle lui envoya un message, tandis que son corps souffrait du manque de Martin.

Jessica : J'ai couché avec Martin... Et je me suis enfuie. Je ne sais pas quoi faire... Je crois qu'il me déteste :'(

Jessica trembla de tous ses membres en attendant une réponse. Elle se rongea même les ongles, chose qu'elle n'avait pas faite depuis le lycée ! Enfin, son téléphone vibra.

Lisandro : OK, laisse-moi dix minutes et je suis chez toi, Miss cinglée ;-)

Elle fut un peu surprise de constater que Lisandro répondait toujours présent lorsqu'elle en avait besoin. Ce mec était vraiment adorable. Elle commençait vraiment à l'adorer. En l'attendant, elle prit son lapin sur ses genoux et lui fit des caresses qui l'apaisèrent un peu.

Comme promis, Lisandro arriva quelques minutes plus tard et elle se dépêcha d'aller lui ouvrir. Il comprit tout de suite en la voyant qu'elle avait pleuré. Il fit la moue en détaillant sa mine triste.

— Alors, raconte-moi tout, Miss cinglée. Et pourquoi tu as l'air si triste, alors que tu viens de te taper le mec dont tu rêvais ?

Elle l'entraîna avec elle dans le salon et ils s'installèrent sur le canapé. Spéculoos vint pousser la jambe de Lisandro avec son museau et ce dernier lui donna une petite caresse.

— Ce truc est trop mignon, lâcha-t-il en regardant le gros lapin couleur fauve.

— Ce n'est pas un truc, s'insurgea Jessica.

Lisandro la regarda.

— Ouais, je sais. Bon alors, explique. J'ai annulé un rencard pour toi, alors ça a intérêt à être une urgence.

Il arborait toujours son œil au beurre noir et cela la fit culpabiliser. Elle eut soudain un affreux doute.

— Dis-moi la vérité avant... Tu n'es pas amoureux de moi, hein ? questionna-t-elle avec angoisse.

Lisandro rigola.

— Non, je t'aime bien, c'est tout. Tu es dans la *friendzone* depuis que je t'ai vue complètement bourrée et que j'ai nettoyé ton vomi.

— T'as pas fait ça ? paniqua Jessica en se sentant de plus en plus mal.

— Et si, *Barbie*, répliqua-t-il en lui faisant un clin d'œil. Et, en plus, tu voulais me sauter dessus. Je t'assure que ce n'était pas beau à voir.

Jessica se sentit un peu humiliée en repensant à cette soirée où elle s'était rendue chez Martin et qu'elle avait découvert Stessie dans son appartement. Elle avait été tellement désespérée qu'elle avait fait n'importe quoi. Heureusement que Lisandro avait été là...

— Pourquoi tu fais tout ça pour moi ? J'ai pas été très sympa...

— Tu m'as présenté ta cousine, répondit Lisandro avec un sourire coquin. Bon, maintenant, explique-moi le problème. Et sers-moi une bière avant que je me dessèche !

Jessica s'exécuta. Elle partit dans son frigo et revint avec une 1664 bien fraîche. Puis elle reprit sa place près de Lisandro qui caressait toujours son lapin. C'est là qu'elle lui avoua toute la vérité ; qu'elle avait tenté de parler à Martin de ses véritables sentiments et qu'elle n'avait pas réussi. Alors, elle s'était rendue chez lui pour lui demander de coucher avec lui. Qu'ensuite, elle avait flippé et qu'elle avait préféré prendre la fuite lorsqu'elle avait vu la rage dans son regard.

— Ce mec attend de toi un engagement, t'as pas encore compris ? la gronda gentiment Lisandro.

— Je ne peux pas m'engager ! s'agaça Jessica. Mais il me rend folle. Je n'ai pas pu m'empêcher d'aller chez lui. J'avais juste besoin de le voir, de le toucher, de sentir son parfum...

Lisandro garda le silence un instant.

— Je vois, tu es complètement accro, ma parole, rigola-t-il enfin.

— Ne t'avise pas de te moquer de moi ! s'énerva Jessica. Dis-moi juste ce que je dois faire ? Je voudrais réparer... J'ai tellement merdé avec lui. Des tonnes de fois, même...

Lisandro passa un bras autour des épaules de Jessica dans un geste amical.

— OK, je vais lui parler, même si je ne suis pas tellement sûr qu'il m'écoute. Et s'il me cogne encore une fois, tu me devras deux restos.

Jessica se jeta à son cou, en ressentant un immense soulagement.

— Merci. T'es vraiment un mec cool, Lisandro. Je t'ai mal jugé au début...

— Non, j'étais vraiment un connard, rigola-t-il. Je voulais seulement te sauter, mais j'ai appris à t'apprécier, Miss cinglée.

Elle s'écarta de lui et le frappa à l'épaule.

— Je te pardonne, dit-elle en lui rendant son sourire.

Ils passèrent le reste de la soirée à regarder des épisodes d'une série drôle et à grignoter des cochonneries.

20

Le lendemain matin, Martin se rendit à son travail avec une rage et une tristesse qu'il avait rarement ressenties. En fait, si, ces deux sentiments étaient beaucoup trop présents dans sa vie depuis qu'il avait rencontré Jessica. Il ne savait pas comment il allait réagir en la voyant, mais il resterait professionnel quoi qu'il arrive. Il devait faire une croix sur elle et faire comme s'il ne s'était rien passé, hier soir, peu importe les réactions de son corps !

Lorsqu'il franchit la double porte d'entrée, il salua rapidement les ouvriers qu'il croisa et fonça dans son bureau d'un pas déterminé. Malgré sa résignation, son cœur battait à tout rompre et son estomac était noué. Il s'en voulait de réagir comme ça, alors qu'il savait que cela ne lui amènerait rien de bon.

Il entra dans le bureau, en espérant être le premier, mais ce n'était pas le cas. Jessica était déjà là, assise à sa place, toujours aussi sublime que d'habitude. La détermination de Martin flancha légèrement.

— Salut, dit-elle faiblement.

Martin ne répondit pas et l'ignora au maximum. Il fit de son mieux pour se concentrer sur ses différentes tâches de la journée malgré le bouleversement d'émotions que lui provoquait Jessica

Cette dernière se sentit encore plus mal en réalisant que Martin ne lui adresserait probablement plus jamais la parole. Elle pria pour que Lisandro réussisse à arranger les choses. Elle attendit toute la matinée d'avoir de ses nouvelles.

À la pause déjeuner, lorsque Lisandro arriva enfin, le visage de Jessica s'illumina de soulagement, tandis que celui de Martin devenait un peu plus sombre.

— Salut ! s'exclama joyeusement Lisandro.

Martin ressentit une pointe de culpabilité en avisant l'œil au beurre noir de son ex-ami et il se sentit obligé de lui répondre.

— Salut..., bougonna-t-il.

Jessica ne réussit pas à dire quoi que ce soit, car elle attendait avec impatience que Lisandro fasse quelque chose. Ce dernier s'approcha de Martin.

— Tu fais quoi ce midi ? demanda-t-il nonchalamment.

Martin regarda brièvement Jessica, comme pour l'interroger silencieusement. Il ne comprenait pas les intentions de Lisandro.

— Rien..., lâcha-t-il, laconique.

— Alors, viens manger avec moi, répliqua Lisandro.

— Merci, mais non merci. On n'a rien à se dire. On est plus ami, tu te souviens ?

Martin sentait la colère s'intensifier et faire rage en lui. Néanmoins, il s'excusa d'avoir frappé Lisandro.

— Moi j'ai des trucs à te dire et ça concerne Jessica, continua Lisandro d'un air sérieux.

Martin observa une nouvelle fois sa collègue, le cœur battant à tout rompre. Il hésita, car il n'avait aucune confiance en Lisandro ni en Jessica, d'ailleurs.

— Allez, mec ! insista Lisandro. C'est important.

— Je n'ai aucune envie de manger avec toi, tu peux parler ici, répliqua Martin en se levant.

Lisandro soupira et interrogea également Jessica du regard. Cette dernière avait le ventre noué d'appréhension.

— Je vous laisse, décida-t-elle enfin.

Elle marcha d'un pas tremblant jusqu'à la porte et la referma doucement derrière elle. Une fois seul avec Martin, Lisandro alla chercher le fauteuil de Jessica et le tira jusque devant le bureau de Martin avant de s'y installer.

— Bon... par où commencer, dit Lisandro en réfléchissant. Cette nana est accro à toi, Martin. Alors, arrête de la traiter comme si tu ne comptais pas pour elle.

La colère de Martin s'intensifia et il frappa son poing sur le bureau.

— Ne me dis pas ce que je dois faire ! cria-t-il.

— Écoute, je sais qu'on est plus tellement en bons termes, mais crois-moi. Je n'ai pas couché avec elle. Je t'ai envoyé cette photo uniquement pour te faire réagir. Si tu avais la moindre idée de l'état dans lequel était Jessica lorsqu'elle a appris que Stessie emménageait avec toi, tu comprendrais.

Martin marqua un temps d'arrêt, indécis.

— Elle n'a pas arrêté de me prendre pour un con, renchérit Martin, en se calmant néanmoins.

— Ouais..., c'était pas intentionnel, tu sais. C'est la première fois qu'un mec la rend dingue...

Martin plissa les yeux et Lisandro continua.

— Je l'ai ramassée plusieurs fois à la petite cuillère, j'ai même nettoyé son vomi, rigola Lisandro.

Martin se laissa tomber dans son fauteuil, il avait toujours un peu de mal à comprendre.

— Alors pourquoi elle s'est enfuie hier soir ? demanda-t-il, car cette question lui trottait dans la tête depuis la veille.

— Elle a juste flippé. Cette nana a un gros problème avec l'engagement. Et, franchement, je la comprends...

Martin hocha la tête et serra les dents.

— Pourquoi je te ferai confiance ? se méfia Martin. Qui me dit que ce n'est pas un autre de vos plans foireux pour vous foutre de ma gueule ?

Lisandro soupira et se leva.

— Bon, j'abandonne ! Crois ce que tu veux, mec. Mais t'es vraiment con quand tu t'y mets.

Lisandro ouvrit la porte pour dévoiler Jessica qui avait entendu toute la conversation.

— J'ai essayé, mais ce type est buté, dit-il en sortant.

Jessica hocha la tête et entra de nouveau dans le bureau. Elle s'approcha de Martin qui avait la tête en vrac. Son cerveau luttait sans cesse contre son cœur. Il réfléchissait beaucoup trop.

— Il n'était pas obligé de te raconter pour le vomi..., grimaça Jesssica, embarrassée. Mais pour le reste, tout est vrai. Depuis le soir où tu m'as consolée, à la sortie de ce bar, je n'ai pas arrêté de penser à toi et de faire des choses stupides. Et, hier, quand j'ai réalisé que je voulais rester, ça m'a perturbée. Alors, j'ai préféré partir. C'est nouveau pour moi de ressentir ça... Je ne veux pas être dépendante d'un mec, ça me tue.

Martin la fixa avec incrédulité. Il la rejoignit enfin en comprenant qu'elle était sincère et son cœur se mit à battre plus fort. Arrivé devant elle, il prit son visage entre ses mains et l'observa avec intensité.

— On fera des compromis, Jess. Tout ce que tu veux, mais ne me réduis pas à un plan cul. Hier, je me suis juste senti utilisé. Tu m'as laissé comme une merde dans mon salon alors qu'on venait de partager un super moment.

Jessica passa ses bras autour de la taille de Martin et le serra fort contre elle.

— Je suis désolée, j'ai vraiment merdé, murmura-t-elle. Je suis tellement mal quand tu n'es pas avec moi...

Martin caressa tendrement la nuque de Jessica et inspira profondément son parfum comme s'il respirait de nouveau.

— Moi aussi, confessa-t-il. Ça fait plus de six mois que tu me fais perdre la tête, Jess.

Une douce chaleur s'infiltra dans le cœur de Jessica et elle se blottit plus étroitement contre lui. Ils restèrent plusieurs minutes, enlacés, à savourer cette proximité dont ils avaient éperdument besoin.

Lisandro, qui attendait toujours dans le couloir, les interrompit au bout de dix minutes.

— C'est pas trop tôt ! Bon, on va manger, maintenant ? Je crève la dalle !

Jessica et Martin s'écartèrent l'un de l'autre et Jessica adressa un grand sourire à Lisandro en attrapant la main de

Martin.

— On arrive, dit-elle avant de prendre son sac.

Lorsqu'ils sortirent, Martin saisit encore une fois la nuque de Jessica et la tira doucement vers lui pour se rapprocher de son oreille.

— Il reste des préservatifs dans ton sac ? chuchota-t-il discrètement.

Elle lui pinça les fesses en réponse et il sursauta.

— Il y a des caméras partout ici, le gronda-t-elle gentiment. Mais oui, j'en ai encore plein !

Jessica adressa un sourire plein de malice à Martin qui fut submergé par une bouffée de chaleur qui le fit bander instantanément.

— Tu recommences à me regarder bizarrement, dit-il en se sentant à l'étroit dans son boxer.

Il éprouvait même des difficultés à marcher.

— Je croyais que tu ne voulais pas être mon plan cul, le taquina-t-elle en empoignant sa fesse gauche et en l'entraînant avec elle dans le couloir.

— Hey ! protesta Martin en se dégageant. Ne fais pas ça au boulot, Jess.

Lisandro pouffa de rire en les observant. Heureusement, il n'y avait personne dans les couloirs à cette heure-ci. Tout le monde était déjà parti déjeuner.

— Roooo, t'es vraiment coincé ! rouspéta Jessica.

— Tu vas voir si je suis coincé, bougonna-t-il en lui attrapant une nouvelle fois la main pour l'empêcher de le tripoter davantage.

— Tu vas te faire bouffer tout cru, mec, rigola Lisandro.

Et ils sortirent déjeuner.

À la fin de la journée, Jessica proposa à Martin de la raccompagner. Ils avaient passé une après-midi mouvementée, entre des regards langoureux et une tension palpable dans la pièce. Se frôlant par moments, sans jamais se laisser aller à s'embrasser à cause des caméras et de leur manque de maîtrise si jamais cela arrivait.

Ils s'apprêtaient à rentrer chez Jessica, lorsqu'ils entendirent quelqu'un sortir de la maison voisine. Une femme avec une substance verte sur le visage et un peignoir fleuri se précipita vers eux.

— Vous ramenez encore un homme chez vous ! Je vous prends sur le fait, cette fois ! Ce n'est pas prudent. Je suis sûre que votre mère n'est même pas au courant.

Jessica soupira, alors que Martin l'interrogeait du regard.

— Madame Tinardo, encore une fois, ce ne sont pas vos affaires ! Et, oui, je vais encore baiser comme une bête toute la nuit ! Alors désolée pour le dérangement. Vous feriez bien d'en faire autant, ça vous ferait du bien ! répliqua Jessica en entraînant Martin avec elle à l'intérieur de chez elle.

Elle ne prit même pas la peine de vérifier l'expression de sa voisine, elle savait qu'elle devait être choquée.

— Désolée pour ça, ma voisine est une vraie commère ! Elle passe son temps à m'espionner.

Martin croisa les bras sur sa poitrine.

— Tu ramènes tous tes plans cul ici ? demanda-t-il, légèrement contrarié.

— Ne commence pas, Martin. J'ai juste invité Lisandro. Il passe quelques fois, c'est tout.

— Et qu'est-ce que vous faites ensemble ? Enfin, ce mec est un vrai connard, j'ai du mal à comprendre.

Jessica soupira et se dirigea vers la cuisine pour attraper le dépliant du restaurant japonais qu'elle appelait souvent pour dîner.

— Il est sympa avec moi, répondit-elle en haussant les épaules. On est amis… Qu'est-ce que tu veux que je te dise ?

Martin capitula et s'approcha de Jessica pour la prendre dans ses bras.

— OK, pardon. C'est juste que je ne lui fais pas confiance. Je n'ai jamais été jaloux avant. C'est nouveau pour moi…

— Tu n'as pas confiance en moi non plus, lâcha Jessica.

Martin l'embrassa pour s'éviter de dire une bêtise. Puis il passa la main dans les mèches blondes de Jessica et la dévisagea un instant.

— Laisse-moi un peu de temps, d'accord ?

Elle hocha la tête et lui montra le prospectus en masquant sa déception. C'est à ce moment-là que Spéculoos arriva. Il commença à ronger le pantalon de Martin et ce dernier eut un brusque mouvement de recul en voyant l'énorme boule de poils à ses pieds.

— Il m'attaque ! cria Martin en reculant, tandis que le lapin continuait les dégâts sur son pantalon.

Jessica attrapa son fauve de Bourgogne et le caressa affectueusement.

— Désolée, ça lui arrive parfois. J'aurais dû te le présenter avant que tu entres. Il n'aime pas qu'on envahisse son territoire, rigola Jessica.

Martin fit la moue en regardant les petits trous qui parsemaient le tissu autour de sa cheville. Puis il s'avança vers le lapin.

— Je sens qu'on ne va pas être copains, toi et moi, le gronda-t-il en grattant son cou poilu. La vache ! C'est super doux...

Jessica acquiesça, tout sourire.

— Allez, viens, dit-elle en reposant sa boule de poils. On va commander un truc à manger.

Spéculoos recommença à attaquer Martin et elle dut l'enfermer dans sa cage, ce qui l'attrista beaucoup. Ils appelèrent ensuite le restaurant japonais et s'installèrent dans le salon. Les plats arrivèrent quelques minutes plus tard.

Tout en déballant ses sushis, Jessica observa Martin engloutir des raviolis vapeur.

— Tu veux qu'on mette un truc à la télé ? proposa-t-elle, un peu maladroitement.

Elle n'avait jamais vraiment eu de relation avant Martin et elle ne savait pas trop comment ça se passait. Quand elle sortait avec Kevin, c'était différent, car ils étaient amis et tout semblait naturel. Mais avec Martin, elle avait l'impression de marcher sur des œufs constamment.

— Si tu veux...

Il inspecta le salon avec attention, posa son plat sur la table basse et se leva lorsqu'il découvrit la pile de Blu-Ray près de la télé. Jessica lui bloqua le passage en voyant où il se dirigeait. Elle ne voulait pas qu'il voie ses tonnes de comédies romantiques et la série sur laquelle elle fantasmait pratiquement tous les soirs. Martin l'observa avec suspicion, un sourire au coin des lèvres.

— Qu'est-ce que tu caches ? demanda-t-il en la poussant rapidement pour se faufiler jusqu'aux Blu-Ray.

Il attrapa plusieurs boîtes de la pile. Jessica essaya de les lui arracher des mains, mais Martin leva les bras en l'air. Il était beaucoup trop grand et même avec ses talons hauts, elle n'arrivait pas à atteindre ses poignets.

— Arrête ! Rends-moi ça ! rouspéta-t-elle en sautillant devant Martin qui rigolait en inspectant ce qu'il avait dans les mains.

— Beaucoup de films romantiques à ce que je vois, commenta Martin. Tiens, Arrow...

Jessica croisa les bras sur sa poitrine, furieuse. Elle le toisa avec agacement et réussit enfin à lui arracher des mains toutes les boîtes.

— Ne te moque pas, dit-elle en replaçant le tout près de sa télé.

— J'adore cette série, confessa alors Martin. Je la regarde pratiquement tous les soirs. Surtout quand je suis déprimé.

Jessica se retourna et le dévisagea.

— Moi aussi..., murmura-t-elle, mal à l'aise.

— On se fait la saison 1 ensemble ? demanda-t-il avec un enthousiasme touchant.

Jessica lui sourit et attrapa le Blu-Ray.

— OK ! s'exclama-t-elle en mettant le premier disque dans son lecteur.

Ils reprirent leur place et continuèrent à manger.

— Qui aurait cru qu'on avait un point commun, la taquina Martin, alors que le premier épisode commençait.

Pendant les premières minutes, Jessica fit mine de se concentrer sur la série, mais elle la connaissait par cœur et Martin représentait une distraction bien trop attirante. Une fois leur repas terminé, elle mit sur pause et se tourna vers Martin qui était sagement assis à côté d'elle.

— Qu'est-ce que tu fais ? demanda ce dernier en la voyant balancer la télécommande à l'autre bout du canapé et attraper son sac à main pour en sortir un préservatif.

Le corps de Martin se tendit immédiatement et une bouffée de chaleur le submergea.

— Vu qu'on a fini de manger, on peut passer aux choses sérieuses, rigola Jessica en remarquant Martin rougir.

— Tu crois que tu vas claquer des doigts à chaque fois et que je vais me foutre à poil ? répliqua-t-il malgré l'effet que Jessica lui faisait.

Elle déboutonna quelques boutons de son chemisier pour dévoiler sa poitrine emprisonnée dans un soutien-gorge noir en dentelle et Martin crut étouffer sur place. La tension dans son corps s'intensifia et son sexe commença à durcir entre ses jambes.

Jessica attrapa les mains de Martin pour en poser une sur sa poitrine et porter l'autre à sa bouche. Ses lèvres rouges engloutirent un doigt et Martin se tendit encore plus.

— Allez, t'es vraiment coincé ! rouspéta Jessica. J'ai envie de toi depuis trop longtemps et je n'ai pas eu ma dose hier.

Elle plongea dans le cou de Martin et inspira profondément en descendant de son oreille jusqu'au col de sa chemise.

— Tu es en train de me renifler ? demanda-t-il, perplexe

et excité à mort.

— Tu sens tellement bon..., chuchota Jessica en se mettant à califourchon sur lui.

— T'es vraiment cinglée, sourit Martin.

Il perdit son sourire lorsqu'elle se frotta sur son sexe à travers son pantalon.

— Toi aussi, tu as envie de moi, ronronna Jessica en déboutonnant la chemise de Martin.

Il lui attrapa les poignets et l'obligea à le regarder dans les yeux.

— Promets-moi de ne pas me foutre dehors juste après.

Jessica se jeta sur sa bouche et Martin la repoussa encore malgré son corps au supplice.

— Promets-moi, Jess, ou il ne se passera rien ce soir.

— Je sais comment te faire craquer, rigola-t-elle en se frottant de nouveau contre lui.

Martin ferma les yeux et sa prise sur les poignets de Jessica faiblit un peu, mais il ne bougea pas et resta stoïque face à cette tornade blonde qui allait le rendre dingue. Elle finit par soupirer.

— T'es vraiment chiant ! se plaignit-elle. D'accord, tu peux rester dormir si tu veux...

Martin plissa les yeux et la jaugea un instant pour s'assurer qu'elle était sérieuse.

— Si jamais tu me fous dehors après, je te jure que ce sera la dernière fois, Jess.

— Oui, j'ai compris, c'est bon..., bougonna-t-elle en se dégageant de la prise de Martin pour caresser ses muscles sous sa chemise à moitié ouverte.

— Maintenant, tu vas voir si je suis coincé !

Martin fit basculer Jessica sur le canapé et remonta sa jupe jusqu'à sa taille. Il glissa un doigt sur le tissu trempé de son string et elle se tortilla sous lui en gémissant. Martin lui adressa un sourire malicieux en continuant à la toucher à travers le tissu chaud et humide.

Jessica attrapa le col de la chemise de Martin et l'attira à elle pour dévorer sa bouche avec frénésie. Ce dernier lui rendit sauvagement son baiser, complètement débridé après avoir mis les choses au clair avec elle. Puis il descendit dans son cou, lécha sa peau en passant entre ses seins recouverts de dentelle noire et déboutonna le reste du chemisier pour avoir libre accès au ventre plat et doré de Jessica. Il tira ensuite sur la jupe et attrapa le string au passage pour les lui ôter.

Lorsque Jessica croisa le regard de Martin, elle sut que, cette fois-ci, ils allaient baiser comme des bêtes et son corps se mit à frissonner d'impatience. Elle ne rêvait que de ça depuis des semaines et leur séance d'hier avait été trop timide pour la rassasier complètement.

Martin se plaça entre les jambes de Jessica et glissa ses mains sous ses fesses alors qu'il embrassait doucement l'intérieur de sa cuisse droite et remontait lentement dans une ligne humide. Jessica se tortilla avec impatience en attrapant les cheveux de Martin avec force.

Enfin, Martin se rapprocha de la zone palpitante entre ses jambes et la dévora littéralement avec sa langue. Les yeux de Jessica se révulsèrent sous le plaisir, tandis que Martin embrassait, suçait et aspirait, s'aidant de ses doigts pour la faire basculer.

En moins de quelques minutes, le corps de Jessica se contracta violemment et elle eut un orgasme fulgurant, alors que Martin ne relâchait ni la cadence ni la pression. Comme la première fois, Jessica plana un instant entre les bras de Martin qui lui administrait un dernier coup de langue.

Elle resta molle deux ou trois secondes, le temps de reprendre ses esprits, alors que Martin était toujours excité à mort. Son érection palpitait entre ses jambes et lui faisait un mal de chien.

— Ça va ? demanda-t-il en se redressant pour attraper la capote.

— Tu m'as achevée..., murmura Jessica d'une voix pâteuse, encore à moitié dans les vapes.

— Hey ! réveille-toi, *Barbie* ! J'en ai pas encore fini avec toi, il ne fallait pas me provoquer ! gronda Martin en enlevant son pantalon et son boxer pour enfiler la capote.

Jessica l'observa faire en lui adressant un sourire satisfait. Enfin, elle se redressa et se mit à quatre pattes devant Martin, lui présentant ses fesses avec malice.

— Vas-y, montre-moi de quoi tu es capable ! le provoqua-t-elle.

— En levrette ? demanda-t-il, perplexe. T'es sûre ?

— Ouais et tu peux me tirer les cheveux, j'adore ça, répliqua-t-elle en se dandinant devant lui.

— Bordel ! jura Martin en posant une main sur sa croupe pour placer son membre palpitant à l'entrée du sexe trempé de Jessica.

Il glissa facilement à l'intérieur d'elle et les sensations qu'il éprouva le firent flancher un instant. Jessica émit un petit gémissement lorsqu'il tapa au fond et cela l'incita à recommencer. Il fit plusieurs va-et-vient lents pour s'habituer au corps de Jessica. Celle-ci mit un violent coup de reins vers lui en gémissant de plus belle et il comprit qu'il devait passer à la vitesse supérieure. Il attrapa fermement les fesses de sa blonde sauvage et commença à la pénétrer plus vite, plus fort. Jessica accompagna ses mouvements avec frénésie. Martin saisit alors la queue de cheval de Jessica et tira dessus en la pilonnant un peu plus fort. Il la sentit s'abandonner entre ses bras, les yeux fermés, la bouche entrouverte avec une expression de pur plaisir sur le visage.

Un frisson d'extase parcourut le corps de Martin et il se lâcha complètement. Il intensifia ses mouvements, ressentant une délicieuse pression monter en lui, alors que le sexe de Jessica se contractait avec violence autour du sien, sous l'intensité de son orgasme, et que ses gémissements redoublaient. Il explosa à son tour, lui donnant encore quelques brusques poussées avant de ralentir et de s'arrêter enfin, en sueur, complètement retourné par cette partie de baise brute.

Jessica s'affala à plat ventre sur le canapé, le sexe de Martin toujours en elle.

— Putain ! Si tu m'avais fait ça hier, je ne me serais pas enfuie, murmura-t-elle, même si elle savait que c'était totalement faux.

Martin fronça les sourcils.

— C'était pas bien, hier ? demanda-t-il avec inquiétude.

— Si, mais aujourd'hui, c'était 10 000 fois mieux. J'ai même envie d'un câlin, murmura-t-elle en savourant son engourdissement général.

Martin se retira et enleva la capote en attrapant un mouchoir.

— Si je pars deux secondes, tu vas changer d'avis ? demanda-t-il, anxieux.

— Non... Tu m'as fait promettre, balbutia Jessica.

Martin esquissa un sourire en voyant Jessica complètement dans les vapes. Il s'éclipsa juste une seconde pour jeter le préservatif et revint aussitôt. Il s'assit à côté de Jessica et caressa doucement ses longs cheveux blonds. Elle se retourna et l'attrapa pour le serrer dans ses bras. Martin s'allongea à côté d'elle et la tint contre lui en déposant un doux baiser sur sa tête.

— Putain, j'suis accro, lâcha Jessica, dépitée, en reniflant encore Martin. Ce n'est pas normal. Tu as dû me droguer ce soir-là au bar...

Martin explosa de rire et Jessica se raidit. Pourtant, elle savoura le raisonnement de sa voix contre son oreille. Au même titre que les battements réguliers et apaisants du cœur de Martin.

— Tu plaisantes ? C'est toi qui m'as ensorcelé, Jess.

Jessica s'accrocha un peu plus à Martin et s'endormit,

sans s'en rendre compte. Au bout d'un moment, Martin se leva et la porta jusqu'à sa chambre, qu'il trouva en haut des escaliers. Il l'allongea délicatement sous les draps et se blottit contre elle. Il la regarda quelques minutes avec amour avant de s'endormir à son tour.

Le lendemain matin, Martin se réveilla avec une sensation délicieuse entre les jambes. La pression montait en lui à une vitesse fulgurante alors qu'il était encore à moitié endormi. Puis il sentit quelque chose d'humide et de chaud autour de son membre. Il ouvrit brusquement les yeux et découvrit Jessica en pleine action. Sa bouche l'engloutit presque tout entier alors qu'elle lui adressait un regard plein de malice. Martin ferma les paupières, son corps se crispant un peu plus sous les caresses de Jessica. Il la laissa continuer jusqu'à ce qu'il explose et la repoussa au dernier moment pour se déverser sur son ventre.

— Bonjour, murmura-t-elle en revenant à côté de lui, tout sourire.

Les yeux gris de Jessica le transpercèrent. Ils étaient d'une beauté à couper le souffle, tout comme son visage et son corps.

— Tu es vraiment belle, Jess, dit Martin en la détaillant avec amour. Tu n'étais pas obligée de faire ça...

— J'en avais envie. On va se doucher, maintenant ? lui proposa-t-elle avec un sourire malicieux. Il nous reste trente minutes avant d'aller au boulot.

Martin acquiesça et la suivit dans la salle de bains. Ils entrèrent dans la douche et Jessica savonna Martin, sans se priver de le tripoter dans tous les sens. Ce dernier en fit de même et, lorsqu'il s'attaqua à la poitrine de Jessica, elle le plaqua sauvagement contre le carrelage froid et l'embrassa, tandis que l'eau chaude emplissait de vapeur la cabine de douche.

— T'es une vraie sauvage, rigola Martin entre deux

baisers.

— C'est toi qui me rends comme ça, répliqua-t-elle.

Jessica laissa ses mains glisser sur les muscles de Martin en se frottant langoureusement contre lui. Martin la serra dans ses bras, tandis que l'eau ruisselait sur leurs corps.

— On va être en retard au boulot si tu continues. En plus, les capotes sont dans le salon.

Jessica soupira et l'embrassa une dernière fois avec une ardeur qui fit beaucoup d'effet à Martin. Elle baissa les yeux sur son énorme érection, puis les releva vers Martin.

— On ne peut pas gâcher ça, dit-elle avec malice.

— Jess, arrête. On aura tout le temps de baiser ce soir. Je n'ai pas envie de me prendre une autre sanction disciplinaire par ta faute.

— T'es vraiment pas drôle ! rouspéta Jessica en sortant de la douche. T'es trop sérieux, franchement...

Martin se marra en attrapant une serviette, son érection déjà envolée.

— Tu te lasserais trop vite, si je te donnais tout ce que tu voulais, répliqua-t-il avec un sourire en coin.

Jessica plissa les yeux en le détaillant avec agacement.

— En plus, si tu m'uses trop vite, on pourra plus faire grand-chose. Une bite c'est fragile, rigola-t-il encore.

Elle grogna de frustration, en sortant de la salle de bains pour aller s'habiller et Martin fit de même. Il retourna dans le salon récupérer ses affaires éparpillées au sol. Quand Jessica redescendit, elle le découvrit habillé, son boxer à la main.

— T'es à poil sous ton pantalon ? demanda-t-elle en s'approchant de lui.

Elle fit encore une fois glisser ses mains sur les muscles de Martin à travers sa chemise et il lui sourit avec amusement.

— Je n'avais pas vraiment prévu de dormir chez toi, répondit-il en la repoussant gentiment. Bas les pattes ! T'es vraiment une obsédée, ma parole ! J'ai l'impression d'être ton objet sexuel.

— Oh, arrête ! râla-t-elle. La plupart des mecs tueraient pour être dans ta situation.

Martin explosa de rire en voyant sa mine contrariée.

— Allez, ne boude pas, il faut bien que je me fasse désirer un peu, lui dit-il avec un petit clin d'œil.

Jessica tapa du pied. Elle détestait être repoussée. Néanmoins, elle ne dit plus rien et ils partirent enfin au boulot. Jessica proposa à Martin de l'emmener et de récupérer sa voiture plus tard.

Une fois qu'ils furent garés sur le parking, Martin observa sa collègue avec sérieux.

— Que les choses soient claires : pendant le boulot, pas de mains baladeuses ni tout autre comportement compromettant. On est là pour bosser, pas pour faire des trucs classés X.

Jessica lui adressa une moue contrariée.

— T'es dur...

— Pas pour l'instant, répliqua Martin.

Jessica mit quelques secondes à comprendre, puis explosa de rire.

— Putain ! T'es trop con, rigola-t-elle. Enfin, ça peut s'arranger...

— Je ne plaisante pas, Jessica. Promets-moi d'être sérieuse.

Elle le dévisagea avec malice.

— Sinon quoi ? Tu n'as aucun moyen de pression contre moi, riposta-t-elle.

— Tu en es sûre ?

Jessica haussa les épaules et Martin reprit.

— Je pourrais faire grève.

— Comment ça « faire grève » ? demanda Jessica en lui faisant de gros yeux.

Martin passa son doigt derrière son oreille pour lui signifier qu'il ne coucherait pas avec elle et elle péta les plombs.

— QUOI ??? Mais les mecs ne font jamais grève ! T'es vraiment pas normal, toi !!!

Martin explosa de rire.

— Alors, j'ai ta parole ? reprit-il, hilare.

— Mouais, bougonna-t-elle. Pourquoi j'ai craqué sur toi...

Martin sortit de la voiture et vint lui ouvrir la portière.

— Allez, viens. Et arrête de faire cette tête d'enterrement.

Jessica lui adressa un regard assassin en sortant à son tour et ils se dirigèrent ensemble vers l'entrée de l'entreprise, sous le regard des quelques ouvriers qui fumaient dans la cabine fumeurs.

— Au fait, reprit Martin. Avec combien de mecs de la boîte tu as couché ?

Jessica se crispa tout en marchant.

— Comment tu es au courant ? s'inquiéta-t-elle. Tu as vu les vidéos ?

Martin s'arrêta net et la dévisagea.

— Tu as fait des *sextapes* ?! s'énerva-t-il.

— Pas exactement, dit-elle en posant sa main sur le bras de Martin pour l'apaiser. Je n'ai pas pensé aux caméras de surveillance... C'est Christian qui m'en a parlé la dernière fois.

— Tu as couché avec Christian ?! fulmina Martin, hors de lui.

— Pas du tout. Christian est bien le seul mec qui ne m'a jamais draguée. Dommage, il est plutôt canon...

— Jessica ! s'énerva Martin.

— Détends-toi. Je n'ai couché avec personne d'autre depuis cette soirée au bar.

Martin se détendit et Jessica se décida enfin à répondre à l'autre question.

— C'est arrivé trois ou quatre fois, peut-être cinq, tout au plus...

La colère de Martin s'intensifia et la jalousie le consuma.

— Cinq mecs, génial ! ronchonna-t-il avec mauvaise humeur.

Jessica lâcha le bras de Martin et ils recommencèrent à marcher.

— C'était avant. Franchement, toi aussi tu as des ex...

Martin garda le silence, car il savait que Jessica ne lui avait rien promis, mais cela le rongeait intérieurement. Au moment où ils entrèrent dans leur bureau, il fut obligé d'éclaircir la situation. Il attrapa le visage de Jessica entre ses mains pour avoir toute son attention et ils se fixèrent avec intensité.

— Rassure-moi sur un point. Tu comptes me donner l'exclusivité ou aller voir ailleurs de temps en temps ?

Jessica paniqua une seconde malgré la proximité du corps de Martin qui lui donnait des bouffées de chaleur. Ce mec était irrésistible ! Mais si elle répondait ce qu'elle avait sur le cœur, elle risquait de lui promettre un engagement qu'elle ne pourrait pas forcément respecter.

— Dans la mesure du possible, grimaça-t-elle.

Martin la relâcha, dépité, et s'installa à son poste.

— Qu'est-ce que j'ai dit ? questionna-t-elle avec angoisse.

— « Dans la mesure du possible » ? répéta Martin de façon un peu méprisante. Ça veut dire quoi exactement ?

Jessica pinça les lèvres et partit rejoindre son bureau.

— Ça veut dire oui ! s'agaça-t-elle.

— Alors, dis-le franchement, bordel ! Tu me donnes l'impression d'être sur la corde raide à chaque fois que je pose une question.

— Et toi ? demanda-t-elle à son tour.

— Quoi moi ? Tu es vraiment en train de me demander si je vais être fidèle ? Bien sûr que oui ! Qu'est-ce que tu crois ? J'ai quitté Stessie le soir de l'anniversaire de sa mère, si jamais tu te posais la question ! Son emménagement était un acte désespéré, mais ça n'a rien changé pour moi.

Ils se fixèrent un instant avec incompréhension et angoisse.

— OK, désolée..., céda Jessica. On va prendre un café ?

Martin hocha la tête et la suivit jusqu'à la salle de pause. Ils retrouvèrent leur bonne humeur et se taquinèrent un peu avant de commencer enfin à travailler. À la pause déjeuner, ils commandèrent un sandwich et finirent l'après-midi dans une ambiance studieuse et agréable.

Christian arriva à la fin de la journée. Il constata tout de suite un changement d'humeur dans la pièce.

— Vous avez l'air de former une super équipe aujourd'hui, commença-t-il. Qu'est-ce qui a changé ?

— Qu'est-ce que tu veux ? l'attaqua Jessica. Si c'est pour me passer un message de Kevin, tu peux repartir.

Christian afficha une moue blasée.

— Non, je suis là pour te faire une offre, dit-il en déposant un dossier sur son bureau.

Jessica sentit son cœur s'emballer.

— J'ai besoin de quelqu'un de confiance pour prospecter de nouveaux clients à l'étranger. Tu fais un travail remarquable et ça pourrait être intéressant pour toi de m'accompagner, parfois.

La mâchoire de Jessica se décrocha.

— Putain, Christian ! hurla-t-elle, hystérique, en se jetant à son cou.

— Ouais..., grimaça-t-il en la repoussant. Tu vas devoir apprendre à respecter mon autorité avant d'accepter. Et, surtout, ne pas m'humilier. Je suis quand même ton boss, compris ?

— Oui, tout ce que tu veux ! s'écria-t-elle, aux anges.

Christian se tourna ensuite vers Martin avant de reporter de nouveau son attention sur Jessica.

— Alors, qu'est-ce qui a changé ? demanda-t-il encore une fois.

— On couche ensemble, répondit Jessica avec un grand

sourire.

— Jessica !!! hurla Martin en se levant d'un bond. C'est notre patron, bordel !

— Fais attention aux caméras, cette fois, rigola Christian en repartant.

Martin vira au rouge et fulmina en regardant Jessica qui était morte de rire, elle aussi.

— T'es vraiment insupportable ! bougonna Martin.

— Je sais, sourit-elle encore. Tu pourrais me féliciter, quand même. Je viens d'avoir une promotion.

21

Le soir même, Jessica proposa à Martin de le raccompagner chez lui. Lorsqu'ils arrivèrent enfin, Jessica entoura le torse de Martin. Les mains de cette dernière se retrouvèrent très vite sur le fessier de Martin, mais elle resta sage et colla son oreille contre son torse.

— Tu ne vas pas faire grève, au moins ? s'inquiéta-t-elle.

Martin ne put s'empêcher d'exploser de rire. Jessica s'apprêtait à répliquer lorsque son téléphone se mit à sonner et la coupa dans son élan. C'était sa mère…

— Oui, Maman ? dit-elle en décrochant et en s'éloignant de Martin.

Ce dernier décida de préparer à manger avec son robot multifonction pendant que Jessica discutait avec sa mère.

— Il paraît que tu sors avec Martin ? attaqua Adaline sans préambule. Tu vois que j'avais raison ! Il faut absolument que vous veniez manger à la maison. Ses parents sont vraiment adorables, finalement.

— Maman ! grinça Jessica qui sentait l'agacement l'envahir. Qui t'a mise au courant ? Laisse-moi respirer pour une fois. On ne sort pas ensemble.

Martin tiqua en entendant ces paroles, mais continua à éplucher quelques légumes.

— Passe-le-moi ! ordonna Adaline d'un ton autoritaire.

Jessica lança un regard affolé vers Martin.

— Il n'en est pas question, Maman ! Tu ne parleras pas à Martin ! Il est occupé, de toute façon…

Martin releva une fois de plus la tête et décida de s'approcher de Jessica. Il lui prit le téléphone des mains et elle en resta sans voix une seconde.

— Qu'est-ce que tu fais ? chuchota-t-elle, alors que l'angoisse lui vrillait les entrailles.

— Bonjour, Madame Mlynovsky. Vous vouliez me parler ?

— Oh, Martin, je suis contente de vous entendre. Appelez-moi Adaline, je vous en prie. Jessica est un peu têtue parfois, mais promettez-moi d'essayer de la faire changer d'avis sur les relations de couple. J'ai vu comment vous vous regardiez à la soirée et je peux vous assurer qu'elle est totalement amoureuse de vous.

Martin observa Jessica, tandis que sa mère lui parlait.

— Vous êtes sûre ? demanda-t-il avec suspicion.

— Certaine ! Mais ne lui parlez surtout pas d'engagement, vous avez dû remarquer que ce mot lui donne de l'urticaire.

Martin rigola et Jessica s'inquiéta un peu plus en essayant d'entendre les mots de sa mère qu'elle n'arrivait pas à comprendre.

— J'avais remarqué, approuva Martin.

— Laissez-lui juste un peu de temps et tout devrait bien se passer.

Martin acquiesça avant de poser la question qui le taraudait.

— Est-ce que vous avez des nouvelles de Stessie ? Ma mère reste très évasive pour ne pas m'inquiéter, mais j'aimerais savoir si elle va bien.

Il y eut un silence de quelques secondes à l'autre bout du fil, tandis que Jessica commençait à se ronger les ongles avec angoisse.

— Elle n'est pas au mieux de sa forme, mais elle s'en sortira. Tout le monde prend soin d'elle ici.

— D'accord, merci, répondit Martin avec un petit pincement au cœur. Dites-lui que je suis désolé.

Adaline acquiesça, lui dit au revoir et raccrocha. Lorsque Martin tendit le portable à Jessica, elle l'attrapa, sans se départir de son inquiétude.

— Qu'est-ce qu'elle t'a dit ? questionna Jessica en tremblant d'appréhension.

— Que tu avais un problème avec l'engagement.

Martin retourna dans la cuisine pour continuer sa tâche et Jessica le suivit de près.

— Et c'est tout ? Vous avez parlé longtemps, elle t'a sûrement dit autre chose ? insista Jessica.

Martin ferma enfin son robot puis actionna un programme pour le mettre en marche. Ensuite, il se tourna vers Jessica.

— Oui, c'est tout, répondit-il enfin. Viens, on a une heure devant nous avant de manger.

Il attrapa le poignet de Jessica et l'entraîna avec lui dans sa chambre. Il ne voulait surtout pas l'effrayer en lui parlant d'amour. Et vu sa réaction lorsqu'ils avaient couché ensemble la première fois, il redoutait qu'elle s'enfuie en courant.

Jessica s'assit sur le lit, face à Martin, en le dévisageant avec un sourire rayonnant. Martin se pencha vers elle pour embrasser délicatement sa bouche et l'allongea sous lui, tandis que Jessica faisait courir ses mains sur son dos, puis sur ses fesses fermes. Elle passa les mains sous son pantalon pour toucher sa peau et l'agrippa avec ses jambes.

Martin se détacha d'elle et plongea son regard brûlant dans les yeux gris acier de Jessica.

— Cette fois, on va le faire à ma façon. Ce sera doux et lent.

Jessica eut des palpitations en entendant la détermination dans la voix de Martin, mais elle ne protesta pas. Encore moins, lorsqu'il déboutonna lentement son chemisier et passa une main entre ses seins pour caresser le renflement de sa poitrine, mise en valeur par de la dentelle blanche, cette fois.

— Tous tes sous-vêtements sont en dentelle ? questionna Martin en appréciant la vue.

Jessica hocha la tête en observant le visage de son collègue. Elle le trouvait vraiment beau, même avec ses lunettes, ses cheveux bruns en bataille, ses yeux noisette qui pétillaient et son sourire à couper le souffle lorsqu'il la regardait.

La paume de Martin descendit plus bas, glissant sur la peau du ventre plat de Jessica et distillant sa chaleur alors qu'il observait son corps avec admiration. Il tira ensuite sur sa jupe pour la lui ôter. Les mains de Martin remontèrent des chevilles de Jessica jusqu'à sa taille alors qu'elle écartait les jambes pour l'inciter à la toucher. Son string en dentelle blanche mettait en valeur sa silhouette et excitait Martin encore plus.

Il se mit à quatre pattes entre les jambes de Jessica et embrassa son intimité à travers le tissu fin. Jessica lâcha un petit gémissement de surprise.

— Oh, bon sang ! Je sens que je vais aimer ta façon de faire, souffla-t-elle en attendant la suite.

Martin sourit avant de tirer le tissu sur le côté pour lui donner un grand coup de langue. Jessica se tordit violemment à son contact.

— Maintenant, fais-moi des compliments, ordonna-t-il avec malice en attendant devant le sexe palpitant de Jessica.

— Des compliments ? répéta-t-elle d'une voix fiévreuse.

— Oui, les trucs que tu aimes chez moi.

Elle mit du temps à trouver une réponse, car son cerveau n'était pas en état de marche. Son corps n'était que sensations et plaisir.

— J'aime... ton sourire, lâcha-t-elle.

Martin l'aspira une seconde et elle perdit pied. Ses mains se crispèrent sur les draps et ses yeux se révulsèrent. Puis il s'arrêta encore et elle gémit de frustration.

— Un autre, continua-t-il.

— Tu ne peux pas faire ça ! se plaignit Jessica, au comble de la frustration.

Martin lui adressa un petit sourire en coin.

— OK, alors j'arrête ? répliqua-t-il en faisant mine de se

redresser.

— Non ! cria Jessica. OK... attends...

Elle laissa de nouveau sa tête tomber sur le lit pendant que Martin soufflait sur son sexe humide. Jessica referma les paupières, au supplice.

— J'aime tes fesses, murmura-t-elle et Martin revint à l'attaque et la dévora plusieurs secondes.

Jessica gémit en continuant sa liste.

— J'aime tes cheveux... tes muscles... j'aime travailler avec toi...

Le corps de Jessica était tellement sous tension qu'elle en perdit ses pensées. La pression montait en une déferlante qui s'annonçait des plus violentes, à mesure que Martin la léchait, l'aspirait, la suçait. Elle était à deux doigts d'exploser.

— J'aime... tes oreilles, lâcha-t-elle sans réfléchir, car c'était la seule chose qui lui était venue à l'esprit.

Martin s'arrêta et elle couina, le corps tremblant.

— Mes oreilles ? Sérieusement ? dit-il. Tu peux faire mieux que ça, non ?

Jessica se redressa, plongea les mains vers la ceinture de Martin pour le mettre à poil le plus vite possible. Ce dernier lui attrapa les poignets en rigolant.

— Rallonge-toi, dit-il en la poussant gentiment.

— Mais..., se plaignit-elle.

— Un dernier et je continue, dit Martin en l'observant avec malice et en reprenant sa place entre les jambes de Jessica.

Elle soupira de frustration, mais se prêta de nouveau au jeu.

— OK... J'aime ta langue..., souffla-t-elle au supplice.

Martin la lécha de nouveau avec une vigueur qui crispa le corps de Jessica. Elle se tortilla jusqu'à exploser violemment. Ses doigts se crispèrent encore plus fort sur les draps et ses longs gémissements excitèrent un peu plus Martin. Le dernier coup de langue la fit trembler et, comme à chaque fois, elle fut dans les vapes quelques secondes.

Martin en profita pour la détailler avec amour. Puis il enleva sa chemise, son pantalon et son boxer avant d'attraper le sac de Jessica pour en sortir un préservatif. Il l'enfila, retira le string de Jessica et s'allongea sur elle.

Elle était encore un peu molle et se sentait vraiment détendue après cet orgasme foudroyant.

— Tu ne vas pas t'endormir, au moins ? demanda Martin en glissant lentement à l'intérieur d'elle.

— Non, souffla-t-elle en l'attrapant par le cou et en enroulant ses jambes autour de Martin pour répondre à ses lents mouvements.

Le corps de Jessica frissonna.

— Pourquoi c'est si bon avec toi ? lâcha-t-elle en ressentant de nouveau le plaisir enfler en elle.

Martin passa sa paume sur la joue de Jessica puis attrapa sa nuque pour la serrer un peu plus contre lui.

— Parce que ce n'est peut-être pas que du sexe entre nous, murmura-t-il en ressentant un besoin irrépressible de la serrer de toutes ses forces.

Il continua ses lents mouvements avec une amplitude exquise et Jessica recommença à gémir de plaisir. Leurs respirations s'accélérèrent, leurs cœurs se mirent à battre de plus en plus vite et leurs corps se crispèrent un peu plus à chaque mouvement. Puis l'orgasme les foudroya presque en même temps. Martin donna de profonds coups de reins à Jessica qui fut paralysée par le plaisir violent qui se répandait dans chaque parcelle de son être.

Lorsque la vague fut passée, Martin embrassa Jessica dans un profond et long baiser et elle ressentit quelque chose d'étrange au fond d'elle. Quelque chose qui lui arracha quelques larmes sans qu'elle comprenne pourquoi.

Martin la dévisagea en fronçant les sourcils.

— Ça ne va pas ? s'inquiéta-t-il.

— J'en sais rien, dit-elle d'une voix mal assurée.

Martin soupira et se laissa glisser sur le côté.

— Tu as envie de t'enfuir..., dit-il avec amertume.

Jessica se redressa aussitôt pour le regarder dans les yeux.

— Non, justement. Je n'ai aucune envie de partir... Je veux rester avec toi.

— Tant mieux, répliqua Martin, le cœur battant un peu trop vite à son goût. Parce que, moi non plus, je n'ai pas envie que tu partes.

Jessica le dévisagea sans savoir quoi faire. Elle était tiraillée entre ses émotions et ses convictions. Heureusement, le robot multifonction se mit à sonner et Martin se redressa pour ôter son préservatif.

— Tu n'as pas intérêt à t'enfuir, la prévint-il tout de même en pointant un doigt accusateur vers Jessica.

Elle secoua la tête, tandis que Martin quittait la chambre. Il fit un détour par la salle de bains avant de revenir dans la cuisine et de servir deux assiettes de mijoté de poulet aux légumes. Jessica le rejoignit quelques minutes plus tard. Lorsque Martin la vit tout habillée, une peur viscérale lui vrilla les entrailles. Il afficha une mine sombre en attrapant des couverts dans un tiroir.

— Tu t'en vas ? lâcha-t-il avec agacement.

— Non, répliqua Jessica.

Pourtant, quelque chose semblait la tracasser. Martin posa les couverts à côté des assiettes brûlantes, sur le plan de travail, et s'approcha de Jessica.

— Qu'est-ce qu'il y a ? demanda-t-il avec inquiétude.

— Je suis trop collante, murmura Jessica sans oser regarder Martin.

— Arrête de te prendre la tête, Jess. Personne n'est trop collant.

— Mais j'ai tout le temps envie d'être avec toi..., se plaignit-elle. Tu vas en avoir marre, à force... et ça me fait flipper.

Martin esquissa un sourire en coin en l'attrapant par la taille.

— Tu as peur que je te foute à la porte ? demanda-t-il avec bonne humeur.

Jessica hocha la tête avec angoisse.

— Bon... Tu veux dormir ici, ce soir ?

— Pourquoi pas...

Martin se pencha vers son oreille.

— J'ai un secret à te dire : moi aussi, j'ai tout le temps envie d'être avec toi.

Il déposa un doux baiser sur sa tempe.

— C'est vrai ? demanda Jessica en ressentant une douce chaleur au creux de son cœur, ainsi qu'un immense soulagement.

— Oui. Allez, viens, on va manger, reprit Martin en la relâchant pour attraper les assiettes.

Jessica prit les couverts et ils s'installèrent à la table du salon.

— Tu vas manger à poil ? demanda-t-elle en observant Martin assis en face d'elle.

Martin haussa les épaules. Il commença son plat et Jessica en fit de même.

— C'est trop bon ! s'exclama-t-elle à la première bouchée. Je ne savais pas que tu savais aussi bien cuisiner.

— J'ai rien fait à part couper des légumes et mettre tous les ingrédients de la recette. C'est le robot qui fait tout, lui avoua-t-il. C'est cool, hein ?

— Carrément !

Et ils mangèrent avec bonne humeur. Puis ils débarrassèrent et s'installèrent ensuite sur le canapé pour regarder leur série préférée. Allongés l'un contre l'autre, ils savouraient ce moment. Puis, un autre épisode commença où on voyait Arrow s'entraîner torse nu.

— Putain ! Ce mec est trop sexy, lâcha Jessica sans s'en rendre compte.

— C'est vrai, répliqua Martin. Mais j'ai une préférence pour Félicity. Un vrai canon, cette nana.

Jessica se redressa avec agacement et mit la série sur pause.

— Tu n'as pas le droit de fantasmer sur elle ! commença-t-elle.

Martin se marra en se redressant également.

— Arrête un peu. Ce ne sont que des acteurs, Jess. On a le droit de fantasmer sur d'autres personnes tant qu'on ne dépasse pas les limites.

— Quelles limites ? demanda-t-elle, suspicieuse. Je suis jalouse de cette fille, maintenant !

Elle croisa les bras sur sa poitrine.

— Écoute, un couple, c'est avant tout basé sur la confiance. Ça met parfois un peu de temps, mais la jalousie maladive n'amène rien de bon. Ça détruit plus qu'autre chose... Tant qu'on n'embrasse personne d'autre ou qu'on ne couche avec personne d'autre, je ne vois pas où est le mal.

— Tu n'as pas confiance en moi. Et tu es jaloux de Lisandro.

Martin passa une main dans ses cheveux.

— J'ai reçu une photo où vous étiez tous les deux à poil dans un lit, Jess.

— Je sais..., grimaça-t-elle.

Ils se fixèrent un moment dans le silence, puis Jessica reprit :

— Promets-moi de ne jamais me demander en mariage, d'accord ?

Martin la serra contre lui.

— Promis.

Ils se rallongèrent l'un à côté de l'autre et Jessica remit l'épisode en lecture.

— Si un jour tu as envie qu'on se marie, reprit Martin, ce sera à toi de me faire ta demande.

— On ne se mariera pas. Il faut déjà qu'on sorte ensemble

pendant au moins six mois pour que Charline efface la vidéo..., grimaça Jessica avec culpabilité.

— Donc on sort ensemble, maintenant ? questionna Martin. Ce n'est pas ce que tu as dit à ta mère, pourtant.

Jessica garda le silence un instant avant de reprendre.

— Je sais, désolée. C'est nouveau pour moi cette situation.

Elle enfouit son visage dans le cou de Martin pour le respirer encore à pleins poumons et il rigola en caressant tendrement son dos.

— Tu es ma drogue, ça ne m'était encore jamais arrivé, confessa-t-elle.

Et pour Martin, cette révélation comptait pour une déclaration. Peu importe qu'elle nie l'essentiel, son comportement parlait pour elle.

Si pour Jessica la situation était nouvelle, pour la première fois depuis une éternité, elle était aux anges et ne ressentait plus ce manque cuisant qui ne la quittait plus. Elle avait enfin trouvé ce qu'il lui manquait. Peu importe si c'était ce que tout le monde appelait l'amour ou si c'était autre chose, elle était comblée et Martin faisait toujours en sorte de la rassurer. Avec lui, elle n'avait plus envie de prendre la fuite. Sa mère avait eu raison sur toute la ligne...

Remerciements

J'espère que vous avez passé un bon moment de lecture en compagnie de Jessica et Martin. Cette série comptera plusieurs spin-off avec un couple différent par tome où l'on verra évoluer les couples précédents.

Je vous invite à me retrouver sur mon site Internet pour suivre mes actualités et découvrir mes autres romans, notamment la saga *Au Nom de l'Harmonie*.
https://oliviasunway.com/

Encore une fois, je remercie toutes les personnes qui m'ont aidée dans ce projet : Mandy Bell, Amy Mae, Marie-Laure Saint Mars, Arianne Domolines, Stéphanie Blance, Sophie Garrec et Élisa Dexet.

Je remercie également toutes les personnes qui me soutiennent : Christele Vecchiarelli, Tonolini, Yoyo Kapone, Vanessa Belleau, Marine Vailland, Vanessa Chagnoux, Calaud Marie-Thérèse,

À bientôt, lors d'une séance de dédicace ou via les réseaux sociaux. Merci à vous de me lire et merci pour vos petits mots qui me touchent toujours autant